新妻オメガの戦国溺愛子育て絵巻

雨月夜道

幻冬舎ルチル文庫

CONTENTS ✦目次✦

新妻オメガの戦国溺愛子育て絵巻

✦カバーデザイン＝久保宏夏(omochi design)
✦ブックデザイン＝まるか工房

イラスト・鈴倉 温✦

新妻オメガの戦国溺愛子育て絵巻

五つの時、母が病で死んだ。

――ははうえ。かぐやひめは、どうしてつきにかえってしまったの？

――そうねえ……。この世界には、住めなかったのかもしれないわ。かぐや姫は美しい、月の人だから。

そんな、とりとめもない会話の記憶だけを残して。

一年後、今度は父が死んだ。酒を飲んだ途端、血を吐き、もがき苦しんで、

――すまぬ、なあ……。かような地獄に……そちを、生み出したりして……。

立ち尽くす我が子にしがみつき、しきりにそう詫《わ》びながら死んだ。

領主の次男坊として、城で大切に育てられていた椿木《つばき》荻丸《おぎまる》には理解できなかった。

なぜ、美しいかぐや姫はこの世にいられないのか。

なぜ、父はこの世を地獄と言ったのか。なぜ、あんなにも必死に謝ってきたのか。

その答えは、程なく分かった。

――ねえ、荻丸兄上。見てください、この目。

死ぬ間際にしがみついてきた、父の掌《てのひら》の感触が忘れられずにいたある日、弟は薄ら笑いを浮かべ、自身の目を指差した。

その目は、それまでの黒目から、山吹色《やまぶきいろ》の瞳に変わっていた。

この世界には、「山吹《やまぶき》」と呼ばれる稀人《まれびと》がいるのだという。

数百人に一人の確率で、山吹色の瞳を持って生まれてくるその稀人は、生まれながらに大きくて頑強な体軀《たいく》、抜きん出た腕力と知力を兼ね備えており、必ずや名将になる。現に大国を統《す》べる武将は皆山吹だ。弟は普通の人間からその山吹に変化したのだとか。

——山吹は一番偉くて一番大事にされなきゃいけない。弟でも、側室の子どもでもね。どんな気分です？　側室の子だと馬鹿にしていた俺のほうが偉いんだと分かって。

弟は、荻丸と兄の武《たける》とは母親が違う。

荻丸たちの母は、父に侍《はべ》る女の中で一番位《くらい》が高く、父の正式な妻とされる正室。対する弟の母は、父の子を産むためだけに侍る側室。正室に比べ、圧倒的に地位が低い。

その力関係は子にも当てはまり、側室の子よりも正室の子が常に優先され、大事にされる。弟のほうが荻丸より半年も早く生まれてきたというのに、荻丸は正室の子だからと、荻丸が兄とされるほど。

とはいえ、それは大人たちの話。兄の武も自分も、側室の子だからと弟を馬鹿にしたことはないし、普通の兄弟として接していたつもりだったが、相手はそう思ってはいなかったらしい。

——もし「イロナシ」……ああ。兄上たちのように、山吹じゃない普通の人間のこと、イロナシって言うんですけど、そのイロナシがもう当主になっていたら蹴落《けお》とすこともできるそうで……あれえ？　そしたら武兄上はどうなるんでしょうねえ。当主になったばかりなのに。あはは。

山吹色の瞳を歪《ゆが》ませ、せせら嗤《わら》う。前は、こんな顔で嗤うような弟ではなかったのに。

その日から、すべてが一変した。

正室の子ということで、丁重に扱ってくれていた家臣たちの態度はぞんざいになり、逆に側室の子だからと見向きもしなかった弟を大事にするようになった。

山吹である弟ならば必ずや、いつ攻め滅ぼされるか分からない、この弱小椿木家を強くしてくれるに違いないと。それだけ、山吹とはすごい存在であるらしい。

扱いの差は、どんどん開いていく。

いつしか、武は幼くして危険な遠征に駆り出され、荻丸は後見人である伯父《おじ》の手により城を追い出され、父が残してくれた領土は勿論《もちろん》、衣食住全てを奪われた。

側室の子である弟を推す者たちにとって、正室の子など邪魔なだけ。しかし、直接手を下すと体裁が悪いので、武は戦場で、荻丸は荒野で野垂れ死ねばいい。そう思ってのことだ。

そんな荻丸を、家中の人間は誰一人助けてくれなかった。

領主の両親が死に、兄は遠征に追いやられて何の後ろ盾もない無力な童《わらべ》を助けても、何の益もないし、山吹の弟を推す者たちに目をつけられる。

助けるだけ損だと、皆見て見ぬふりを決め込んだ。

代わりに、手を差し伸べてきたのは百姓たちだった。

後見人の伯父は百姓たちに対し悪政の限りを尽くしていたので、いつか伯父の悪政から自分たちを救ってほしいと、なけなしの飯を分け与えてくれた。

しかし、それも微々たるもので、荻丸は程なく浮浪児と変わらぬ風体となった。

――はは、イロナシ兄上様。野良犬よりもみすぼらしゅうございますぞ。

弟が踏みにじり、投げつけてきた握り飯を四つん這《ば》いになって貪《むさぼ》り喰《く》う荻丸を見て、どんどん歪《いびつ》な光を帯びていく山吹色が嗤う。背中や頭を踏みつけてくる。

それでも、荻丸は駄犬のように握り飯を貪り喰った。

極限の飢餓状態に陥った荻丸に、もはや理性など残っていない。

餓《う》えを満たしたい。その本能のみに突き動かされ、なりふり構わず飯を貪る。

その姿に、弟が付き従えてきた家臣たちも嗤った。

――山吹様に媚《こ》びへつらうその姿、あのイロナシ御父上にそっくりだ。

皆がますます嗤う。いつもは助けてくれる百姓たちも、武士を目の前にすると怖がって助けてくれない。赤の他人のような顔をして、遠巻きに眺めるだけだ。

そんな状況を、わずかばかりだが餓えが満たされ、理性が戻ってきた頭で認識して、初めて……なぜ美しいかぐや姫が月へ帰ってしまったのかも、父がなぜこの世を地獄と言い、あんなにも必死に謝ってきたのかも理解した。

確かに、この世は地獄だ。薄汚くて、おぞましくて、いいことなんて何もなくて、美しいものはとても住んではいられない。

一筋の光も差さない真っ暗闇で、独りぼっち。

——すまぬ、なあ……。かような地獄に……そちを、生み出したりして……。

（許せませぬ、父上）

甚振《いたぶ》られ過ぎて何も感じなくなっていた心で、ぼんやりと思った。

そんな暮らしを一年ほど送ったある日、荻丸は弟の代わりに、人質として他家に送られた。

荻丸が送られた安住《あずみ》家は、須王国《すおうのくに》一国を治める石高《こくだか》百万石を超える大大名。

須王国の西隣、国人衆《こくじんしゅう》と呼ばれる地方豪族がひしめく、波留国《はるのくに》の片隅で高々一万石を治めるばかりの弱小豪族である椿木家とは比べ物にならないほどに強大で、煌《きら》びやかで、山吹の瞳の人間だらけ。

一応、安住に送られる際は、全身垢《あか》と埃《ほこり》まみれだった体を洗われ、小袖《こそで》と袴《はかま》を着せてもらえはしたが、弟たちに苛《いじ》め抜かれてやせ細った荻丸のみすぼらしさは隠しようがない。

おまけに、変に目立つと、脅威の芽は早いうちに摘んでおくに限るとばかりに殺されてしまうので、勉学も剣術もからきしの無能を演じていたものだから、

——椿木は波留国一貧乏だと聞いてはいたが、椿木には読み書きを教えてくれる者もいなければ、食う飯さえないのか？　これでは百姓と何も変わらぬ。

——お前のようなみすぼらしい無能が武士を名乗るとは、なんとおこがましい！

椿木家にいた時以上に蔑《さげす》まれ、散々馬鹿にされた。

だが、ちっとも辛《つら》くなかった。飯もなく、着るものもなく、寝るのは硬い地べたの上という、あの暮らしを思えば何ほどのことではない。

そんなふうに、思うようになってしまった。武士《もののふ》として……いや、人としての誇りも矜持《きょうじ》も失った、畜生のように賤《いや》しい己に小さく息を吐いた矢先、出会ったのだ。

——荻丸、荻丸。こっちじゃ。早う参れ。

上等な小袖に身を包んだ、荻丸よりも一回り大きな体。艶《つや》やかで健康的な白い肌。少しつり気味の大きな目が、凛《りん》とした風情《ふぜい》を醸す愛らしい顔。「こんな髪、嫌いだ！」と昼間本人が乱雑に切り捨てた銀色の髪。

安住葉月《はづき》。荻丸と同じく七つになる、安住家の御曹司《おんぞうし》様。

荻丸が他の人質の童たちに苛められているところに偶々《たまたま》出くわし、助けてくれて以来ずっと、何かと荻丸を構い、よくしてくれる。

その日も、夜こっそり部屋に忍んできたかと思うと、荻丸の手を取り、二人で部屋を抜け出した。

手を引かれ、見張りの目をかいくぐって連れて行かれたのは、月明かりに照らされ、闇夜にぼんやりと浮かび上がる、荻が咲き乱れる原っぱ。

秋の風にゆらゆらと揺れるさまは雅《みやび》で、月光にきらきらと輝く穂も美しい。

どう思うかと訊《き》かれたので、「きれいです」と素直に答えてみせると、「そうであろう！」とふんぞり返る。

――どうして、俺をここに。

――む。どうして？　決まっておろう。俺がせっかく、そなたの名はきれいだなと褒めてやったに、そなた、変な顔をしくさった。ゆえにな。直《じか》に見せてやれば俺が正しいと思い知らせることができると思うてわざわざ探してみたら、かようなところを見つけて。

――そんな、理由で……わざわざ。

黒目がちの大きな目を瞬《しばた》かせると、「当たり前ぞ」と即答された。

――嘘つきと思われるのは癪《しゃく》ではないか。どうだ。俺は嘘つきではなかったろう。

――……は、はい。

戸惑いながらも頷《うなず》いてみせると、葉月は本当に嬉《うれ》しそうに微笑《わら》った。

――ふふん。荻丸にきれいと認めさせてやった。俺の勝ちだ。

歌うように言い、荻を一本手折《たお》ると、それを持っておどけたように舞う。

その姿に、荻丸は顔をくしゃりと歪め、小さな手で袴を握りしめた。

どうして、葉月がここまで良くしてくれるのか分からない。

自分には、葉月に誇れるものなど何一つない。

天と地ほどの差がある家柄。地獄の餓鬼《がき》のごとく醜くやせ細った見苦しい容姿。

格好悪い、無様な姿しか見せたことがないし、何より……自分は「白銀《はくぎん》」の葉月と結ばれるよう運命づけられている、山吹でもない。

「白銀」とは、数千人に一人の確率で生まれてくる、山吹と同じ稀人で、絹糸のように美しい白銀の髪色をしている。

普通の人間に比べて小柄で華奢《きゃしゃ》、力もない。

代わりに、繁殖能力に長《た》け、同性とでも妊娠することができて子沢山。山吹と交われば高確率で山吹を産むことができると言われている。

そんな白銀は、山吹の世継ぎを切望している武将たちにとって、一人でも多く侍らせたい貴重な存在だ。

非力な白銀にしてみても、権力者である山吹に養ってもらわなければ生きていけない。

ゆえに本来、白銀は山吹以外には目もくれない。それだというのに。

葉月が何を考えているのか分からない。それでも、葉月といると心が馬鹿みたいに震える。

葉月が微笑うとこちらも嬉しくなり、葉月が悲しげに顔を歪ませると胸が軋《きし》む。

薄汚い地獄だと思っていた世界が、葉月がいるだけで鮮やかに色づいていく。

その世界の真ん中で、昼間自分が挿《さ》してあげた撫子《なでしこ》の花を髪につけたままの葉月が、朗らかに微笑いかけてくれる。夢のように美しい。

——誰に何を言われようと凜としておるそなたは、月明かりに照らされる萩のように涼やかで美しい。誰よりも、格好いいと思うぞ。

葉月はこの世で一番清らかで愛らしい、白銀のかぐや姫様。

いつまでもそばにいて、傍らで微笑っていていてほしい。

けれど、荻丸は知っていた。それは叶《かな》わぬ夢だと。

――この世界には、住めなかったのかもしれないわ。かぐや姫は美しい、月の人だから。

美しいかぐや姫と、薄汚い自分は住む世界が違う。どんなに手を伸ばしても届かない。

それがこの世の理《ことわり》であり、この世の形。どうしようもない。

と、あの頃の自分は完全に諦《あきら》めていた。

己のことも、生涯想い続けるだろう想い人のことも、何もかも。

それだというのにだ。

――椿木殿。どうか我が愚息、葉月を嫁にしてはもらえまいか。

十三年後、百万石の大大名、安住久秀《ひさひで》からそう言って頭を下げられたのだから、つくづく世の中何が起こるか分からないものだ。

だが、分からなくても何でも、自分は……。

＊＊＊

山の緑がますます深みを増す、梅雨のある日。実り多き豊かな須王国を統べる安住家の居城、久慈山城《くじやまじょう》に、安住に与《くみ》する波留国の国人衆が集められた。

召集理由は、池神《いけがみ》家の動向について。

安住には、長年敵対関係にある池神という宿敵がいる。

須王国と、波留国を挟んで対峙する泉水国《いずみのくに》を統べる大大名にして、安住と同じく領地拡大を狙う野心家で、これまで何十年にもわたって安住と戦《いくさ》を繰り返してきた。

その池神が不穏な動きを見せ始めたと言う報《しら》せを受け、久秀は今後について話し合いたいと、国人衆に召集をかけた。

しかし、それはあくまでも表向き。

領土が高々数万石の弱小国人衆がひしめく、波留国を挟んで対峙する安住と池神が戦をする時、大国両家は国人衆を一人でも多く味方に引き入れようと奔走する。敵方に与している国人衆に対してもだ。

今回も、安住に与していながら池神に声をかけられ、密かになびこうとしている者が少なからずいる。その連中を戦前に割り出すのが、久秀の真の狙いだ。

当然、居並ぶ国人衆も久秀の思惑を理解している。

久秀に池神への変心を悟られぬよう、またはいらぬ疑心を抱かれぬよう、会合の場はぴんっと張り詰めた空気が漂っている。

そんな会合の末席に、一人ひと際若い武将の姿があった。

歳《とし》の頃は二十代前半。緑の黒髪と言う言葉どおりの、黒々とした艶やかな髪の総髪。深い藍色《あいいろ》の直垂《ひたたれ》を纏《まと》った、少々細身ながらも均整の取れた体軀。

少し頰のこけた細面《ほそおもて》の顔に綺麗《きれい》に収まる、筋の通った高い鼻梁《びりょう》や、形のよい眉、唇などは、どの部位も貴族のような高貴さを醸しながらも、凜々《りり》しく涼やかだ。

そして、長い睫毛《まつげ》から覗《のぞ》く、静謐《せいひつ》な色を湛《たた》えた山吹色の瞳。

荻丸……今は元服して名を改めた椿木傑《すぐる》だ。

皆に馬鹿にされていた、枯れ枝のようにやせ細ったあの頃が嘘のような美丈夫《びじょうぶ》に成長した上に、山吹にまで変化した傑は、昨年、兄の武から家督を継ぎ、椿木家当主となった。

そのため、今回初めて国人衆たちが集うこの会合に参加したが、会合の話題はほぼ傑が独占していた。

「椿木殿、昨年の戦はお見事でございました。御館様《おやかた》のご加勢があったとはいえ、たった九百の手勢で一万の池神軍を打ち破るなど、まさに軍神」

「領内に鉱山が発見され、山吹へと変化され、輝かしい武功を重ねられて此度《こたび》、ご内室の葉月様はめでたくご懐妊。ちなみに、産み月はいつ？」

「来月でございます」

「ほう。来月には父御《ててご》になられる。いやあ、あの顔色の悪いやせっぽちがかように立派になられるとは」

「椿木殿にいち早く葉月様を娶《めあわ》せておいた、御館様の眼力のすごさよ」

久秀も彼らに調子を合わせて、上機嫌な声で話に乗る。

「かような婿殿《むこどの》を持ってわしも鼻が高い。いや、婿殿の才覚にいち早く気づいたわしの先見の明を誇るべきか。はっははは」

そんな彼らのやり取りを、傑は都《みやこ》の公家《くげ》のような雅さを醸す、整った白い顔にあるかなしかの薄い笑みを浮かべ、黙って受け取る。

だが、心の内は梅雨空のごとく、どんよりと沈んでいた。

傑を褒めれば久秀に媚びが売れるし、若輩の傑など、煽《おだ》て上げればすぐ調子に乗って、危ない任に進んで就くに違いないとほくそ笑む、国人衆の思惑が透けて見えるから？

なぜこんな連中の相手を、身重の妻を置いてきてまでしなければならないのだとやるせなくなるから？　それもある。だが、何より気が滅入《めい》るのは……。

「父上、意地の悪い戯《たわむ》れはおやめなされませ。椿木殿が可哀想でございます」

不意に、久秀の高笑いがやんわりと遮られた。顔を向けてみるとそこには、久秀の横に座す男の姿があった。

歳の頃は二十代後半。上等な黒の直垂を優雅に纏った、長身で頑強な体軀。綺麗に整った顔立ちに、蛇のように不気味な静けさを湛えた山吹の瞳が印象的なこの美丈夫は、安住久道《ひさみち》と言い、妻、葉月の異母兄にして、安住家の嫡男だ。

生まれながらの山吹ということもあり、幼少の頃より神童の呼び声高く、長じてからも勉学、剣術、馬術、和歌と何においても秀で、戦においても負けなしという、久秀自慢の跡取りだという噂《うわさ》や、昔久道の指揮下で戦っていた兄、武から少しばかり話は聞いてはいるが、同座するのはこれが初めてだ。

何度か陣中ですれ違ったことはあるが、こちらが挨拶しても久道は返事どころか見向きもしなかったし、久秀に呼び出された時も「貧乏椿木の次男坊ごときと同席などまっぴら」と、久道は席を立っていたから。

「可哀想？　久道。婿殿の何が、可哀想だと言うのだ」

「椿木殿はめでたいことなど何一つない。不幸のどん底だからです」

訝《いぶか》しげに立派な太い眉を寄せる久秀に、久道はさらりと言った。

「領内に鉱山が発見されても、取り分はほぼ父上に巻き上げられてしまいますから、ないも同然ですし、『椿木殿のおかげで戦に勝てた』と褒めても、褒美を与え取り立てるわけでもない。先の戦で椿木殿が切り取った土地も、あれこれ理由をつけて、結局取り上げられてしまわれた」

その場の空気が変わった。

「椿木殿は今までどおり、波留国一弱小で貧乏のまま。安住からの恩恵を期待して椿木殿を当主に推した家臣たちは当てが外れたと不満を募らせていると聞きますし、父上の口先だけの持ち上げを素直に受け取った国人衆からは余計な妬《ねた》みを買う。いいことなど一つもない」

淡々と指摘されたその言葉。実に容赦のないものではあったが、完全なる真実であった。

久秀はいつも盛大に褒めそやしてくれるが、それだけだ。領地の加増や褒美をもらったことなど一度もない。

つまりだ。久秀は、傑を引き立てるつもりなどさらさらない。家を存続していけるぎりぎりの領土のみに留《とど》まらせ、死ぬまで飼い殺しにするつもりだ。

傑が山吹に変じたことを警戒し、自身の息子と娶せることで「婚家」という枷《かせ》を作り、雁字搦《がんじがら》めにした上で、公《おおやけ》の場でこれ見よがしに褒めちぎってみせる。そうすれば、椿木家家中では、傑は口先だけのおべっかでいいように踊らされている愚物と呆《あき》れさせ、周囲の国人衆には、傑ばかり贔屓《ひいき》にされていると思わせ、内外ともに孤立させようとする徹底ぶり。

国人衆は生かさず殺さず。出そうな杭《くい》は徹底的に打っておく。えげつないことこの上ない……いや。

こんなこと、大勢の国人衆を統べる戦国大名においての鉄則。久秀が特別悪辣《あくらつ》というわけではない。しかし、久道のほうは――。

「挙げ句に、椿木殿の目が山吹に変われば、あの出来損ないの『はずれ』を押しつけて」

「はずれ」とは、葉月を揶揄《やゆ》した蔑称《べっしょう》だ。

葉月は、従来の通説が全く当てはまらない白銀だ。

白銀は本来、中性的な顔立ちと、小柄で線の細い体つきで生まれてくるとされ、腕力もなければ体力もない。

媚薬《びやく》のような馨《かぐわ》しい匂《にお》い、淫気《いんき》を放つとも言われているが、葉月は……秀麗な顔立ちながら一目で男と分かる顔立ちに、細身ながらも長身でしっかりとした男の体格。侍《さむらい》大将を任されるほど、腕力も体力も抜きん出ている上に、淫気も一切発しない。

また、白銀は子が産める体になると、三カ月に一度、七日間ほど「発情期」と呼ばれる……常に身の内を火照《ほて》らせ、普段の三倍以上の淫気をまき散らして、種付けしてくれる相手を本能で探し求める周期がやって来るようになるが、それはどんなに遅くても十五歳までには発生すると言われている。

だが、葉月にその発情期が訪れたのは、二十歳《はたち》を過ぎてから。

そんなふうに、通説では測れぬ葉月を皆、きっとまともに子が産めぬ、白銀の出来損ない「はずれ殿」と揶揄していた。

そんな弟の蔑称を、このような公の場で平然と口にする。

（……なるほど）

武が語っていた人物像そのままの男のようだ。

「はずれを娶《めと》らせれば、国人衆に降ってわいた山吹の血筋を一代限りで絶やせると思いましたか。ふふん。父上は実に用心深い。国人衆の山吹にそこまで警戒されるとは。誠にもって、椿木殿は不憫《ふびん》よ。目の色が変わり、少々目立ってしまったばかりに、散々いびられ、出来損ないのはずれを押しつけられ、大事な家を潰される」

「久道」

久秀が語勢を強める。すると、久道はようやく口を閉じ、すまし顔で会釈した。

「申し訳ありません。戯言《ざれごと》が過ぎました」

ようやく黙った久道に、久秀は六尺を軽く超える巨体を不快げに揺すった。

それからこちらに顔を向けてきて、困ったように笑う。そこでようやく、そのさまを食い入るように見つめていた己に気づき、傑は笑顔で応えつつも内心息を吐いた。

最愛の妻と腹の子が公衆の面前で侮辱された。激怒して然《しか》るべき状況だ。もしくは、安住にいた頃、あのように平然と「出来損ないのはずれ」と揶揄され、傷ついていただろう葉月の心を慮《おもんぱか》るか。それだというのに、自分の心は何で満たされていた？

「全く。我が愚息ながら嘆かわしい。傅役《もりやく》どもが天才だ何だと褒めそやすゆえ、安心して戦に明け暮れておればこの始末よ。婿殿。気を悪《わる》うなされますな。こやつめ、わしにさっさと家督を譲らせようと、わしの至らなさをあげつらうことに躍起なのだ。わしは、葉月に元気なややを産んでほしいと心から願うておりますぞ。なにせ……うん？」

押し黙っている傑に気づかわしげに声をかけていた久秀が、おもむろに口を閉じた。

「いかがいたした」

「はっ。ただいま、椿木家より火急の使者が」

背後から聞こえてきたその言葉に、傑は弾《はじ》かれたように顔を上げ、振り返った。しかし、椿木家からのものらしき文を携えた男は傑を素通りして、その文を久秀に差し出した。

すぐさま文を開いて走り読んだ久秀が、目を大きく見開いた。

「婿殿！　葉月が産気づいたっ」

「……え」

産気づいた？　まさか。産み月は来月で、体調も安定していたはずだ。

早過ぎる。体調が急変した？　それとも、腹を強く打つような不測の事態が起こったのか。

最悪な想像が怒濤《どとう》のように押し寄せてきて、息を詰めていると、

「なんでも、昨日の未《ひつじ》の刻《こく》に突如産気づいたそうな。それで」

「未の刻っ」

自分が城を出て一刻《いっとき》も経《た》っていないではないか。いや、そもそもどうして今まで知らせて来なかった。

「婿殿は大事な会合が控えておるゆえ知らせないでくれ。帰ってきた婿殿にいきなり生まれた我が子を見せてびっくりさせてやると、葉月が言い張ったそうな」

（またそういうことを……！）

葉月の悪いところだ。全然大丈夫とは言えない状況に陥っても、大丈夫だと言い張って、決して助けを求めようとしない。

初産《ういざん》、しかも一カ月も早く産気づくなんて大事ではないかと、憤《いきどお》りが込み上げてきたが、

「しかし、夜が明けても生まれぬとなるとさすがに」

続けて言われたその言葉に、憤りも何もかもが吹き飛んだ。

——何じゃ。俺がこれだけ大事ないと言うておるに、まださような顔をするのか。……しかたない。ほ、ほら。俺の宝物を貸してやるゆえ、これを俺と思うて持っていけ。

城を発《た》つ直後、葉月ははにかみながら、撫子の押し花を遠慮がちに差し出してきた。

傑が子どもの頃に贈った撫子だ。葉月はそれを押し花にしてずっと、宝物として大事に持っている。

そんなものを、そんな可愛い顔で差し出されたら、余計に行きたくなくなるではないかと抱き締めた時は、とても元気だった葉月。それなのに。

「あ……お、恐れながら」

懐《ふところ》に忍ばせた押し花に思わず手をやりながら声を振り絞ると、久秀はすぐさま頷いた。

「よい。急ぎ帰国され……」

最後まで聞いていられなかった。久秀の「よい」を聞くと同時に、傑は転がらんばかりの勢いで駆け出した。

――この世界には、住めなかったのかもしれないわ。かぐや姫は美しい、月の人だから。

脳裏にこびりついて離れない、その言葉に追われるように。


椿木家は、波留国のやや北に位置する芳実荘《よしみのしょう》と呼ばれる土地を所領としている。

切り立った山々の谷間に申し訳程度にできた盆地に、幾筋かの川が流れるばかりの小さな土地だが、そこに開墾《かいこん》された田畑は整備が行き届いており、どの田畑にも稲や作物が青々と育っている。

百姓たちは皆田畑に出て、野良《のら》仕事に勤《いそ》しんでいるが、いつもは真面目《まじめ》に精を出す彼らも今日はどうにも仕事に身が入らない。

彼らの視線は、芳実荘を一望できる山の上に建てられた、椿木家の本城、蒼月城《そうづきじょう》へと向けられている。

「静かだな。和子《わこ》様はまだお生まれにならねえのか」

「初産なんてそんなもんだと思うが、心配だなあ。もう一日以上経ったし、産み月より一月《ひと》も早いんだろう？　もしかして、何かあったんじゃ」

「馬鹿言え。芳実荘一元気なおかた様だぞ。何かなんてあるはずがねえ」

話題も、産気づいた葉月への心配ばかり。

傑は幼少のみぎり、百姓たちと生活をともにしていたためか、百姓のことをよく分かってくれるし、毎日のように領内の検分に出かけ、出会う者一人ひとりに「今、何か困っていることはないか」と気さくに話しかけ、できる限り善処してくれる、領民思いのいい領主様。

嫁の葉月は大名家の出でありながら、身分にかかわらず屈託なく接してくれる人懐こさはもとより、人を元気づける天才で、話していると塞いでいた心に光が差し、気がつけば華やいだ気持ちにしてくれる、太陽のようなおかた様。

皆、この夫婦をとても好ましく思っているし、最近腹の子のことを口にしては目を輝かせる二人を見ていただけに、無事に出産してほしいと願ってやまない。

「おかた様も赤ん坊も無事でいてほしいもんだが……っ」

突如、風もない穏やかな陽気を切り裂く一陣の風が吹き荒れ、百姓の一人が尻餅《しりもち》を突いた。

「いてっ。何だ、今の風……あ。殿様っ？」

起き上がる百姓が目を丸くしたが、一陣の風……馬を駆る傑には全く耳に入らない。

もう、どこをどう走ったのかも記憶にない。本来ならば、一日かかる安住からの道程をたったの数刻で、疾風《はやて》のごとく駆け抜けた傑は減速もせず、そのまま蒼月城に突っ込んだ。

「ああ、傑様。お戻りになられたのですね」

傑が降りるなり、泡を吹いて倒れた馬にも構わず庭先に転がり込むと、目元を真っ赤に腫《は》らした若い男が駆け寄ってきた。葉月に幼少の頃より仕えている近習《きんじゅ》の三十郎《さんじゅうろう》だ。

「申し訳ございません。安住の殿様にあのような文を独断で出してしまいまして。先生様は、初産は長引くものなので大丈夫だと申されるのですが、いつも無駄に元気な葉月様のあのようなお姿を見ていましたら、居ても立ってもいられず……ううう」

「あのような、とは」

「まあ。呼び戻してしまいましたのかえ」

大粒の涙を流しながら崩れ落ちる三十郎に青ざめていると、しわがれた声がかかる。久秀が寄越してくれた、白銀専門の産婆《さんば》だ。

「大事ないとあれだけ言うてやったに。でもまあ、かえってよかったのやも」

「あ……葉月の、具合は」

蹲《うずくま》って慟哭《どうこく》する三十郎に白い目を向けつつ首を捻《ひね》る産婆に近づいて尋ねると、産婆は「おやおや」と目を丸くした。

「そのようなひどい格好で。いい男が台無しですぞ？　……陣痛は来ているのですが、本陣痛がなかなか来なくて……うーん。どうです。お会いになりますかえ？」

「よいのか」

産気づいている妊夫に夫が面会できるなど聞いたことがない。

「はあ。本来ならありえぬことですが、傑様と葉月様は『つがい』でいらっしゃいますので」

白銀には、「つがい」と呼ばれる習性がある。

山吹に項《うなじ》を噛《か》まれると、その山吹のつがいとなり、発情期を除き、そのつがい相手としか性交できなくなるし、周囲を誘う淫気も、つがい相手のみを誘うものへと変化して……つまり、真の伴侶《はんりょ》になるということだ。

なので、白銀は初夜に夫となった山吹に項を噛まれ、名実ともに夫婦となるのが慣例であったが、現在ではすっかり廃《すた》れてしまっている。

白銀は一度つがい関係を結んでしまうと、二度と元の体に戻ることはできない。つがいの山吹と生き別れになろうと、相手が死のうと、死ぬまでそのままだ。

明日何が起こるか分からない、離別死別が当たり前のこの乱世において、それはあまりにも致命的。再婚でもいいから一人でも白銀が欲しい山吹にとっても、望ましいことではない。

ゆえに、婚姻関係を結んでも、白銀をつがいにはしないのが暗黙の了解であったが、傑は葉月をつがいにした。

自分のような、いつ誰に攻め滅ぼされても可笑《おか》しくない弱小領主が、葉月をつがいにしていいわけがないと思っていたが、初めて会った時から十数年、自分だけのものにしたいと渇望していたかぐや姫に「噛んでくれ、荻丸」と、潤《うる》んだ瞳で懇願されては抗《あらが》えるはずなどなかった。

そして、傑のつがいとなった葉月は、傑を恋しがる体になった。精神的、肉体的に弱っている時は特にひどく、「つがい焦がれ」という動悸《どうき》の発作まで起こる。

「つがい焦がれが起きているのか」

「はい。今は傑様の匂いが沁みた着物を嗅《か》いで凌《しの》いでおられますが、なかなか。本陣痛の妨げになっているとも考えられますゆえ、つがい焦がれを鎮めていただきたく」

「分かった……」

「あ、あの……!」

歩み出そうとする傑を、それまで泣いていた三十郎が慌てたように引き留めてきた。

「か、かようなこと、私が申し上げるべきではないと思うのですが、その……このままでは、葉月様がお可哀想で」

「何かあったのか」

「実は、傑様が城をお出になってすぐ、安住の草の者がこっそりと訪ねて参りました」

三十郎が顔を寄せ、小さな声で耳打ちしてきた。

「席を外せと言われましたので、どのようなやり取りがあったのか存じませんが、その草と話された後、葉月様は顔が青うなって、具合が悪くなった挙げ句、産気づかれてしまって」

一瞬にして、全身の血が冷えた。

「葉月様は頑《かたく》なに何を言われたのかおっしゃろうといたしませぬが、弱みを見せるのが死ぬほどお嫌いな葉月様が、私に悟らせるほど顔に出してしまわれるなどよっぽどのこと。それで、会合の席で何かありましたでしょうか。何かお心当たりがあれば、教えていただきたく」

「それは、おそらく久道殿の仕業であろう」

そろりと告げると、三十郎は目を丸くした。

「え、え……久道様で、ございますか」

「先ほどの会合で、久道殿より散々に言われた」

久道に言われたありのままを教えてやると、三十郎の顔は瞬時に真っ赤になった。

「ひどい。久道様は昔から『白銀のくせに武将を目指すなど身の程知らず』と、葉月様を目の敵《かたき》にしておられましたが、さようなことをおっしゃるなんて！」

「……このこと、久秀殿への文に書いたか？」

さりげなく三十郎の様子を観察しつつ尋ねる。

「は、はい。久秀様の命によるものなのか、知りとうございましたので」

（……知らせたか）

このことを知れば、久秀は必ず久道を問い質《ただ》す。そのことで久道に変な逆恨みをされるだろうが、これ以上葉月に余計なちょっかいをかけられなくてすむと思えば、いたしかたない。

「俺にこのことを話すことも書いたか」

「え。い、いいえ、そのことについては何も」

「では、この先も言うな。久秀殿まで敵に回すことはない。あの方は久道殿と違い、葉月を大事に想うておられる。それは、俺よりもお前がずっと分かっているはずだ」

「は、はい。勿論でございます」

「よし。それと、葉月にも言うな。これ以上、余計な心労を増やしたくない」

そう言い添えると、傑は踵《きびす》を返し歩き始めた。

案内は必要ない。先ほどから匂うのだ。蜜のように甘く馨しくも、胸を騒がせる……っがいの傑にしか分からない、葉月の匂い。

その匂いが漂う部屋の障子を開けてみると、目に飛び込んできたのは、山のように積まれた着物……と、思ったら、着物の山がわなわなと震え始めた。

「ふふん……ふん！　……おお！　これは、実に濃厚な傑殿の匂い！　よくぞここまで傑殿の匂いが沁《し》み込んだ着物を持ってきてくれた。礼を申す……っ」

被《かぶ》っていた着物を勢いよく取り払い、白い肌着姿の男が現れた。

歳の頃は二十代前半。雪のように白い肌。背の中程まで伸びた絹のような銀髪。眦《まなじり》の切れ上がった涼しげな眼元が印象的な美しい顔立ち。

それだけなら繊細で冴え冴《さ》え《ざ》とした風情だが、長い睫毛から覗く瞳は夏の木漏れ日のように輝き、浮かべる表情も少年のようにあどけない。そんな、温かい愛らしさに溢《あふ》れた麗人、傑の最愛の妻、椿木葉月は、傑と目が合うなり目を丸くした。

「傑殿っ。な、なにゆえ……まさか、三十郎がまた余計なことをしくさったか。呼んでくれ。叱《しか》りつけてくれる」

形のよい眉をつり上げて怒鳴る。だが、その声は実にか細く、息も絶え絶えだ。

目の下にはクマもできていて、ひどくやつれて見える。その姿に胸が痛みながらも、傑は葉月のそばに控えていた侍女たちへと目を転じた。

「皆、しばし外せ。葉月と二人で話がしたい」

「まあ……でも、あの」

「産婆の許可は取ってある。早《はよ》ういたせ」

戸惑う侍女たちにそう言い添えると、「それならば」と納得し、皆部屋を出てくれた。

傑と葉月のみとなる。途端、傑は葉月が何か言い出す前に駆け寄り、きつく抱き締めた。

葉月は驚いたように「傑殿っ？」と声を上げたが、すぐ、たまらずといったようにしがみついてきた。

傑の胸に鼻を押しつけ、鼻息荒く傑の匂いを嗅ぐ。限界まで水中に潜っていた人間のように。やはり、相当重度のつがい焦がれが発症していたらしい。

ただでさえ陣痛が苦しかったろうに、つがい焦がれまで――。

辛かっただろう。それなのに！　と、背中を摩《さす》ってやりながら胸が締めつけられていると、葉月が深い溜息《ためいき》を吐《つ》いた。

「……はぁ。……傑、殿」

掠《かす》れた呼び声を受け、顔を覗き込むと、眉をしゅんと下げた葉月がこちらを見上げてきた。

「傑殿、すまぬ」

そう言ってますます眉を下げるので、傑は首を傾《かし》げる。

「うん？　どうして葉月が謝る」

「傑殿を、死ぬほど不安にさせた」

穏やかに微笑ってやりながら問うと、そんな言葉を投げかけられる。思わず真顔になった。

「すまぬ。俺は大事ないゆえ、安心して行ってこいと言うておきながら、産気づいたりして」

「葉月……」

「だが、な？　傑殿、何ほどのことはない。というか、喜んでくれ！　この子は……傑殿を出産に立ち会わせてやろうと、ずっと傑殿の帰りを待っておった。かように、父親思いの良き子がおろうか」

嬉しいなあ？　そんな言葉とともに傑の手を握り、痛みに耐えながらも一生懸命微笑《ほほえ》む。

そのどこまでも温かく、美しい笑みに目頭《めがしら》が熱くなった。

葉月はいつもそうだ。

自分のほうがずっと辛くて苦しいのに、傑が気鬱《きうつ》になっていると分かると、朗らかに笑って心を明るく照らしてくれる。

初めて出会ったあの頃も、こんな田舎《いなか》の貧乏領主の自分の許《もと》に嫁いでくれてから今の今まで、ずっと……ずっと。

これほどまでに心清らかで温かい妻が、他にいようか。

誰がなんと言おうと、葉月は最高の妻だ。愛《いと》おしくてしかたがない。だから――。

「葉月」

葉月の白い手を握り返し、傑は口火を切った。

「覚えているか。葉月から初めてこの子のことを聞かされた時、俺はこう言った。『死にそうなほど嬉しい。葉月が産む子は良い子に決まっている』と」

「え。あ……勿論、覚えておる。すごく、嬉しかったゆえ、何度も胸の内で繰り返したのだぞ？　傑殿が言うのだから、俺は良い子が産める。良い子が産めると」

「あれはな。少し言葉足らずだった」

自分に言い聞かせるように繰り返す葉月にそう言うと、睫毛の長い切れ長の目が瞬いた。

「言葉足らず？　はて。どういうこと……」

「どんな子でもいい」

葉月の手を握る手に、力を籠《こ》める。

「愛しい葉月が産んでくれる子なら、男でも女でも、山吹でなかろうと何でも、どんな子であろうと可愛い。愛おしい」

「傑、殿……」

「守ってみせる。誰に何と言われようと、何をされようと、俺が必ず守る。だから、心安らかに産んでくれ。葉月と、俺の子を」

柔らかく微笑んでみせるも、力強く言い切る。心の底からの本心だったから。

葉月は何も言わない。ただこちらを見つめ、瞳を頼りなさげに揺らすばかりだ。

だが、おもむろに今にも泣き出しそうなほどに顔を歪め、再びしがみついてきたので、しっかりと抱き留めてやる。

「傑殿は、嫌な男ぞ。なにゆえ、俺が今一番ほしい言葉ばかり、さようにさらりと……あ」

甘えるように胸に頬を寄せてきていた葉月が、何とも間の抜けた声を漏らした。

「傑、殿。あの……産婆を、呼んでくれぬか」

「産婆？　どうした。気分が悪くなったか」

「うーん？　何というか、その……今……頭が、出たような？」

「そうか。頭が……はあっ？」

さすがの傑も素《す》っ頓狂《とんきょう》な声を上げてしまった。


『いやあ、知りませんでした。つがい相手の匂いで出産の痛みが和らぐだなんて。どうりで可笑しいと思った……』

『せ、先生様！　知らなかったなどと、さようなことでは困ります。我らがどれだけ心配した」……』

部屋の外から三十郎の抗議の声が聞こえてくる。しかし、それ以外は、

『山吹の男子だそうだが、とにかく無事にご出産なされてよかった。わしは生きた心地がせなんだ。うう』

『めでたいめでたい。おかた様も和子様も健やかで、誠にめでたい』

葉月と赤ん坊の無事に安堵《あんど》するすすり泣きと、赤ん坊の誕生を寿《ことほ》ぐ歓喜の声ばかり。

葉月が常々城内外問わず、誰にでも分け隔てなく気を配り、親しく声をかけ続けた結果だろう。

平静なら、彼ら一人一人に声をかけ、感謝の言葉を伝えるところだが、今の傑にそんな余裕はなかった。

「……傑殿。ありがとう。傑殿が先ほどの言葉をかけてくれねば、俺は……この子を死なせておったかもしれん」

傑の腕の中で、涙ぐみながら生まれたばかりの我が子を愛おしげに抱く美しい妻と、初めてこの目で見る、葉月に抱かれた存在。

信じられないほど小さな体。小さな頭。小さな鼻。小さな口。小さな手。何もかもが小さく、儚《はかな》い。それでも、ぷっくりとした頬は柿《かき》よりも赤く、表情はどこまでも満ち足りて、安らかで……ああ。

その光景に、傑の胸は燃えるように熱くなった。

子どもなんて、絶対に作りたくない。そう思っていた。

いいことなんて何もない地獄のようなこの世界に引きずり落とし、自分が今味わっている責め苦を強要するなど、惨《むご》いにも程があると。

けれど、今は違う。

幸せだ。この世の誰よりも自分が一番だと思うほどに、この子が生まれて幸せだ。

ゆえに、先ほど自身が口にした言葉が脳裏に響く。

――守ってみせる。誰に何と言われようと、何をされようと、俺が必ず守る。

(……そうだ)

この世がどんな世であろうと、周り中敵だらけであろうと知ったことか。

この二人は、自分が命に代えても守ってみせる。「月」になど帰さない。

(俺のもの……俺だけのものだ。誰にもやらないっ)

たとえ、どんな手を使ってでも――。

山吹の瞳が、血に塗《まみ》れた刃《やいば》のように鈍く光った。

+ + +

御家存続のため強い跡取りが渇望されているこの乱世において、山吹を産むことが存在意義である白銀は、発情期を迎えると男でも白無垢《しろむく》を着て山吹に嫁入りするしきたりだ。

ゆえに、男女問わず「女」として育てられ、花嫁修業を受けさせられる。

そのためか、それとも生来の嗜好ゆえか。葉月は物心ついた時から、綺麗で可愛いものが好きで、可愛いお嫁さんになって、可愛いややをたくさん産むのが夢だった。

──かっこよくてりりしいとのがたの、およめさんになりたいね。

──きれいなおよめさんになりたいね。

三つか四つの年端《としは》のいかぬ頃、葉月と同じく白銀である双子の弟、充《あたる》とよく、綺麗な着物を互いに着せ合い、見せ合いながら、そんなことを言い合って遊んでいたものだ。

しかし程なくして、葉月はその遊びをしなくなった。

葉月が好きでたまらない、花や綺麗な着物や小物を「こんなもの、好きではない」「嫌いだ」と言って遠ざけ、女装も止《や》めて男の格好をするようになった。

──葉月様って、白銀の出来損ないよね。白銀は充様のように、類稀《たぐいまれ》なる美貌《びぼう》を持って生まれてくるというのに、葉月様はお花も綺麗な着物もちっとも似合わない。

──充様が月夜に輝くかぐや姫様なら、葉月様は泥にまみれたお猿《さる》さん。全く、「あたり様」「はずれ殿」とはよく言ったものね。

葉月が花を愛《め》で、愛らしい着物を着れば、皆がそう言って嗤うようになったからだ。

好きなものを似合わない。滑稽だと馬鹿にされるのは、とても悲しい。嫌いだと遠ざけて、嫌いだと思い込むほうがずっと楽だ。

それでも、葉月への悪口はなくならない。「白銀のくせに可愛くないなんて」「白銀の出来損ないはずれ殿」と馬鹿にされる。

安住家の当主は代々超がつくほどの面食いで、元々器量よしの白銀の中から選《え》りすぐりの美人を厳選して侍らせる。ゆえに、安住家は類稀なる美人だらけ。

その上、その選りすぐりの美人たちのさらに上を行く美貌の持ち主である充がいつもそばにいるのだから、そこそこ顔立ちが整っている程度で、女装さえも似合わない葉月は、みすぼらしい不細工でしかなかった。

実父、久秀からも、「葉月は充と違《ちご》うて不細工だなあ」と、顔を合わせるたびにしみじみと言われた。挙げ句、

――とはいえ葉月。わしは泣く子も黙る安住家の殿様。必ずや、そなたを誰ぞに無理矢理にでも押しつけ……いやいや、そなたのような不細工でもよいという物好きを見つけ出し、嫁がせてやるゆえな。安心いたせ。がははは！

全然慰めになっていないことを言われて、がしがし頭を撫《な》でられる始末。

胸の奥が、じくじくと痛み続ける。

なんで、弟の充はあんなに可愛いのに、自分は不細工なのだろう。なんで、自分の髪は銀

色なのだろう。皆と同じ黒色だったら、一目で男と分かる顔立ちも体格もとやかく言われることなんてなかったのに。

むしゃくしゃして、苦しくてしかたない。

荻丸に出会ったのは、そんな時だった。

人質として安住家にやってきた荻丸は、波留国にひしめく国人衆の中で一番弱小で貧乏と言われる椿木家の子。

荻丸と同じく集められた人質たちの誰よりも小さく、やせっぽちで、粗末な小袖と袴を着ていた。勉学も剣術もからきし。おまけに、誰に何を言われても言い返さないし、されるがままなので、皆から苛められていた。

葉月よりもずっとずっと辛い状況にある荻丸。それなのに、彼はいつも平然としていた。何を言われ、何をされても、けろっとしている。

それが、葉月には不思議でしかたない。悪口を言われて馬鹿にされたら悔しいではないか。

それなのにどうして。尋ねると、荻丸はこう言った。

――あの者たちが何を言おうと、今日の夕餉《ゆうげ》は出ます。暖かいお布団で眠れます。

――え？　あ……う、うん。

――殴られても……殺されるわけでも、腕を斬《き》り落とされるわけでもなくて、しばらくちょっと痛いだけです。だから、何ほどのことではございません。

平然と言い切る荻丸に、葉月は雷に打たれたような衝撃を受けた。

悪口を言われる時、葉月はいつも、自分にないものばかりを数えていた。

弟の充はとっても可愛いのに、白銀なのに可愛くない顔。ごつごつした男っぽい体。そんなことばかりを考えて、悔しくて、悲しくて、むしゃくしゃするばかりだった。

しかし、荻丸は自分にあるものの数を数えて、こんなことは何でもないと言ってのける。

すごい考え方だと思った。

それからも、荻丸は終始そんな調子だった。

何を言われようと「何ほどのことではございません」と言い、誰の悪口も言わず、葉月に対しても「白銀なのに」とは一言も言わず、ただ風に揺れる柳から零《こぼ》れる木漏れ日のように穏やかに微笑うばかり。

それから、「男のくせに花など摘んで」と馬鹿にされながらも、花を摘んできてくれて、

――似合《にお》うております。可愛い。

花を持った葉月を見て、そんなことを言う物好きで……。

そんな荻丸のそばはとても居心地がよかった。いつでも穏やかで泰然とした風情が、すごく格好いいと思って……自分も、荻丸のような男になりたいと思った。

以来、葉月は荻丸を見習って、何か言われるたび、「何ほどのことではない」と口にし、自分が持っているものだけを数えるようにした。

そうして、いざ数えていってみると、自分が考えていた以上に、色々なものをたくさん持っていることに気がついた。

惜しげもなく与えられる衣食住。大大名、安住久秀の息子という地位。本来の白銀では手に入らない腕力と体力。逆に、日常生活に支障をきたす淫気も発情期もない。

こんなにも恵まれた状態で、自分にないものばかりを数えては嘆いて、いじけ腐って……なんと馬鹿なことをしていたのだろう！

自分は誰かの庇護がなければ生きていけないひ弱な存在ではない。腕力も体力もある男だ。だったら、普通の男として生きていけばいい。文句のある輩《やから》が押し黙るほどに強く、偉くなってやれ！

そう思ったら、何だか胸が……いや、体全体が燃えるように熱くなって、葉月は父の許へと駆け出した。

——父上！　俺は武将になりとうございますっ。

駆け寄るなりそう叫ぶと、久秀はぎょっと目を剝《む》いた。

——はあっ？　そなた、いきなり何を言い出すのだ。確かに、そなたは男で、丈夫で、剣術にも秀でておるが……駄目だ駄目だ。白銀の武将など聞いたことがない……。

——ならば、俺がその初めてになってやります。それに、父上はいつも言っています。不細工でも誰かに押しつけてやるから安心せよと。俺は、父上に無理強《じ》いされてすごすごと言いなりになるような軟弱者の嫁になるなどまっぴらです。

――ああっ？　ではそなた、わしの命を撥《は》ねのけるほどの猛者《もさ》に嫁ぎたいと申すか。馬鹿を申せ。この安住久秀を恐れぬ若造など、この世におるものか。

――はい。ですから、嫁に行けぬので武将になります！

――むう。そう言われれば……いやいや、騙《だま》されぬぞ。とにかく駄目じゃっ。

と、いくらせっついても、全く取り合ってもらえない。分からず屋の頑固親父《おやじ》め！　と、葉月がむくれていると、

――でしたら兄上、今度の戦に参戦して、武功を挙げられたらいかがでしょう。

充がそんなことを言い出したので、葉月は目を丸くした。

――確かに、俺が戦えることを示せば、一番手っ取り早いが、父上は絶対許してくれぬと思うぞ。

――ええ。ですから、こっそり参戦するのです。この髪を黒く染めて、足軽《あしがる》隊に紛れ込んで。大丈夫！　充もお手伝いします。

充がそう言ってくれたので、葉月は早速、戦になった折、充に手伝ってもらって、銀髪を黒く染め、足軽として軍に潜り込んだ。

そして、弱冠十二歳にして、敵の首を二つも挙げる華々しい初陣《ういじん》を飾った。

後でこのことを知った久秀は腰を抜かさんばかりに驚いた。それでも駄目だと言い張るの

で、戦のたびに同じことをやり続けること五年、ついに久秀が折れた。

——聞いてくれ、充。父上が俺を侍大将に任じてくれた。しかもな？　兵も三千も任せてもらえた。あの父上を根負けさせてやったのだ！　はは！　俺に策を授け、軍に潜り込めるよう手伝ってくれた充のおかげぞ。ありがとう。

細くて小柄な充の体を抱き上げ、くるくる回りながら礼を言うと、充は嬉しそうに笑ってくれた。しかしふと、眉を寄せたかと思うと、ぎゅっと抱きついてきた。

——兄上、おめでとうございます。これで、私……安心して牟田《むた》に嫁げます。

掠れた声で囁《ささや》かれた言葉にはっとして、葉月も負けないくらい強く充を抱き締め返した。

牟田とは、須王国の東隣、速水国《はやみのくに》を統べる大大名家のことだ。

この家とも、安住は長らく敵対関係にあったが、池神との戦に専念したい久秀は一計を案じ、充を使者として牟田に送り込んだ。

牟田家の若き当主は、世にも美しい充に一目で魅了され、充との結婚を条件に、安住と同盟関係を結ぶことを快諾した。

これで久秀の思惑は達成されたわけだが、久秀は嫁ぐ充にこう囁いた。

——牟田の内情は逐一報告せよ。それから……彼奴《きゃつ》は美しいそなたに夢中じゃ。このまま骨の髄まで籠絡《ろうらく》し、牟田家を乗っ取ってしまえ。

この乱世、他国との婚姻も戦だった。

花嫁は笑みを湛えて嫁ぎ、夫に尽くしつつも、嫁ぎ先の内情を実家に報せ、実家の威光を利用し、実家の思惑通りに動くよう働きかけ、ゆくゆくは自分の子に家督を継がせて、完全に家を乗っ取る。それが、他国に嫁ぐ花嫁に課せられた密命。

これほどの大役を任されて嫁ぐのは名誉なこと。自分も充も分かっている。けれど、もう逢えなくなるのはとても寂しい。

――なあ、充。そなたは死ぬまで俺の可愛い弟ぞ。忘れてくれるなよ。

――っ……はい。兄上……充はいつも、大好きな兄上を想うております。

こうして、葉月の最大の理解者にして味方だった充はいなくなってしまった。

長年の敵国をその身一つで同盟国に変えてしまった充に皆、賞賛の声を送り、葉月には「双子なのに兄のほうは」と、より一層の侮蔑を送る。

それでも、葉月は「何ほどのことはない」と笑い飛ばした。充はいなくなってしまったけれど、自分には充とともにもぎ取った侍大将という道がある。

ならば、この道を全力で駆けていくのみだ。

葉月が持っている力を唯一《ゆいいつ》活かせて……もう一度だけ、一目でもいいから会いたいと思う荻丸を追いかけていけるこの道を、胸を張って。

己にそう言い聞かせ、死に物狂いで精進を重ねた。

おかげで、いつしか武将として周囲に認めてもらえた。

ただ、それでもやっぱり、好きなものを「嫌いだ」と言う癖は直らなかった。

武将の道を征《い》くには、可愛いものが好きなこの嗜好は不都合過ぎる。

可愛いお嫁さんになるという夢も……いや、もはや絶対に叶わぬ絵空事だ。

不細工で、淫気も出ない。その上、十五までには必ず来ると言われる発情期も来なかったから、きっと子どもだってできない。

こんな白銀、花嫁になどなれない。誰もいらない。

だから、花なんて、綺麗なものなんて嫌いだ。白銀だからって嫁に行くなど冗談じゃない。

荻丸にもう一度逢いたいと思うのは、荻丸と別れて以来ずっとくすぶっている、この胸のもやもやを取り払いたい。それだけ。

荻丸のことなんか、好きでも何でもない。

そう、何千回、何万回と繰り返して生きてきた。それなのに。

——葉月様。可愛うございます。

「男のくせに」と馬鹿にされながらも、葉月のために摘んできてくれた撫子を、葉月の銀の髪に挿して、そう言ってくれた荻丸の笑顔が、ずっと忘れられなかった。

もらった撫子も捨てられず、押し花にして肌身離さず持ち歩き続けた。そして……。

＊＊＊

「……んあ？」

こめかみあたりに濡《ぬ》れた感触を覚えた気がして瞬《まばた》きすると、こちらに微笑いかけてくる荻丸の姿が消え、代わりにこちらを覗き込む、いやに目つきの悪い毛むくじゃらの顔が視界に広がった。

「……まんぷく？」

寝惚《ねぼ》けた声で呼びかけると、毛むくじゃら……よく部屋に忍び込んでくる野良狸《のらだぬき》のまんぷくは、ふんっと鼻を鳴らし、もう一度つんつんと鼻先でこめかみを突《つつ》いてきた。

「うん？　菓子の催促に来たのか？　狡《ずる》い奴め。いつもは傑殿にべったりなくせに、こういう時だけ……っ」

と、そこまで言いかけて、葉月の顔が一気に赤くなった。まんぷくが訝しげに大きな耳をぱたつかせるので、

「いや……俺は、荻丸……傑殿の嫁になったのだなと、改めて思うと」

さらさらと音がするほど銀の長髪を震わせながら教えてやるが、まんぷくは今更何を言っているんだとばかりに首を捻る。

「ふん。そなたには分からぬ。これが、どれだけありえぬことか」

自分と傑の私物が並ぶ寝所を見回し、しみじみと呟《つぶや》く。

そうだ。本当に、あり得ないことだ。

百万石の大大名家の白銀が、一万石足らずの、山吹でもない普通の人間の国人衆……しかも次男の許に嫁ぐなんて。

しかし、思ってもみないことがいくつも起こった。

まず、椿木家の所領である芳実荘に鉱山が発見された。次に、傑が普通の人間から山吹へと変化した。さらに、葉月に発情期がやってきて、その直後、傑が自軍の五倍にも及ぶ池神を討ち果たすという大手柄を立てた。

すると、久秀が「池神を攻める要所であり、鉱山まで発見された芳実荘は絶対に押さえておきたいし、山吹に変化したこともそうだが、傑が五倍もの敵軍に打ち勝ったのがまぐれではなく、実力であったら怖い」と言い出し、発情期を迎えてしまい、武将を続けられなくなった葉月を、傑に嫁がせることを決めた。

椿木傑が愚物か傑物か探ってまいれ。傑物ならば飼いならせ。できぬようなら殺せ。ただの愚物であったなら、安住の威光で脅しつけ、椿木家を乗っ取ってしまえ。

それが、葉月に課せられた使命だった。

本来なら奮い立つ場面だ。

三カ月に一度、七日間も使い物にならなくなる発情期を迎えてしまい、武将の道を絶たれてしまった白銀の自分が活路を見出《みいだ》せるのは、政略結婚より他に道はない。

誰かの嫁になるとは夢にも思っていなかったので、花嫁修業など放り出し、剣術修行に明け暮れ、可愛い嫁とは程遠いものになっているが大丈夫。自分には、三千の兵を率いて戦った実績がある。それを目一杯活かせば、やっていけるはずだと。

しかし、相手があの荻丸……傑なのだと思っただけで、尋常ではない不安に襲われた。

こんなにごつくて可愛くない男を押しつけられて、傑は嫌でしかたないに違いない。きっと腹の中では、綺麗な充を嫁にしたかったのにと舌打ちしているはず。

そうとしか思えなかったし……そう思われることなんて慣れているはずなのに、傑にそう思われていると思っただけで、身を切られるような思いがした。

白無垢まで用意して温かく出迎えてくれた傑を目にしても、それは変わらず……いや、傑に優しくされ、笑顔を向けられ、心ときめくほどに、心の痛みは増すばかり。

こんな不細工なんか嫌いだと思っている相手から、蕩《とろ》けるような笑顔を向けられても辛いだけだ。

花嫁修業を全然していなかったせいで、嫁としての仕事は失敗続きだったし、唯一の自慢であった武将としての才も傑には遠く及ばなかったこともあり、気持ちがどんどん塞いでいく。

こんな、何もかも駄目な自分では、どんなに頑張ったって傑が好きになってくれるわけがない。いらないと捨てられる。

勝手にそう思い込み、勝手に傷つき、傑からの優しさを打算だと決めつけて不快になる。

「とんでもなくひどい嫁だった。そう思わぬか……わっ」

何の気なしに声をかけると、まんぷくがふさふさの尻尾《しっぽ》で頬を叩いてきた。あの時は、本当に迷惑だったと言うように。

「むう。さように怒るな。というか、大変だったのは傑殿で、そなたではなかろう」

傑はとても苦労したと思う。一生懸命大事にして、「大事だ」と言葉にして伝えても伝わらないばかりか、「本当は俺が嫌いなくせに！　嘘つきめ。もう構うな」と罵声を浴びせられるのだから。

それでも、傑は葉月を見捨てなかったし、ずっと好きだったと言ってくれた。

夫としてできる限り大事にしてくれ、葉月が「好きではない」と突っぱねる……でも、本当はずっとほしかった花や、綺麗な着物を惜しげもなく与えてくれ、どうせ似合わないと尻《しり》込《ご》みする葉月に、「可愛い」「似合っている」と口癖のように言い続けてくれた。

そんなものだから、徐々に好きなものを好きだと言えるようになっていけた。

今回の妊娠でも……葉月の妊娠を知った時、傑はただただ喜んでくれた。

自分のような異端の白銀が本当に孕《はら》めるのか疑問に思ったことはなかったのかと尋ねても、そんなことはちっとも考えたことがない。葉月はきっといい子を産むと即答してくれて、どんなに嬉しかったことか。

この男の嫁になれて、この男の子をこの身に宿すことができて、すごく幸せだと改めて思って、ただただ腹の子が生まれてくるのを待ち遠しく思った。

だが、この子を巡る様々な思惑を耳にするうち、心境は複雑なものになっていった。

椿木家の面々は、山吹の男児のみを切望していた。優秀な跡継ぎがほしいというのは勿論のこと、もし……最初にイロナシの男児が生まれ、次に山吹の男児が生まれようものなら、イロナシは悲惨な運命を辿《たど》ることになる。

必ず名将に育つと言われる山吹の弟が無事成人するまでの身代わりとして、散々危険な目に遭わされ、いいように使われた挙げ句に体を壊して当主を退いた傑の兄、武のように。

――できることなら、山吹が生まれてほしい。俺と同じ苦しみを、可愛い甥《おい》っ子《こ》に味わってほしくない。

家督を傑に譲り城を出た武は、静かな庵《いおり》で療養に励みながら、そう零しているとか。

武の気持ちを思うと、葉月の胸は詰まった。

しかし、武とは正反対のことを願っている連中も山ほどいた。その中に、

『そなたを椿木に嫁がせたのは、出来損ないのそなたは孕めぬと踏んでのこと。その期待を裏切った挙げ句、山吹など産もうものなら椿木への処遇はどうなるか。分かっていような』

自分の実家も、含まれていたというのか。

傑を安住へと送り出してすぐにやって来た、安住の草が発した伝言に愕然《がくぜん》とした。

これはおそらく兄、久道の発言だ。この言い回しはいつもの久道のそれだし、仮に椿木を潰す気でいるとしても、久秀はこんな手は使わない。

久道が勝手に言っているだけだ。放っておけばいい。そう思おうとしたが、久道は安住家の嫡男。いずれは久秀から家督を継いで当主となる。いや、当主にならなくても、傑の武将としての才を警戒している久秀が、久道の言い分を聞き入れることは十分考えられる。

そんなことをつらつら考えていると、不安が一気に膨れ上がって、葉月はそのまま産気づいてしまった。

しっかり産んでやらなくては。そう思ったが、もしこの子が山吹で、安住家がこの子を排除しようと動き出したら……などという疑念が、頭の中をぐるぐる回り続ける。

そのうち、丸一日が経ってしまった。

自分のせいだ。自分が変なことに気を取られているせいで、この子は生まれてこられない。このままだとこの子は死んでしまう。それだけは避けなければと気張るが、やはり本陣痛は来ず、焦燥と不安ばかりが膨れ上がっていく。

しかし、今にも死んでしまいそうな顔で縋《すが》りついてきた傑を見た途端、恐怖と不安とは違う感情が湧き上がった。

自分は馬鹿だ。今の自分は、久道の弟でも、久秀の息子でもない。椿木傑の妻で、腹の子の母親だ。

この子を元気に産んでやって、誰が相手だろうが夫も子も守る。それが、今の自分に課せられた使命だと己を奮い立たせ、「こんなこと、何ほどのことではない」と、傑を安心させようとすると、

――愛しい葉月が産んでくれる子なら、男でも女でも、山吹でなかろうと何でも、どんな子であろうと可愛い。愛おしい。……誰に何と言われようと、何をされようと……俺が必ず守る。だから、心安らかに産んでくれ。

力強く葉月を抱き締め、傑はそう言い切ってくれた。

瞬間、それまで葉月を圧《お》し潰そうとしていた不安や恐怖が跡形もなく吹き飛んだ。

傑はいつもそう。周囲の言葉に流され、くよくよと尻込みしてしまう自分を「葉月は出来損ないじゃない」「可愛い」と優しく励まし、前へと歩き出す勇気を与えてくれる。

傑が「大丈夫」と言ってくれれば、本当にそう思える。

そのおかげで……と、尻尾でぺしぺし叩いてくるまんぷくから、視線を横へと向ける。

そこには、小さな命が眠っている。顔立ちが傑によく似た赤ん坊が。

「ほら。見てみろ。俺の子じゃ。『出来損ないのお前が産めるわけがない』と言われ続けた俺の……俺と傑殿の子が、かようにすやすやと、可愛い寝息を立てて……っ」

込み上げてくる感情で言葉が詰まり、唇を噛む。

どうしようもなく嬉しかった。この子がこの世にこうして存在していることが……男だと

か女だとか、山吹だとか関係なしに。

そう思えることも嬉しい。そして、ふつふつと闘志が湧いてくる。

「誰が相手であろうと、俺と傑殿がそなたを守ってやるゆえな。安心して、すくすく大きくなるのだぞ？　……む？」

赤ん坊のぷっくりとした柔らかな頬をそっと突いていた葉月は、目をぱちくりさせた。そう言えば、この子にはまだ名前がない。

傑は何か考えているのだろうか？　そういう話は全くしてこなかったので判然としないが、もし叶うなら――。

（「荻丸」がよいなあ）

父親の幼名を嫡男が受け継ぐのは普通のことだし、この子は父親似だし、何より……大好きなこの名前をつけたら、もっともっとこの子を好きになれる気がする。

「お……荻丸？」

試しに、その名を呼んでみる。すると、その呼びかけに応えるように、赤ん坊の小さな口がむにむにと動くではないか。

それだけで、葉月の心臓は高らかに鼓動を打った。

（な……なんと愛らしい！）

実は赤子が腹の中にいた頃、何度かその名前で呼びかけてみたことがある。呼びかけに応えるように腹を蹴られた時は非常に興奮したが、今の胸の高鳴りはその比ではない。

「いい。良すぎる！　この子は絶対荻丸だ！　荻丸しか考えられない！　そう思うであろう……あ」

着ている寝間着の袖をひらつかせ、興奮気味にまんぷくに同意を求めていた葉月はぎょっとした。突然、赤ん坊が顔を顰《しか》めたかと思うと、大きな口を開けて泣き出した。

「ど、どうした、荻丸。俺の声に驚いたのか？　すまぬ。そなたがあまりに可愛かったから、つい……」

「葉月様、いかがなさいました」

葉月が赤ん坊を抱き上げてあやしていると、障子が開き三十郎が顔を覗かせてきた。

「荻丸が泣き出した。俺が大きな声を出したゆえ」

「おぎまる？　葉月様。若様に勝手にお名をつけてはなりませぬ。それと」

窘《たしな》めつつも近づき、三十郎は赤ん坊の下肢に手をやった。

「おしめではないようですね。では、お腹《なか》が空《す》いたのでしょう。さあ」

三十郎が両手を差し出してくる。葉月は抱いた赤ん坊を揺らしながら瞬きした。

「む？　なんだ、その手は」

「若様を乳母《うば》殿のところへお連れいたします。乳《ちち》をもらいに行かなくては」

「乳となな？　それでは俺が」

葉月がいそいそと前をくつろげると、三十郎は「はあっ？」と声を上げた。

「葉月様、何を申しておるのです。男の葉月様では乳は出ません」

「知っておる。知っておるが、何やら……今猛烈に出せそうな気がしてならぬのだ！」

力説するが、三十郎はにべもない。

「気だけでございます。馬鹿なことを言ってないで、早く……あぁっ」

三十郎を無視して、晒《さら》した平べったい胸を赤ん坊の口元に近づける。

赤ん坊が泣くのをやめ、ぱくりと乳首に吸いつく。葉月は目を輝かせた。

「おお！　よい子じゃ、荻丸。さあ、たあんと吸え……ははは。くすぐったい……っ」

乳首を吸われるくすぐったさに笑っていた葉月ははっとした。赤ん坊が乳首から口を離したかと思うと、また声を上げて泣き出した。

「荻丸、いかがした。なぜ泣く……あ」

「いくら吸うても乳が出ぬからに決まっておりましょう。さあ、若様。参りましょう」

葉月の手から素早く赤ん坊を奪い取って背を向ける三十郎に、葉月は慌てて追いすがった。

「ま、待ってくれ。あ……も、もう少し頑張れば、その」

「若様は腹ペコでございます。葉月様の我儘《わがまま》に付き合うておる暇はございません」

「む、むう。で、では……荻丸が乳を吸うところが見たい！」

「はあ？　今度は何を言うて……っ」

葉月は三十郎の腰にしがみついた。

「頼む、三十郎！　俺が乳をやれぬなら、せめて……せめてそれだけでも！」

「葉月様。一体どうなされたのです」

部屋に呼ばれた乳母の須恵《すえ》が赤ん坊に乳をやるさまを、まんぷくを抱いて食い入るように見つめる葉月を見て、三十郎は肩を竦《すく》めた。

「男の白銀では乳が出ぬことも、授乳は乳母の須恵殿にお任せすることも、全て承知しておられたはず。それだというに」

「わ、分かっておる。分かって、おるのだ。だがなあ。なぜだか無性に出そうな気がして……というか、今でもしておる！　思いきり強う吸うていたら出るようになりそう……そうじゃ！　傑殿に、乳が出るまで吸うてくれと頼んで」

「絶対におやめくださいっ」

眦をつり上げて声を荒らげる三十郎に、葉月は首を傾げる。

「駄目か？　むう。いい考えだと思うがなあ」

「いいえ、おかた様」

それまで黙っていた須恵も、三十郎に賛同する。

「いけませんわ。愛しいおかた様にさようなことを言われたら、殿様はきっと我を忘れて……産後のお体で無理は禁物です」

「さ、さようなこと……」

あるわけがない。と、言いかけて、葉月ははたと気がついた。

そう言えば、傑は数カ月前から「したら歯止めが利かなくなるから」と、口づけさえしてくれなくなったのだった。

「うむ。確かにありえる。それに、よくよく考えたら、俺も傑殿に胸を思いきり吸われたら、我を忘れそう……」

「それと！」

寝間着の袖で真っ赤になった顔を隠しつつもそんなことを言い出す葉月に、三十郎は声を荒らげる。

「若様の名を勝手につけてはなりませせぬ。若様の名はもう決まっているのですから」

「え……き、決まっておるだとっ？」

「はい。千寿丸《せんじゅまる》様です」

掴《つか》んでいた袖を取り零す葉月に、三十郎はあっさりと答えた。

「せんじゅまる？　どこからさような名が出てきた」

「千寿……ああ。武様のご幼名と同じ」

須恵がそう漏らすと、三十郎は「さようでございます」と胸を張った。

「椿木家の嫡子は代々、千寿丸様と決まっているとのこと。ですから、若様のお名前は千寿丸様」

「さ、さような話、俺は聞いたことがないぞ」

目を剝く葉月に、三十郎は眦をつり上げた。

「かような話は一切葉月様のお耳に入れぬよう、傑様が厳命しておられたのです。さような話をしては、絶対に男を産まねばならぬと余計な重圧を強いて、葉月様のお体や腹の子の害になると申されて」

仰天する。確かに、いつも以上に気を遣ってくれてはいたが、まさかそんな命令まで出していたとは。

驚くばかりの葉月に、三十郎はさらににじり寄ってきた。

「よいですか、葉月様。これまでは、葉月様が無事にご出産できますよう、皆様気を遣って参りましたが、これからは違います。若様の生母として、立派なお振る舞いをなさらなければなりません」

「それは……う、うむ。そのとおりじゃ」

「ですから、先ほどのような我儘はもう二度とおっしゃってはなりません。さしあたって、若様を傅役にお引き渡しする時は毅然《きぜん》とした態度で」

「うむ。ちゃんと毅然とした態度で……え？　引き、渡す？」

思わず訊き返すと、三十郎は大きく頷いた。

「当主の御子息は親の手を離れ、家臣が育てるのが武家の習い。安住家でもそうだったのですから、ご承知のはず……まさか、ご自分で育てる気でおられたなどということは」

「さ……さようなこと、あるわけがなかろう！」

葉月はひっくり返った声を上げ、三十郎の言葉を遮った。

「そなたは俺を何だと思うておる。いやしくも、由緒正しい安住の出ぞ。子育てなど、主家がするものではないことくらい心得ておる。乳は……ちょっと試してみたかっただけじゃ」

赤ん坊から目を逸《そ》らし、ふんぞり返って答えると、三十郎はほっとしたように息を吐いた。

「安心いたしました。私、『この子は俺が育てたい』などと、途方もない我儘を言い出されるのではないかと冷や冷やいたしまし……葉月様っ？」

「……あ。すまぬ。少々、眩暈《めまい》が」

腕からまんぷくを取りこぼし、ぐらりと揺れた体を抱き支えられ、葉月は瞬きした。

「眩暈……さようにお疲れでございましたか。なにゆえ早う申されませぬのか。ささ、もうお休みくださいませ……あ」

葉月の体を布団に横たえていた三十郎が懐《ふところ》に手を入れ、何かを取り出した。

「忘れるところでした。先ほど充様よりお文が参りました。たくさんのお祝いの品とともに」

「充から？　俺の出産のこと、もうどこぞで聞きつけたのか」

「私がお知らせいたしました。兄上は無鉄砲ゆえ気が気でなくてと懇願されまして」

その言葉に、葉月は眉を寄せた。

「懇願？　そなたにか？　牟田へ嫁に行って四年も経つというに、兄離れできぬやつ……」

「いつまで経っても無鉄砲でいらっしゃる葉月様が悪うございます。それに……充様がお文で夫婦喧嘩《げんか》をしたと愚痴《ぐち》るたび、牟田の殿様に取りなしの文を送りつける葉月様も似たり寄ったりでございます」

「む？　兄が可愛い弟の幸せを願《ねご》うて何が悪い」

「はいはい。さあ、充様のためにも、ごゆるりとお休みくださいませ。……まんぷく。そなたも遠慮せい」

異議を唱えようとする葉月に文を手渡すと、三十郎はまんぷくを追い立てつつ、赤ん坊を抱いた須恵を連れて出て行った。

三人と一匹が障子の向こうに消えた後、葉月は深く息を吐いて、自身の体を抱き締めた。

自分は、知っていたはずだ。

当主の子は、次世代を担う者。立派な武将になれるよう、または、立派な政略結婚の駒となれるよう、優秀な教育者たちができる限り最高の教育を施さなければならない。だから親元を離れ、選抜された乳母と傅役たちによって育てられる。

こんなこと、武家の常識だし、自分だってそうだったではないか。

物心ついた時、そばにいたのはたくさんの侍女たちと、双子の弟の充だけ。父はいなくて、母はいつの間にか死んでいた。

そのことに何の疑問も抱かなかったし、いないことが当たり前だったから、辛いとも思わなかった。

それなのに、今の今まで、他人に我が子を預けるなど露《つゆ》とも考えなかった。

この子は自分たち夫婦が好きな名をつけ、夫婦で育てると信じ切っていた。

そうでなければ、腹の中で日に日に大きくなっていくあの子に、早く産んで逢いたいだなんて、到底思えなかった。それどころか、このままずっと腹の中に閉じ込めて、誰にも渡さない……だなんて、とんでもないことを考えたに違いない。

それくらい今、自分でも戸惑うくらい、あの子が可愛くてしかたない。

(この腹の中に長らくいたからか？　……ああ、くそっ。俺はこんな思いをするために、あの子を産んだのではないぞっ)

止めどなく込み上げてくる、どうしようもない感情に喘《あえ》ぐ。

ここで、葉月は握っていた充からの文へと目を落とす。

充には今年三つになる山吹の男児と、二つになる山吹の姫がいる。

乳母や傅役たちが二人にでれでれで、甘やかしまくって困るだとか、夫が「こんなに可愛い娘を嫁に出すなんて耐えられない」と今から騒いでいて頭が痛いというような愚痴はよく書かれていたが、我が子に乳をやれぬのが辛いだとか、我が子を他人に任せるなんて耐えられないなどという嘆きは見たことがない。

充は葉月と違い、幼少の頃よりずっと真面目に花嫁修業を続けていたから、そのあたりの心構えもしっかり身につけていたのかもしれない。

（充……何か、母親になるよい心構えを書いておらぬかなあ）

藁《わら》にも縋る思いで文を開く。

『葉月兄上様。息災でいらっしゃいますか。山吹の男児を挙げられたるよし、おめでとうございます。兄上のお子なのですからきっと、珠《たま》のように愛らしく、潑溂《はつらつ》としたややなのでしょうね』

（そうだ。阿呆《あほう》みたいに可愛いのだ。傑殿によう似ておって……だから困る）

『本当はすぐにでも駆けつけたいのですけれど、叶わぬことなので、気持ちばかりですが玩具等お送りいたしますね』

（来てくれ、充。この窮地をどう乗り切ればよいか教えてくれぇ！）

腹の中で絶叫した。しかし、続けて読んだ文面に目を見開いた。

『それと聞きました。傑様のこと。兄上が産気づかれたと知るや否や、会合途中に全速力で駆け出され、そのままご家来衆も置き去りにして、それはもう大急ぎで帰られたとか』

「傑殿が、さようなことを……?」

にわかには信じられないことだった。

傑は妻である自分をこの上なく大事にしてくれるが、最優先事項はあくまでも領主としての公務だし、久秀からの心証をかなり気にしている。

久秀が傑に葉月をやったのは、山吹に変化した傑を警戒してのこと。そして、葉月を嫁として差し向けたことで、久秀は傑の武将としての才気を完全に認識した。

葉月は幾度も、傑に野心はないので警戒する必要はないと進言しているが、久秀は聞き入れてくれず、傑が手柄を立てても褒美をやらなかったりと、傑を試すような意地の悪いことばかりを繰り返している。

そのことを、傑は重々承知している。ゆえに、久秀に二心がないことを示し、攻められるきっかけを作らぬよう、常に細心の注意を払っている。

それだと言うのに、久秀が開いた会合を放り出し、安住家の城内を全力疾走して帰ってくるなんて。胸が痛くなるくらい高鳴り始めた。その激しさに息苦しさを覚えながら、

『兄上、相変わらず傑様に大事にされていますのね。充は嬉しゅうございます。そんな傑様なら必ずや、兄上とややを立派に守っていけると信じられますもの。兄上もどうぞ傑様を信じて、ご自愛ください。くれぐれもご無理はなさいませんように。充』

充の文を最後まで読み進めた時、控えめに障子が開いて、傑が顔を覗かせた。

「葉月？　具合はどうだ。眩暈を起こしたと聞いたが」

「あ……は、ぁ。傑、殿……」

息を吐きつつその名を呼ぶと、傑がすぐさま近づき、抱き締めてきた。

傑の匂いで全身が包まれる。すると、それまで感じていた息苦しさが和らいだ。どうやら、この息苦しさはつがい焦がれであったらしい。

「落ち着いたか？　出産で体力が著しく落ちているから、つがい焦がれになりやすいと薬師が言っていたが……しばらくは、できる限りそばにいるようにする」

「できる限り……い、いや、それはいかん。傑殿は領主ぞ。俺ばかり構っていては」

「領主だが、俺は葉月の夫だ。体調の悪い妻を放っておけるか。……心配するな。仕事はきちんとする。誰にも迷惑はかけない。大丈夫」

そう言って、ますます抱き締めてくる。つがい焦がれとは別の意味で胸が痛くなった。

自分はつくづく果報者だ。愛おしい男にこんなにも大事にされて、何という僥倖《ぎょうこう》であろう。

ならば、自分も傑に応え、立派な妻にならなければ――。

「……葉月？　どうした。まだ辛いのか……」

「ふふん」

気遣わしげに覗き込んできた傑に、葉月はこれ見よがしに笑ってみせる。

「辛いものか。俺は今、すこぶる気分がいい」

「そうか？　何か、いいことがあった……っ」

覗き込んでくる傑の両頬を、葉月は両手で包み込んだ。

「教えてやる。だが、その前にだ。傑殿が今抱えておる気鬱の話をせねばならん」

努めて陽気な声で言ってやった刹那《せつな》、傑が一瞬目を逸らしたのを葉月は見逃さなかった。

「気鬱？　……さて。そんなもの、持っていたか」

惚《とぼ》けようとする傑に、充からの文を無言で差し出してやる。

傑もそれを無言で受け取り、走り読む。傑の顔からみるみる表情が消えて行った。

「『葉月が産気づいたとはいえ、会合の場で粗相をしてしまった。気鬱だ』」

「……」

「そう思うておるのだろう？　そら。白状いたせ」

からかうように頬を指で突いてやる。傑は黙っていたが、しばらくして観念したように大きく息を吐くと、葉月から身を離し、そっぽを向いた。

やっぱり図星だった。内心得意に思っていると、

「葉月。武将が一番やってはならぬことは何だと思う」

いやに沈んだ声で、傑がそんなことを訊いてきた。

「一番やってはならぬ……はて？　負けることか」

「最大の弱点を晒すことだ」

ぼそりと呟いて、傑は胡坐《あぐら》を掻《か》いた膝に頬杖《ほおづえ》を突いた。

「俺は、葉月のことになると我を忘れる」

「……！」

「それを、あの場にいた……いや、あの場にいなかった牟田殿まで知っているということは、安住、池神、牟田、国人衆全員に知られたことになる。これ以上の失態があるか。最悪だ」

自軍を全滅させてしまった大将のように項垂《うなだ》れる。葉月は口をあんぐりさせた。

傑と初めて会った頃、「何ほどのことではございません」が口癖で、殴られようが馬鹿にされようがけろっとしているから、何事においても動じない豪胆《ごうたん》な男だと思っていたが、それはとんでもない間違いだった。

問い質さなければ決して口にしないので、一見分からないが、傑は非常に繊細で、年がら年中気鬱になっているような男だった。

失敗や悪いことは過剰なほど重く捉え、いいことにさえも気を滅入らせる。

領内で豊作になれば、これで余計に周辺国から狙われる。気鬱だ。

戦に勝てば、これでまた他人からの恨みを買って敵が増えた。気鬱だ。

褒められるのは警戒されている証拠。自分には「目障りな奴」「殺してやる」と言われているようにしか聞こえない。気鬱だ。

と、言った具合に、何があろうととにかく嫌なことを想像して塞ぎ込む。

だからきっと、今回の会合での微笑ましい失態も必要以上に気に病んでいるに違いないと予想はしていたが、まさかここまで打ちひしがれているとは思わなかった。とはいえ。

（ぼやいているのか、俺を口説《くど》こうとしておるのか、よう分からん）

葉月のことになると我を忘れるのが最大の弱点だなんて、すごい殺し文句だ。それを、こんなにも深刻な顔で……。

そう思ったら何だか可笑しくなって、葉月は噴き出した。

全く。この男はどうしてこんなに可愛いのだろう。

愛おしさが込み上げてくる。そして、可愛い傑をこのまま気鬱にしておくわけにはいかない。そんな思いも込み上げてきて、葉月は再び口を開く。

「ははは。傑殿は読みが浅い」

「……そうか？」

顔を上げ、訝しげな顔を向けてくる傑に大きく頷き、こう言ってやる。

「此度のこと、皆はきっとこう思う。『椿木傑ほどの男をここまで虜《とりこ》にする妻の葉月殿は、どれほどすごい男なのだろう』」

「……は？」

傑が目を丸くする。それも意に介さず、葉月は軽やかに話し続ける。

「皆、傑殿ほどの男を掌握した俺に恐れ戦《おのの》いておる。ゆえに、誰も俺に手を出そうとは思わん。傑殿の心配は全くの杞憂《きゆう》。安心せい」

「……」

「でな？　俺が今、気分がいい理由だが……傑殿、もしかしたら椿木の領地が増えるかもしれぬぞ」

「……領地が」

思わずと言ったように声を漏らす傑に、葉月はまた大きく頷く。

「父上が今まで、なにゆえ傑殿がいくら武功を重ねようと褒美をやらなんだと思う。傑殿の才を恐れておるからだ。下手《へた》に力を持たせて、謀反《むほん》でも起こされたらたまらぬとな。だが今回のことで、こう思うたに違いない。葉月にここまで惚《ほ》れておるなら、葉月を悲しませてまで実家に牙《きば》を剝くことはあるまい。領地をくれてやってもよいか、とな。……ふふん」

たまには、弱みを見せるのもよいものだなあ。

歌うようにそこまで言った時、葉月の重く沈んだ心はいくぶん軽くなっていた。

やはり、口にするなら明るいものに限る。

晴れやかな顔の葉月に、傑は噴き出すようにして笑い出した。

「葉月には負ける」

葉月の与太話《よたばなし》につられ、明るく笑ってそう言ってくれる傑に、もっと心が軽くなる。だから、続けてこう言った。

「参ったか？　だが、俺は容赦がないゆえな。もっと俺がすごいことを見せつけてやる。例えば……そうさな。我らの子の名前。傑殿は『千寿丸』にしようと考えておろう？」

そう指摘した途端、傑が笑うのをやめた。だが、葉月は構わず話し続ける。

どんなに嫌でも、悲しくても、あの子のためを想うなら、しっかり教育してくれるだろう傅役にあの子を引き渡さなければならない。

悲しい話は、気分が高揚しているこの時に、さっさと終わらせてしまったほうがいい。

「図星か？　ふふん。俺は地獄耳なのだ。椿木家の嫡子は代々『千寿丸』であることくらい、ちゃあんと知っておる」

「……なるほど」

少し間を置いて、傑はまた穏やかな笑みを浮かべた。

「葉月は耳がいい」

「ふふん。そうだ。俺は閻魔《えんま》様のように耳がいい……」

「ややの名前は千寿丸にするつもりだ。だが、つい先日、腹に向かって『荻丸、荻丸』と楽しげに呼びかけていたのはどこの誰だったたか」

ふんぞり返る葉月に、そろりと言われたその言葉。葉月が目を剝くと、傑は小さく笑い、肩を竦めてみせる。

「葉月の願いなら何でも叶えてやりたいが、子どもに荻丸と名づけるのは勘弁してくれ。次男でも、三男でもだ」

「次男でも、三男でも？　……はて。なにゆえさように」

「葉月に『荻丸』と呼ばれるのは、俺だけでいい」

真顔でさらりと言われた。

一瞬何を言われたのか分からず瞬きするばかりだったが、傑が柔らかく微笑んだ途端、唐突に意味が理解できて、葉月の顔は一気に真っ赤になった。

「な、な！　何をいきなり、訳の分からぬことを……っ」

「この理由ではゆかぬか」

「へ？　いや、ゆくとかゆかぬとか……む、むう」

ますます赤くなる顔を隠し、身悶《みもだ》える。どうしてこの男は、このような台詞《せりふ》をさらりとぶつけてくるのか。心臓に悪くてしかたない。

「す、傑殿が……そこまで言うなら、しかたない」

消え入りそうな声でそう返すと、傑が「すまないな」と、申し訳なさの欠片《かけら》もない笑みを浮かべて謝ってくるので葉月は「うう」と唸《うな》った。

今度こそ自分が勝てたと思っても、気がついたらこてんぱんにやられている。

ああ悔しい。真っ赤になった頬を膨らませていると、傑がおもむろに居住まいを正した。

「実は、葉月にもう一つ、頼まれてほしいことがある」

「むう？　その言い方、何やらろくでもない気配がするのは俺の気のせいか」

「千寿丸を養育してほしい」

「養育？　それは、何とも骨が折れる……はあっ？」

葉月は弾かれたように顔を上げ、素っ頓狂な声を上げた。

「傑殿、今……なんと申した」

「葉月に、千寿丸の養育をしてほしい。今までしてくれていた奥の仕事と併せてで、申し訳ないが」

やはり、訊き間違いではなかった。しかし。

「え……えっと、傅役は……？」

本気で訳が分からなくて、とりあえずそれだけ口にしてみると、傑が小さく肩を竦めた。

「葉月。傅役は、どういう家臣が選ばれると思う？」

「どういう？　そうさなあ。ややを立派な当主に育ててくれそうな、信頼できる家臣……」

「当家にはその『信頼できる家臣』がいない。……話しただろう？　俺の生い立ち」

「あー……」

その言葉に、葉月はすぐ得心した。

傑の父、先々代当主が急死し、異母弟の隼《はやと》が山吹に変化すると、椿木家の家臣たちは幼い当主の武を戦地に追いやり、傑を城から追い出して、さっさと野垂れ死ねとばかりに、散々苛め抜いた。そのくせ、傑が山吹に変化するや否や、隼派閥に不満を持つ者たちが傑を担ぎ上げ、世継ぎ争いをさせる始末。

「今も……表面上は俺に諂《へつら》っているが、兄上や隼をそそのかし、俺を追い落とそうとする連中が後を絶たない。『煩《うるさ》くてかなわぬゆえ、嫡男が生まれた暁《あかつき》には必ず千寿丸と名づけ、椿木家嫡流であることを示してくれ』と、二人から懇願されるほどにな」

「なんと！　なぜさような。当主になってよりこの一年、傑殿は領主としての責務を立派に全《まっと》うしておるではないか」

傑が日々いかに御家のため領民のために尽力しているかを知っている葉月が憤りの声を上げると、傑は顔色一つ変えずこう答えた。

「俺が当主になっても旨味《うまみ》がなかったからだ。それか、昔苛め抜いた俺からの報復を恐れているか。いずれにせよ、あやつらにとって重要なのは己の益と保身だけだ。主《あるじ》が立派かどうかなんてどうでもいい。そうやって、あやつらは代々、椿木家を食い物にしてきたんだ」

抑揚のない無機質な声でそう言い切られ、葉月は狼狽《うろた》えた。

「それは……し、しかし、それは元々椿木家に付いていた家臣たちであろう？　傑殿直属の家来たちは皆、傑殿を心から慕う心根の清い者ばかりぞ。忠成《ただなり》など見てみろ。今までも忠勤に励んでいたが、妻の須恵が乳母に任じられてからは、これ以上ない名誉、よりいっそう傑殿のために気張ると申して」

傑の言うとおり、過去、傑を苛めていた連中は油断がならない。しかし、傑を心から慕い、付き従っている家臣だってちゃんといる。そんな彼らと不忠者を一緒くたにするなんてひどい……。

「確かに、忠成をはじめ、俺のためならいつでも死んでくれる忠臣もいる。人間としてもできている。だが、惜しむらくは……あやつらには、千寿丸を陥《おとし》れたり利用しようとする輩から、千寿丸を守れる才覚がない」

「……っ」

「それから『孫は、安住に近しい子でいてほしい』という、久秀殿の気持ちをお汲《く》みしてきたい。血の繋《つな》がった可愛い孫を警戒するのは辛いことだ」

真顔でそう結ぶ傑に、葉月は表情を強張《こわば》らせた。

いつも穏やかで、温かい傑。だが、時々別人のように冷酷な人間になる……いや。

冷たさどころか、何もない。今だってそうだ。

ひどい目に遭わされて辛い。憎い。自分は一生懸命やっているのに認めてもらえなくて悲しい。そんな、本来湧き起こってしかるべき感情の揺れが一切ない。

ただただ、あるがままの実情を内外にわたってつぶさに凝視し、淡々と最適解を導き出す。いつも笑顔で優しく接している忠臣たちのことさえ、平然と「才覚がないから信頼できない」と言い捨てるほど。

そんな傑の眼力で見た椿木家は、葉月が思っていたそれよりも、ずっとずっと陰惨で救いがなく、葉月の実家を含め他国はいつ敵になるか分かったものではない、油断のならない相手。傅役に我が子を取られるのは嫌だ。なんて、この家においては暢気《のんき》過ぎる悩みだった。

改めて、自分は実家の安住家とは別世界に嫁いできたと実感する。とはいえ。

「このような大事、今まで隠していてすまなかった。初めてのお産で害になるようなことは、できるだけ耳に入れたくなくてな。それに」

「産後の俺ならば、かようなことをいきなり言われても大事ないと思うたか」

傑の言葉を取り上げ訊き返すと、傑は少しだけこちらににじり寄ってきた。

「俺が心の底から信じて、頼りにできるのは葉月しかいない」

「……！」

「葉月なら、千寿丸を裏切ったりしないし、千寿丸を陥れ利用しようとする輩から守り通して、立派な男に育ててくれる」

「そ、そうであろうか……？」

懸命に平静を保ちつつ尋ねると、傑が深く頷いて、

「それにな。俺は千寿丸に、葉月のような人間に育ってほしい」

そう続けて微笑むものだから、とうとう我慢できなくって、葉月は両手で顔を押さえて蹲った。全く、この男だけは……！

あんな話の流れから、この着地点はずるいにも程がある。

すごく嬉しい。あの子をこの手で育てられることもあるが、このような状況下で、傑から「葉月なら千寿丸を立派に育てられる」と言い切ってもらえたことが、何より嬉しい。

傑がそう言ってくれるなら、自分はきっとやれると心から信じられる。ただ――。

「ありがとう、傑殿。そのように申してくれて、俺はとても嬉しい。なにせ」

「うん？　どうかしたか……っ」

勢いよく顔を上げた葉月に、傑はびくりと肩を震わせた。

「傑殿も、俺と一緒にあの子、千寿丸を育ててくれるのだろう？」

「……。……は？」

珍しく、傑が間の抜けた声を漏らした。自分が子育てに参加するなどとは、夢にも思っていなかったようだ。

子育てをする領主など、子育てをする正室以上に聞いたことがないので、当然と言えば当然だ。だが、葉月は傑の戸惑いを無視してその手を摑んだ。

「勿論、傑殿は公務が最優先ぞ？　だが、俺と過ごす時間は手伝《てつだ》うてくれるのだろう？　俺に養育を任せる腹積もりで、俺の許にできるだけ通うと言うたのは、そういうことであろう？」

「それは……」

「それにな」

反論しようとする傑の言葉を遮り、今度は葉月が傑ににじり寄る。

「傑殿はこう言うたな。千寿丸には俺のような人間になってほしいと」

「……言った。その言葉に嘘はない。だが」

「俺のような人間ということは、千寿丸は傑殿のことが大好きになるぞ」

そう言った瞬間、なおも異議を唱えようとしていた傑の口が止まった。

「そうして、傑殿に構ってもらえなんだら、悲しくて拗《す》ねる。『父上なんか大嫌い』と、心にもないことを口走って、可愛くない態度を取るようになる。それは困ろう」

「それは……。……うん。困る」

たっぷり間を置いた後、渋々といったように頷く傑に、「そうであろう！」と葉月は満面の笑みを浮かべた。

「俺もさような千寿丸は見とうない。ゆえに、二人で育ててゆこうな？　大丈夫！　我ならきっと、天下一の家族になれるぞ」

きっぱりと宣言する。そんな葉月に傑は目を丸くするばかりだったが、すぐに噴き出した。

「本当に、葉月には敵《かな》わない」

観念したようにそう言って笑う傑に、葉月もおどけたように笑いながら抱きついて、ぎゅっと抱き締めた。

傑はどんなに理不尽《りふじん》な目に遭っても、相手を憎んだり、怒ったりしない。

それは、あまりにも理不尽な目に遭い過ぎて、感覚が麻痺《まひ》しているということもあるが、一番の理由は……自分を、誰よりも薄汚い外道《げどう》だと思っているせいだ。

誰からも見捨てられた年端もいかぬ童が、この乱世で生きていくためには、汚いことをせざるを得なかった。

しかたがないことだ。乱世では当たり前のことだ……とは、この男は思えない。

自分はとんでもなく悪いことをしている。自分は嫌な人間だ。そう思い続けて、自分のことが大嫌いになってしまった。葉月が何度「傑殿は立派な男だ」と言ってやっても変わらない。先ほどの言葉はその表れ。

葉月のような人間に育ってほしい。嬉しい言葉だが、それと同時に……俺のような人間に育ってほしくない。という心の声が聞こえた気がした。それがひどく悲しい。だから。

(俺だけでは足りぬと言うなら、俺と千寿丸で言うてやる。傑殿は立派な男だとな。覚悟しておけ)

傑の首筋に顔を埋め、葉月は内心独りごちた。

翌日、傑は早速動いた。

まずは腹に一物《いちもつ》を抱える家臣たちを集め、嫡男の幼名を「千寿丸」にすることと、葉月が千寿丸の養育をする旨を伝えた。

千寿丸の傅役になって、主家の嫡男という駒を手に入れようと目論《もくろ》んでいた者たちは難色を示したが、山吹の嫡男誕生ということで、警戒するだろう安住家を安心させるため。安住家で三千もの兵を率いる侍大将を務めていた葉月よりも、輝かしい武功を挙げた者はいないため……など、理路整然と説明し、全員黙らせたらしい。

次に傑は、小袖と袴に打掛《うちかけ》を纏って正装した葉月同席のもと、信じるに足る忠臣たちを集めた。

「本来ならば、お前たち忠臣に千寿丸を託すのが筋である。だが、お前たちも知ってのとおり、当家はいまだ盤石《ばんじゃく》ではない。俺の不徳の致すところだが、この上、我が子のために、お前たち忠臣を危険な目に遭わせ、死なせてしまっては申し訳が立たぬ。ゆえに、表立っては葉月に千寿丸の養育を任せることにした」

葉月を傅役に任じた理由を、傑はそのように説明した。お前たちには、千寿丸を守るだけの才覚がないからだとは一言も言わない。ただただ、家中をまとめられない自分が全て悪い。それのみに終始した。

「如何《いか》なる理由があろうと、嫡男は家臣が育てるという武家の習いを曲げることは、お前たち家臣の面目《めんぼく》を潰すことに他ならない。申し訳ない」

そう言って、深々と頭を下げる。それに倣《なら》って自身も頭を下げながら、葉月は何とも言えない感慨を覚えた。

昨夜、傑は忠臣たちには力がないため頼りにならないと切って捨てた。だが、不思議なことに、今傑が話している言葉も心の底からの本心に聞こえる。

傑の演技が上手《うま》いから？　いや、これは演技などではなくて、本気で言っている。

実に矛盾しているが、椿木傑はそういう男だ。悪寒が走るほど冷徹な理性と、春の木漏れ日のような思いやりに満ちた慈愛の心が混在する不思議な男。

それに、考え方も独特だ。家臣に対してここまで腰が低く、礼を尽くす様は、家臣は常に主の下の存在で、主の命令にはどんなことでも黙って従うものという家風のもと育った葉月にとっては、実に不可解で突拍子がなく、嫁入り当初は驚くことしきりだった。

しかし、今は……いまだ戸惑いもあるが、とても好ましいと思う。

「と、殿様！　おかた様！　顔をお上げくださいませっ」

「謝らねばならぬのは我らのほうでございます。我らこそ、力がないばかりにこのような……申し訳のないことでございます」

主君が頭を下げたことに慌てふためき、急いで頭を下げ返して謝ってくる家臣たちを見て、改めて思った。

なので、傑と別れた後、傑が選出した乳母たちと対面した時。それぞれ挨拶を交わすなり、

「では早速で悪いが、おしめの替え方を教えてくれ」

打掛を脱ぎ去り、たすき掛けまでしつつ、葉月は満面の笑みでそう言った。あたりにどよめきが湧き起こる。

「あ、あの、おしめの……で、ございますか？」

「うむ。よろしく頼む」

「葉月様！」

後ろで控えていた三十郎が、血相を変えて飛び出てきた。

「立場をお考えくださいっ。葉月様は名門安住家の一門にして、椿木家当主のご正室様でございます。さような汚《けが》らわしいことは、下の者に任せて……」

三十郎が慌てるのも無理はない。

高貴な人間は、子育てなどという雑事をするものではないというのが世の常識。名門武家の、しかも男の葉月が赤子の世話をするなどありえない。しかし。

「たわけっ」

三十郎の言葉を、葉月はぴしゃりと遮った。

「可愛い我が子が出すものぞ。汚らわしいものか。それに、俺は傑殿に千寿丸の養育を任された。それだというに、汚いから人任せにしろだと？　さような心構えで人ひとり立派に育てられると思うか」

鋭い声でそう怒鳴ると、三十郎は唸り声を上げつつ黙った。それを見届けると、葉月は鼻を鳴らし、いまだ呆気《あっけ》に取られている乳母たちに向き直り、銀の総髪頭を掻きつつ苦笑した。

「と、偉そうなことを申したが、俺は千寿丸に乳がやれぬゆえな。できることなら何でもしてやりたいと思う。これは、我儘であろうか？」

訊き返すと、育児経験のある乳母たちは皆首を横に振ってくれた。

「おかた様のお気持ち、母親としてよう分かります。承知いたしました。私たちの知る限りの知識をお教えします」

「そうか！　かたじけない。それと……須恵。そなたの子、藤久郎《とうくろう》のことだがな。明日より城に連れてきて、千寿丸とともに養育しろ」

「ええっ？　そ、そんな、恐れ多い」

「よいのだ」

今、千寿丸に乳をやれるのは須恵しかいない。そのため、生後三カ月の我が子を家に置いて城に上がらざるをえなくなった。須恵は快諾したというが、須恵だって葉月と同じ初産だ。我が子と引き離されて辛いに決まっている。

自分も傑のように家臣たちの気持ちを慮れる主にならなければ。そう思って、

「俺は我が子を育てられるのに、須恵は駄目なんて不公平ぞ。それにともに育てば、それぞれよい主、よい家臣となってくれよう」

そう言ってやると、須恵は目に涙を浮かべて深々と頭を下げてきた。

「おかた様、御心配りかたじけのうございます。我ら親子ともども、誠心誠意お仕えいたし……おかた様っ？　いかがなされました」

「すーすー。はあはあ。悪い。ちょっとしたつがい焦がれだ。気にするな。すーすー」

傑の着物に顔を突っ込み、鼻息荒く匂いを嗅ぎながら、葉月は力強く答えた。

こうして、葉月の初めての子育てが始まった。出産による著しい体力低下のせいで、つがい焦がれが頻発するため、傑の着物を頭から被ってという格好で。

本当は、傑の匂いが沁み込んだ褌《ふんどし》を顔に巻きたいくらいだが、千寿丸に早く自分の顔を覚えてもらいたいし、これ以上珍妙な格好をしては、正室としての威厳が保てない。

（家臣の気持ちを慮ることも大切だが、主君の妻としての威厳は保たねばな！）

と、思ったが、千寿丸を目にした瞬間。

「わあ！　千寿丸は今日も可愛いなあ」

顔がものの見事にでれでれになってしまった。

その後、赤ん坊の抱き方から始まり、乳を飲ませた後のげっぷのさせ方、体の拭き方と色色教わったが、どれもこれも楽しい。というか、千寿丸が可愛くてしかたない。

すやすや眠っているさまも、顔をくしゃくしゃにして元気よく声を上げて泣くさまも、小さなげっぷも、まんぷくに負けないくらい、ぽっこりした真ん丸腹も、足の裏をくすぐってやるとひくひく動く爪先《つまさき》も、何もかも可愛い。

おしめの時も……人間の糞尿《ふんにょう》なんて、本来汚いものでしかないが、我が子が頑張って踏ん張り出したものだと思うと、可愛くてしかたない。

「これが千寿丸のくそか。うーん！　可愛過ぎて……悪臭も全く気にならん」

「……おかた様、乳しか飲まぬ赤子のものは、さして匂いがない時もございます」

「誠かっ？　それは知らなんだ。これは、傑殿にも教えてやらねば」

「さようなことは絶対おやめくださいっ」

間髪入れず三十郎に怒鳴られた。葉月をはじめ、乳母たちが顔を顰める。

「若様がびっくりしてしまいます。お静かに」

「あ……申し訳ありません、つい。しかし……葉月様、舞い上がるのも大概になさいませ。仕事でくたくたになって帰ってきた途端、くその話などされたらたまったものではない…」

くどくどと説教されたが、そんなことどうでもいいくらい楽しかった。

もう一つ嬉しかったのが、千寿丸とともに養育されることになった須恵の子、藤久郎のことだ。

一カ月早く生まれてきたにしては、ずいぶん大きな赤ん坊だと評された千寿丸よりも一回り近く大きな体。血色のいいもちもちの肌。「だあだ。ぶっぶぶう」と上機嫌な声を上げながら、一生懸命こちらに伸ばしてくるもっちりとした両腕。

風邪《かぜ》などものともしないと言わんばかりの、実に丸々とした逞《たくま》しい子だ。

「藤久郎は立派で大きいなあ」

須恵が千寿丸に乳をやっている間に抱かせてもらった、ずっしりと重い藤久郎を見つめ、しみじみと呟くと、須恵は苦笑した。

「はあ……。藤久郎は若様より三月《みつき》年上ですし、産み月よりひと月近く遅れて生まれてきましたので」

「なんと。ひと月も遅れてか？」

「はい。私に似てのんびりなのか。もしかして、『腹の中にいるうちは母親の口を通じて色美味《うま》い物が食えるが、生まれてきたら乳しか飲めなくなるなんて可哀想に』などと、戯れに申したのがまずかったのかと、夫が慌て出す始末で」

「はは。それは何とも忠成らしい慌て方だ。とはいえ、藤久郎は良い子ぞ。時間をかけようとも、このように壮健な体で生まれてきたのだからな」

「七つまでは神のうち」という言葉がある。七歳までは神様から預かった子ども。だから、いつ病や不慮の事故などで神様に取り上げられてもしかたがないと言う意味だ。それだけ、この世の乳幼児の死亡率は高い。数人に一人生き残ればましと言われるほどだ。

それは裕福な大名家でも例外ではなく、葉月の兄弟の何人かも幼くして世を儚んでいる。ゆえに、できるだけたくさんの子を作るのが常識とされているが、皆元気に育ってほしいと思うのが親心というもの。そして、藤久郎はこんなにも元気に生まれてきた。

「何事も早くできればよいものではないということを、赤子ながらに分かっている。頭のよい子だ。それに比べて千寿丸はせっかちぞ。全く誰に似たのか」

「間違いなく葉月様でございます」

「三十郎は黙っておれ。……うん？　はは、見てみろ。千寿丸の奴、体などすぐ大きくしてやるとばかりに、すさまじい勢いで乳を飲んでおる。負けず嫌いなのか、ただ単に食い意地が張っておるのか」

「どちらにしろ、葉月様の血でございます」

「そなたは誠に黙っておれっ。とにかく、かように立派な目標が千寿丸のそばにいてくれるのはよいことぞ。藤久郎、これからも千寿丸の立派な手本であり続けられるよう、いっぱい飲んで大きゅうなれな？　千寿丸も負けるでないぞ」

そう言って、千寿丸の頭を撫でてやった時、侍女が一人部屋に入ってきた。

「おかた様、ただいま安住よりお使者が参りました」

安住。その言葉を聞いた瞬間、顔が引きつりそうになった。

安住より送られてきた草の口より告げられた言葉が、鮮やかに脳裏に蘇《よみがえ》ったせいだ。

「あ、安住の、どちら様から……？」

葉月に代わって三十郎が尋ねる。努めて平静を装おうとしているが、かなり硬い声だ。

「はい。ご当主、久秀様よりたくさんのお祝いの品が。それから、こちらを」

侍女は一通の文を差し出してきた。

「ご苦労。それと……皆、しばし外してくれぬか？　三十郎、そなたもだ」

文を受け取り、葉月は顔に笑みを浮かべつつそう言った。

三十郎は何か言いたげだったが、葉月が「後で話そう」と目配せしてやると納得したのか頷き、皆に出て行くよう促してくれた。

出て行く乳母たちを葉月は黙って見送っていたが、須恵に抱かれて障子の向こうに消えていこうとする千寿丸を見た途端、

「あ……すまぬ。千寿丸は置いて行ってくれぬか。何かあれば、すぐに呼ぶゆえ」

思わず、そう呼び止めてしまった。

それから……須恵の乳をたらふく飲んで、満足そうに口をぱくぱくさせる千寿丸を横に寝かせ、傑の匂いが染みついた着物を被り直して、葉月は久秀からの文を読んだ。

文には、いつものがさつで傍若無人《ぼうじゃくぶじん》な父からは考えられないほど懇切丁寧な文面で、千寿丸誕生の祝いと久道の暴言に対する謝罪がしたためられていた。

やはり、久道はともかく、久秀に椿木や葉月から距離を置く気はないらしい。久道のことは気にかかるが、ひとまずは安心といったところか。

とはいえ油断はできない。久秀はなんだかんだ言って久道に甘いし、もうすぐ池神との戦も控えている。傑が危ない任を申しつけられぬよう久秀の機嫌を取り、戦支度を進めておか

なければ。しかし……と、葉月は改めて文を読み直した。

傑ほどの名将と安住を繋いでくれた葉月を誇りに思うだの、傑が葉月にここまで惚れたならもう安心、近々領地の加増を考えているだのという文言に噴き出した。自分が昨夜、傑を励ますために吐いた戯言と全く同じだ。

(面容は全く似ておらぬが……やはり、俺は父上の子なのだなあ)

しみじみ思った。久秀もそう思っているらしく、お前は兄弟の中で一番性格や嗜好が似ている。だから可愛く思っていると書いていた。

前文はともかく後文は本当か？　あんなに「不細工不細工」とからかってきたくせに。と、唇を尖《とが》らせたが、

『それに引き換え、久道は……』

この文言以降は、延々久道への愚痴が綴《つづ》られていた。

嗜好が真逆で話が合わないのは昔からだが、今は相性どころか仲まで悪くなってしまった。

物心ついた時から何でもできて、誰にも負けたことがなく、周囲から褒めそやされて育ったせいで、久道は自分がこの世で一番偉いと本気で思う傲慢《ごうまん》な男になってしまった。

あんな輩になったのは、傅役たちが甘やかして育てたせいだ。大失敗だ。自分が育てていたらこんなことにはなっていなかった云々《うんぬん》。

それを読んで、葉月は目を丸くした。久秀は葉月と同じく、人に弱みを晒すのは嫌いな性《た》

質《ち》だったはずなのに。

（傑殿のぼやき癖が移ってしもうたか？　……むう。父上のぼやきは勘弁してほしいのう）

「傑殿のぼやきと違うて、父上のは面白くもないし、可愛くもない」

「俺のぼやきだって、ちっとも面白くないし、可愛くもない」

「む？　はは、謙遜《けんそん》いたすな。面白いぞ。何というかなあ、聞けば聞くほど本気で悩んでおるのか？　と、首を傾げたくなるところなんて特に……っ」

何の気なしに顔を上げ、ぎょっとした。すぐそばに、腕を組んでこちらを見下ろす傑が立っていたから。

「す、傑殿っ？　一体いつの間に……わっ」

軽く鼻を摘まれて、葉月は声を上げた。

「そんなに頭からすっぽり俺の着物を被っていたら、自慢の鼻も利かないな。……で？　誰のぼやきが面白いと？」

「……へ？　それは、あの……へへへ」

とっさにいい言い訳が思いつかず、笑って誤魔化《ごまか》そうとしたが、

「俺は真剣に、葉月に悩みを打ち明けていたのに」

少々棘《とげ》のある声で言い、葉月に背を向けるようにして胡坐を掻く。傑にそんな態度を取られたことなんて滅多にないものだから、葉月は狼狽えた。

「傑殿、すまぬ。でも、別にな。馬鹿にしておったわけではない。ただ、なんというか」

「……まあ、葉月に無理をさせていなかったと思えばよかったか……」

「それじゃ！」

葉月に背を向けたまま、千寿丸の頭を撫でつつ呟いた傑のその言葉に、葉月は声を上げた。

「そう！　そういうことが言いたかったのだ。俺は傑殿の話ならば、ぼやきだろうと何だろうと楽しくなってしまう。嫌々なんて一度もないぞ。ゆえにな、えっと……っ」

「それに」

必死に弁明していると、おもむろに傑が振り返ってきた。

「可愛く狼狽える葉月も見ることができたしな」

葉月の頬を突いて、少々意地悪く笑う。葉月はきょとんとしたが、意味を理解するなり眦をつり上げた。

「からかったのか！　ひどい……」

「それより、久秀殿より出産祝いの品が届いていたな」

傑がさらりと会話を変える。少々面食らったが、この会話をこれ以上続けても不毛なだけなので、葉月は素直に頷いて話に乗った。

「うむ。文も届いた。孫の誕生を喜んでおるぞ」

「……そのようだな」

傑がそう言って、葉月が手に持つ、長い長い文に目をやるので、葉月は「ああ、これは」と苦笑した。

「半分以上が久道兄上の愚痴ぞ」

素知らぬ顔で言って文を差し出した。傑のことだ。この文に書かれていることくらいすでに看破している。だったら、隠す必要はない。

葉月からの文を受け取った傑がそれを走り読む。傑のことをたいそう褒めている箇所もあるというのに、眉一つ動かさない。しかし、ふと感慨深げに両の目が細められたかと思うと、視線を千寿丸へと転じ、指先で千寿丸の頬にそっと触れた。

「……不思議に思っていた。久秀殿をはじめ名だたる武将が、なにゆえ子には弱いのか。千寿丸が生まれた今、ようやく理解できた気がする」

その呟きに葉月も深く頷いて、千寿丸の頭を撫でた。

「うむ。俺も、親になって初めて気づくことばかりで驚いておる。ただ聞くのと、実際なるのとではえらい違いだ。……しかしだ！」

ここで、葉月は改まったように声を張った。

「いくらびっくりするほど可愛くても、俺は甘やかすつもりはないぞ。千寿丸が悪いことをしたらきちんと叱りつける。久道兄上のような……たとえ期待の嫡男といえど、家臣どころか親兄弟にさえ真心を抱けぬ男になどなってほしゅうない」

久道が自分に向けてきた……まるで、路肩に転がる犬のふんを見るような眼差《まなざ》しを思い返しつつ憤然と宣言すると、傑は笑った。

「それは立派な心掛けだ。どこかの誰かさんは、千寿丸の一挙手一投足すべてを褒めちぎり、くそまでありえないほど可愛いと感動していたと聞いたが」

「そ、それは……叱るのは悪いことをした時だけぞ。よいことは際限なく褒めてやればいい。というか、傑殿はすごいと思わぬのか？　息を吸い、欠伸《あくび》をし、乳を吸い、くそをして……誰に教えられたわけでもないのに、いっぺんにこんなにたくさん！」

「うん？　そうだな。言われてみれば、確かにそうだ」

こくこく頷く傑に、葉月は「そうであろう」と声を弾ませ、千寿丸を抱き上げた。

「聞いたか？　千寿丸。父様《とと》もそなたを褒めてくれたぞ。よかったなあ……む」

葉月は目を丸くした。千寿丸が小さな口を目一杯開けて大欠伸をしたせいだ。

「千寿丸。母がせっかく褒めてやっておるというに、何が気に入らん……あ。そうか。父様本人に褒められたいのだな！」

「いや。ただ眠くなっただけでは……っ」

「さあ父様。千寿丸を抱いて、盛大に褒めてやってくれ」

やんわりと突っ込みを入れようとする傑に、葉月は千寿丸を差し出した。刹那、傑の顔が目に見えて引きつった。

「……抱く？　俺が？」

「そうじゃ。傑殿は千寿丸の父親なのだから当然」

「無理だ」

葉月の言葉を遮ってまでして、きっぱりと告げられたその言葉。

「……へ？　……は？　悪い。今、なんと言うた」

「勘違いしてほしくないんだが」

ぽかんとしている葉月に、傑は苦虫を嚙み潰したような顔で唸るように言った。

「千寿丸が疎《うと》ましくて、言っているんじゃない。むしろ、愛おしいからこそ言っている」

「……は？　それは、どういう」

首を捻る葉月に、傑は首を垂れた。

「完全に、俺の読み違いだ。まんぷくで抱っこの修練を積んでいれば大丈夫だろうなどと」

「まんぷく？　もしかして、最近やたらとまんぷくを抱いていたのは」

「最近じゃない。半年前からだ」

「ほう。それなら最近ではない……はあ？　半年っ？」

「ああ。だが……」

傑は両手で探るように千寿丸の小さな体に触れた。繊細な硝子《ガラス》細工に恐々《こわごわ》触れるように。

「まんぷくよりずっと、千寿丸の体は華奢で繊細だった」

「まあ、そうであろうなあ」

そもそも、なにゆえ……あんなにも恰幅《かっぷく》のいいまん丸狸が、人間の赤ん坊の代替になると思い込んでしまったのか。

（傑殿、いつもは怖いくらい頭がよいのに、半年も……はは。可愛い！）

腹の中でそう叫ばれているとも知らず、傑は深刻な顔で千寿丸の体を、ものすごく控えめに触り続ける。

「かように未知で脆《もろ》い体、不用意に抱き上げるわけにはいかん。間違いがあったら大変だ」

「ははあ。確かに、間違いがあるのは困る。だが、大事ない。ほれ。赤子を抱く修練など積んでこなかった俺でさえ、このように抱けておるのだから！」

「葉月のその、軽く思い切れる度胸が羨《うらや》ましい……っ」

傑が息を詰める。突如、葉月が千寿丸を押しつけたせいだ。

「ほら、ここに手を添えて……大事ない。この俺がついておる！　大丈夫ゆえな」

盛大に固まる傑を宥《なだ》めつつ、傑の手を千寿丸に添えさせていく。

「ここをこうして……うむ。そうそう。上手い上手い……あ、見ろ。千寿丸も心地よいのか大欠伸しておるぞ。千寿丸、よかったなあ。父様に抱っこしてもろうて」

「……は、葉月」

いまだかつて聞いたことがないほど情けない声で、傑が呼びかけてきた。見れば、ものの見事に顔面蒼白《そうはく》だ。

「も、もう……限界だ。助けてくれ」

「む。そうか？　もう少しくらい……分かった」

本当に限界が来そうなふうだったので、葉月はしかたなく傑から千寿丸を抱き取った。

途端、傑は床に手を突いて、ぜえぜえと荒い呼吸を繰り返した。よく見れば冷や汗まで掻いている。そのさまに、葉月は絶句した。

傑は繊細な上に、異常なほど用心深い。それこそ、石橋を叩いて渡るどころか、この石材はどこの石か、はたまたいつ作られたものなのか……など事細かに調べ上げないと気が済まないほどの。

政《まつりごと》や戦において、その用心深さは非常に素晴らしい美徳となるが、平時となると……過ぎたるは猶《なお》及ばざるが如《ごと》しと言うか、何と言うか。

(これは、長い戦いになりそうじゃ。とはいえ)

ここまで慎重になるのは、千寿丸のことを心から大事に想ってのことだし、

「傑殿。明日も気張ろうな？」

そう声をかければ、疲労感たっぷりの息を吐きながらも千寿丸を抱いた両手をしげしげと見つめ、

「……ああ」

感触を確かめるように何度も握りながら頷いてくれるから、

（長いが、楽しい戦いになりそうじゃ！）

千寿丸を抱き締め、葉月は胸を弾ませた。


翌日から、傑の千寿丸を抱っこするための修練が始まった。

葉月はまず、傑が座ると即座に飛んでいって傑の膝を占拠するまんぷくを追い払うことから始めた。

「そなたがおっては抱っこの修練ができん。傑殿を我が子に嫌われる父親にしたいのか」

と、最初は言葉で諭したがまんぷくはどこ吹く風。鼻を鳴らし、でかい真ん丸腹を突き出して、ふんっとふんぞり返るばかり。葉月は憤慨した。

「くそ。なんだ。その、己が傑殿の一番と言わんばかりの態度はっ。身の程知らずめ。そなたが傑殿の一番なものか」

葉月は用意していた饅頭《まんじゅう》の欠片を庭へと放った。すると、まんぷくはものすごい速さで飛び起きて、饅頭めがけて突進した。

「わっはっは。それ見たことか。そなたの傑殿への気持ちなど所詮《しょせん》その程度のものよ。俺の勝ちだ！」

こうして、まんぷくとの闘いに勝利した葉月は、まんぷくが戻ってくるたび、饅頭の欠片を放りつつ、傑に抱っこの仕方を教えようとしたが、

「いや、まずは千寿丸の体つきがどういうものなのか理解したい」

大真面目な顔で、傑がそんなことを言い出した。

そうして、千寿丸の体をしきりに触り始め、傑が納得するまで三日も費やした。

さらに、葉月の介添えなしに千寿丸を抱けるようになるまでに三日。自分が抱き上げて抱っこできるまでに五日もかかった。

(長くかかるだろうなと思うていたが、まさかここまでかかるとはなあ)

びっくりしてしまった。傍《そば》で見ていたまんぷくも菓子を貪りながら、呆れたように鼻を鳴らす。

とはいえ、そこまで来たら思い切りがついたのか、体を拭くのもおむつを替えるのも難なくこなせるようになった。ただ……。

「傑殿。まだ抱いているつもりか？　もう一刻以上抱いておるぞ」

「……うん。そうなんだが、こうされていてはなあ」

傑は千寿丸に指を摑まれると、振りほどくことができない。千寿丸が離すまで、いつまでもじっとしている。さらには、

「傑殿。先ほどから……何やら臭わぬか？」

「……実は、千寿丸が漏らしている」

「そうか。道理で臭いと思った……はあ？　それならなにゆえじっとしておるっ？」

「……うん。俺の指を掴んで、こんな……安らいだ顔で眠られていたらなあ」

と、抱いた状態でお漏らしされても、そう言ってじっとしている始末。

これにはさすがの葉月も開いた口が塞がらなかった。

（なにゆえかように……あ。ご両親にこれくらい大事にされていたとか？）

などと、つらつら考えながら傑を着替えさせていると、傑が小さく苦笑した。

「自分でも、何をしているのだろうと思うんだが、葉月のあの言葉を思い返すとなあ」

「？　あの言葉……」

「『息を吸い、欠伸をし、乳を吸い、くそをして……誰に教えられたわけでもないのに、いっぺんにこんなにたくさんのことができる。すごいことではないか』」

「……ああ。言うたな」

「本当に、そのとおりだと思った。それで、今だけだと思った」

しゃがみ込み、安眠を妨げられて不機嫌そうな千寿丸の頭を撫でる。

「この子が大きくなれば、俺は椿木家当主として、千寿丸に椿木家嫡男なのだから、あれをしろ。これをしてはいけない。と、あらゆることを強いて、我慢させねばならなくなる」

「……っ」

「だが、今だけは……好きな時に泣き、寝て、飯を求めて……思うがままに生きる千寿丸の何もかもを許して、何をしてもようやったと褒めてやれる。それを思うと、何でも許して、何でもしてやりたくなってな」

真剣な面持《おもも》ちで告げられたその言葉に、葉月は目を丸くした。

自分が何気なく言った言葉を、そこまで深く受け止めてくれていたなんて。

びっくりした……が、それでも——。

「ははあ」

葉月は感極まった声を上げた。

「確かに、傑殿の言うとおりじゃ！　うんうん。ならば、俺も傑殿に負けてはおれん。今のうちにいっぱい甘やかしておかねば損……」

「葉月。俺はお前に、千寿丸が立派な男になれるよう養育してほしいと頼んだが、覚えているか」

突然の問いかけに、肩が大きく跳ねる。

「へ？　ああ……も、勿論。覚えておる。さように大事なこと、いくら千寿丸が可愛いからと言うて忘れるものか」

慌てて早口に答える。傑は探るようにこちらを見てきたが、すぐ噴き出すようにして笑い出した。それにつられ、葉月も笑う。千寿丸も二人の笑い声に応えるように、小さな両手をばたばたさせる。

そんな調子で、葉月と傑の初めての子育て生活は続いた。

周囲は、かなり心配した。

傑が、赤ん坊にあたふたする姿を見せては当主の沽券《こけん》に関わるからと、自分と葉月、それから千寿丸の三人で部屋に籠《こも》ったせいだ。家臣に頭を下げることは何の抵抗も覚えないくせに。傑の羞恥《しゅうち》の基準が分からない。おまけに、

「決して、中を覗かぬように。声もかけぬように」

抱っこの修練に全神経を集中させたいのは分かるが、恐ろしく真剣な顔でそう言って妻子と部屋に籠ったら、皆逆に気になるというものだ。

案の定、葉月たちは部屋に籠って何をしているのだろうと、様々な憶測が飛び交い始めた。

なので、葉月は乳母たちにありのままを伝えた……いや。

「千寿丸に手を焼く姿を皆に見られるのは恥ずかしいと顔を赤らめてな。可愛いであろう？」

かなり主観が入っていたが。

そのことを知った傑は、ばらすなんてひどいと、抱いていたまんぷくの尻尾で叩いて抗議してきたが、葉月はどこ吹く風。

「皆、微笑ましいと笑《わら》うていたぞ？　ほら。前にも言うてやったろう。たまには弱みを見せてみるものだと」

「……ついこの間、見せたばかりだ」

向こう二十年は見せたくなかった。と、まんぷくの前脚を手に取り、真ん丸腹をぽんぽこ叩きながらむくれる。「そういうところが可愛いのだ」という言葉が喉元まで出かかったが、何とか堪《こら》えて、代わりに抱いていた千寿丸を突き出した。

「それ、千寿丸のつもりか。千寿丸はもう少し」

「『トニカク、イラヌウワサハタタヌ。ヨカッタデハナイカ、トトサマ』」

「だあだ」

葉月の珍妙な裏声とは比べ物にならないほど愛らしい声が、傑の声を遮る。二人は慌てて千寿丸を覗き込んだ。

「傑殿、今千寿丸が喋ったぞ」

「ああ！」

二人の頭から先ほどまでの会話が完全に消し飛んだ。そして、葉月の言うとおり、家来たちはそれ以降何も言わなくなった。

三十郎だけは黙っておらず、連日のように「ありえない」「やっぱり、子育て経験皆無の二人が子育てなんて無謀」と声高に主張してきたが、千寿丸が体調を崩すことはなかった上に、傑はしっかりと領主の仕事をこなしていたので、三十郎の訴えは無視され続け……などという大人たちの攻防を知る由《よし》もない千寿丸と藤久郎は、競うように須恵の乳を飲み、よく寝て、すくすくと大きくなっていった。

そして、二月《ふたつき》が経った頃。

常人より発育が早い山吹である上に、食いしん坊でもある千寿丸の体は生まれた時より一回り大きくなり、肉もついた。

首もしっかりと座り、寝返りも打てるようになって、藤久郎とともにどこまでも転がって遊ぶのが、最近のお気に入りだ。

顔中にあった皺《しわ》は綺麗に伸び、父親似の顔立ちがよりはっきりとしてきて、山吹の目をぱっちりと開くようになった。

山吹の瞳はよく動き、色んなものを追い、捉えた。

須恵をはじめとする乳母たちの顔。隣で豪快なげっぷをする藤久郎の横顔。人相の悪いまんぷくの顔。きらきらと目を輝かせて覗き込んでくる葉月の顔。穏やかな笑顔で探るように見つめてくる傑の顔。

それらを見て、千寿丸は様々な表情を浮かべる。

須恵を見れば、「おっぱいちょうだい」とばかりに口をぱくぱくさせ、葉月や藤久郎を見れば、「あ、あ。あうあ。ぶう」と、弾んだ声を上げながら両手をぶんぶん振り、傑を見れば、にっこり微笑んで小首を傾げる。

表情がくるくる変わるようになった千寿丸に、傑とともに一々《いちいち》はしゃぐ。

とても穏やかで、温かくて、幸せなひとときだった。嘘みたいに。

……嘘？　嘘なんてどこにある。そんなものは存在しない。

愛する夫と息子とともに毎日平穏に暮らせている。それでいいではないか。何を疑う必要がある？

心の中で、誰かが囁いてきた。

あまりにも甘美な響きに、何度も頷きそうになる。だが、それでも——。

「千寿丸、そなたは今日も可愛いなあ」

今日も、葉月は弾んだ声で千寿丸をあやした。

「あうあー。ぶっぶぶう。ばあ！」

「うん？　俺と傑殿の子ゆえ当たり前とな？　おお、分かっておるではないか。千寿丸は誠に賢い……」

「葉月様」

千寿丸を抱いてでれでれの葉月に、三十郎が窘めるように声をかけてきた。

「もう少しお顔を引き締めてくださいませ。椿木家ご正室という御名が泣きますぞ」

「ほう？　それはどのような声で泣く？　一度聞いてみたいものだ」

「またそんなことおっしゃって！　もう、今日こそは言わせていただきます。そもそも、武家の正室というものは……」

「そろそろ、本格的に奥の仕事に復帰しようと思う」

また、いつものようにくどくどと説教を始めようとする三十郎の言葉をやんわりと遮り、葉月は抱いた千寿丸を見つめたままぽつりと言った。

「産後の体で無理はならぬと皆が申すゆえ、千寿丸の世話に専念しておったが、千寿丸を産んで二月近く。体もすっかり癒えた。もう動き回っても、誰も文句はなかろう」

「へ？　あ……それは、そうでございますが……えっと」

三十郎は動揺を示した。一応、動かずともできる奥の仕事はこなしていたが、毎日千寿丸にべったり張りついて、世話に明け暮れていた葉月がそんなことを言い出すとは夢にも思わなかったらしい。

だが、葉月は考えていた。平穏すぎる日々の中でずっと。

もうすぐ池神との全面戦争になるからと、安住に与する国人衆が皆会合に召し出されるほど騒がしかったというに、今は……そのことについて、誰も何も言わない。

「産後の体で無理はしてくれるな」と、ずっと言っている傑が教えてくれるわけがないのは分かるとして、

（父上……なにゆえ、何も言うてこぬ）

久秀は傑と違い、傍若無人だ。相手の都合なんかほとんど考えない。こちらがどんな状況だろうがお構いなしに、あれをしろ、これをしろと平気で言ってくる。昔からそうだ。

本来なら、椿木の内情を知らせてこいだの何だの、矢のように催促をしてくるはず。現に二月前までは毎日のように文が届いていた。

それだというのに、この二月一切の便りがない。

(産後の俺を気遣って？　いや、俺がつわりの時も気遣わなかった父上がさようなことなど思うものか。……まさか、兄上に何か吹き込まれたのではあるまいな)

嫌な想像は尽きないが、今のままでは何も分からない。ならば、自ら動いて探るしかない。

これまでは産後の体だからと無理をさせてもらえなかったが、ようやくこの時が来た。

ただ、傑は何と言うか。

呆れるほど用心深くて心配性な傑のこと。難色を示す未来しか見えないが、戦支度もしっかり進めておきたいし……と、思案を巡らせていると、侍女が部屋に入ってきた。

「おかた様、隼様がおいでになられました」

「隼様……」

葉月が答えるより先に三十郎が声を上げ、体を震わせた。

隼とは、傑の同い年の異母弟だ。

傑と同じく後天的な山吹で、とても優秀な男だが、性格はかなり歪んでいる。特に、傑に対しての感情は複雑怪奇。

隼のほうが半年早く生まれたにもかかわらず、傑は正室の子、隼は側室の子だからと弟にされたことに端を発し、差をつけられて育てられたことを深く恨んでいた隼は、山吹に変異して立場が逆転したことを利用して、傑を散々苛め抜いた。踏みにじった飯を投げつけ、犬のようにして食えと強要したことさえある。

そのくせ、ある日突然傑に仕えたいと頭を下げてきて、現在は忠節を尽くしているが、いまだに「傑は血も涙もない鬼だ」などと澄まし顔で罵《ののし》っている。傑がそんなに嫌いかと問えば、「打ち据えて泣かせたいほど大好きだ」と即答して嗤い……本当に歪んでいる。

まあ、そんな隼のことを、「恨むだの、復讐するだの、そんなことは暇人のすること」「言われるまま犬のように飯を食った時も、美味いとしか思わなかった」と、真顔で言い捨てる傑を見ると、何だか憐《あわ》れに思えなくもないが……隼は、傑の嫁である葉月に対しても何かと悪意ある態度を取ってくる。

何でも、傑は葉月のこととなると非常に面倒臭くなるから嫌なのだとか。葉月に言わせれば、隼のねちねちさのほうがずっと面倒臭くてうっとうしい。ただ……。

「何用と申しておる」

「はい。千寿丸様ご誕生のお祝いを申し上げたいと、おっしゃっておられます」

「……葉月様」

侍女のその言葉を聞くなり、三十郎がにじり寄ってきた。

「見え透いた口実でございます。あのお方のこと、何か企《たくら》んでいるに決まっています」

「……分かっておる。だが、会う」

抱いていた千寿丸を三十郎に任せ、傑が贈ってくれた、百合《ゆり》の打掛に手を伸ばす。

あのねちねちに付き合う気分ではないが、あの男が会いに来る時は決まって、傑が隠している重大事を葉月に知らせるためだ。会わないわけにはいかない。

「それと、こちら別件にて……ただいま、村長《むらおさ》たちが採れた作物を持参いたしました」

侍女がそう申し添えてきた。

村長をはじめとする百姓たちはよく、作物や山の幸を年貢とは別に、傑に献上してくる。

今回野菜が特に美味《おい》しくできただの、何だの言って。

最初は、そんなことをする百姓がいるなんてと驚いたが、城から追い出された幼い傑の面倒を見ていたのは百姓たちだったという話を聞いて……彼らにとって傑は、敬愛する領主であると同時に、可愛い息子のようなものなのかもしれない。

――いつもわしらに良くしてくださる殿様には、いつも美味《うま》いもん食うてもらいてえ。

口癖のようにそう言って、せっせと作物を持ってくる様や、傑の祝言や千寿丸誕生を泣いて喜んでくれる様を見るたび、しみじみそう思っている。

「そうか。いつもありがたいことよ。急ぎの用がないならしばし待っておいてくれと言うてくれぬか。ぜひ礼を言いたい」

そう命じると、葉月は百合の打掛を翻《ひるがえ》して、広間へと向かった。

しかし、その途中で葉月は歩を止めた。

進む廊下の先に、庭を向いて立つ、直垂姿の若い男が見えた。

痩《や》せぎすで、切れ上がった異様に鋭い山吹の瞳が印象的な神経質な顔。傑の異母弟、隼だ。

その視線の先にいるのは、庭の地べたに額《ひたい》を擦《こす》りつけている百姓たち。

「……それ、罪滅ぼしのつもりか？」

冷ややかで、どこか嘲《あざけ》るような声音で放たれたその言葉に、百姓たちの肩がびくりと震える。隼はつぅっと口角をつり上げる。

「己が悪いなどとは、これっぽっちも……思うておらぬくせに」

また肩が震えた。先ほどとは比べ物にならないほど大きく。

（……何のことだ）

話が見えず戸惑っていると、隼がこちらに顔を向けてきた。

「これはこれは『はずれ殿』。ご機嫌麗《うるわ》しゅう」

葉月と目が合うなり、隼は小綺麗な笑みを浮かべてそう言ってきた。

「……うむ。その者たちと知り合いか？」

「いえ？　全く」

即答だった。いや、絶対違うだろうと言い返したくなったが、そう言うより先に、「では、参りましょう」とにこやかに促してくる。

色々引っかかることしきりだが、葉月は結局、隼の促しに乗ることにした。いやに怯《おび》えている百姓たちを見る限り、どうせろくな関係ではないと容易に推測できたし、今は何より隼の用向きが気になる。

広間に移動し、葉月が上座に胡坐を搔くと、隼は下座で改まったように平伏した。

「一月も早いご出産だったにもかかわらず、お元気そうで何よりでございます。さすがは、白銀のくせにやたらとお元気なはずれ殿。また、若君もご壮健とのことで……まあ、兄上とはずれ殿のお子なれば、槍《やり》で突き刺されても元気そうですが」

次から次へと飛び出してくる悪態に内心溜息を吐きつつ「相変わらずお元気そうで」と返すと、隼は「とんでもない」といやに芝居《しばい》がかった声を上げた。

「実を言いますと、二月前についた心の疵《きず》がまだ痛んでおりまして」

「二月前？　はて……」

「二月前のあの日、それがしは兄上のお供で、安住に参っておりました」

「ああ……」と、葉月が声を漏らすと、隼は大げさに肩を竦めて見せる。

「はずれ殿が産気づいたという報せを受けた兄上が会合を放り出し、安住家の城内を全力疾走するという、とんでもない無作法を働いた挙げ句、我らを置き去りにしたせいで、それがしは久道殿からずいぶんなお叱りを受けました」

「久道兄上……？」

予想外の名前に眉を寄せると、隼が深く頷く。

「ええ。『あのように無作法で、見苦しい輩は見たことがない』『はずれの出産程度にかように取り乱すなど、無能にも程がある』『あのような無能に家督争いで破れた挙げ句、傅《かしず》いているとは、貴様、救いようがないな。悔しくないのか』などなど、ねちねちねちねちと……よくもまあ、あんなひどい悪口が次から次へと思いつけるものです」

子どもながらに、「犬の真似《まね》をして食え」と踏みにじった飯を兄に投げつけたお前が言うな。と、突っ込みたくなったが、それよりも気になるのは久道の言い草。

(……珍しい。あの兄上が、饒舌《じょうぜつ》に誰かを罵るなど)

自分も「白銀の身の程も知らぬ阿呆」と大概嫌われていたが、直接罵られたことはない。こんな奴の相手をするのも馬鹿馬鹿しいとばかりに目さえ合わせず、別の人間に向かって、「はずれは無能」と、言葉少なに淡々と話すさまを見せつける。

他の気に入らない者たちに対しても同様。それだというのに、なぜ傑だけ……いや。

(まさか、隼殿に傑殿への謀反を促すためか……?)

元政敵に仕えることになって悔しくないのかという言葉など、その最たるものではないか。国人衆の山吹など互いに殺し合い、潰れてほしいと目論んでのことか。

つらつら考えていると、隼は続けてこう言った。

「兄上のせいでとんだ目に遭いました。それがしの繊細な心はぼろぼろです。それだというに、兄上はまたやらかそうとしていらっしゃる」

「また……と、言うと」

「先ほど、武兄上から報せが参りまして、兄上の許に安住の使者が参ったとのこと。『十日後出陣せよ』と、久道殿から」

「え……」

思わず、間の抜けた声が漏れてしまった。

「今、何と言うた……出陣命令を、父上ではなく、兄上が送ってきたと申すか」

胸のあたりがざわざわと騒ぎ出した。

なぜ、久道から出陣命令が来る？　久秀は今回の戦で池神の息の根を止めてやると息巻いていたのに。

嫌な想像が脳内に駆け巡り、息が詰まったが、

「私も、武兄上から聞いただけゆえ、詳しいことは分かりませぬが、此度の戦の指揮を執《と》られるのは、久道殿と考えて間違いないでしょう」

その言葉に、完全に息が止まった。

「あのような方が指揮を執られるとなると、我らとしては非常に不都合です。で、さような面倒な状況であるにもかかわらずです。なんと、兄上はこのことを、奥の一切を取り仕切っておられるはずれ殿に告げるべきか否か、迷っておられるご様子」

そこまで言って、隼はずいっとにじり寄ってきた。

「ゆえに、こうしてまかり越しました。かような時に、余計なことでぐだぐだと悩まれても困りますし、兄上がはずれ殿に黙っていたことで必ず起こるだろう夫婦喧嘩のとばっちりを受けとうありません！」

最後の一言は力いっぱい言われた。

「そういうことですので、子育てなどというままごとに現《うつつ》を抜かしたりなどせず、しっかり夫婦で話し合われますよう、よろしくお願いいたします」

そう強く念を押してくると、隼はさっさと帰っていった。

その背を呆気に取られながら見送った後、葉月は袴を握り締めた。

久秀がいつものように文を送ってこないのは、何かあると思っていた。だがまさか、今回の戦の指揮を、久道が執ることになるなんて。

久秀の安否が気になって仕方ないが、今は傑のことだ。

久道は決して戦下手ではない。それどころか、弱冠十三歳にして初陣を飾り、以来華々しい戦歴を重ねている。けれど、

――そなたを椿木に嫁がせたのは、出来損ないのそなたは孕めぬと踏んでのこと。その期待を裏切った挙げ句、山吹など産もうものなら椿木への処遇はどうなるか。分かっていような。

出産を控えた実の弟に、そんな暴言を平気で浴びせてくる男だ。さらには、先ほどの隼の

話から察するに、久道は傑に対してもいい感情を抱いていない。

そんな男に傑は与して、戦に駆り出される。

――子育てなどと言うままごとに現を抜かしたりなどせず、しっかり夫婦で話し合われますよう。

先ほどの隼の言葉が、深々と胸に突き刺さった。


その日の夕刻、傑は普段より遅い刻限に帰ってきた。

いつものように真っ直《ます》ぐ葉月と千寿丸の許にやってきて、きっちり着込んでいた直垂を着崩すと、恐る恐る千寿丸を抱いてあやし始める。

変わった様子はまるで見せない。出陣命令のことも一切口にしない。

傑のことだ。昼間に隼が来たことも、隼が何を話したのかも、全部分かっている。

それなのに、抱いた千寿丸を拙《つたな》くあやし続ける。それが楽しいのか、嬉しいのか、千寿丸はぷっくりほっぺを綻《ほころ》ばせてころころと笑う。

幸せいっぱいの光景。けれど！　葉月は覚悟を決め、息を吸った。

「……さあ！　千寿丸はそろそろ乳を飲む時間ぞ」

努めて明るい声で言い、葉月が千寿丸に手を伸ばすと、傑が顔を上げた。

「なあ、葉月。千寿丸がまた、重くなった気がする」

「そうか？　はは。毎度毎度、須恵の乳をすさまじい勢いで飲んでおるからな」

「ほう。そんなにすごいのか？　なら、一度見てみたいな」

「うんうん。傑殿も見てみればいい。誠、笑えるぐらいの勢いで……は？」

頷きかけ、葉月は瞬きした。

「見る？　千寿丸が乳を飲む姿をか？　それは……い、いかん。駄目じゃ！」

ぶんぶんと首まで振って拒否する。

「駄目？　なにゆえだ」

「なにゆえって、須恵の乳房が見えてしまうではないか。さような不貞、許せるものか」

眦をつり上げて抗議すると、傑は思い切り首を捻った。

「では、葉月はどうなる。葉月も俺と同じ男だ。それなのに、女の乳房を毎日見ている」

「それは……お、俺は母親ゆえ見てもよいのだ。だが、傑殿は父親ゆえ駄目だ」

何とも滅茶苦茶な理由だと思ったが、どうしても傑に女の乳房を見てほしくない一心でそう言い返すと、傑は可笑しそうに笑った。

「そうか。父親は駄目か。それは……残念だ」

「……傑殿？」

「本当に、残念だ」

その言葉をもう一度繰り返して、悲しそうに笑う。

葉月は目を見開く。何も言えない。動けない。ただ、目を見開いたまま傑を見つめ返すことしかできない。そんな葉月に小さく苦笑して、傑は目を逸らした。

「おい。誰かいないか」

外に向かって呼びかけると、すぐに乳母の一人がやって来た。

「千寿丸に乳を飲ませてやってくれ。それから、葉月と大事な話があるゆえ、しばらく誰も近づかぬように」

やって来た乳母に千寿丸を引き渡しながら告げられた言葉に、葉月の肩が跳ねる。

傑がこちらの胸の内を察し、話を切り出そうとしている。

何を言う気なのか皆目見当がつかないが……動じるな。

自分は椿木家が現在どういう状況にあるのか知りたいし、それを踏まえた上で、できる限りの戦支度をして傑を送り出してやりたい。傑が何と言おうとだ。だから！　と、挑むような心持ちで傑に体を向け、居住まいを正したが、傑の風情は変わらない。

ただ、静かにこちらを見つめてくるばかりだったが、ふと両の目を細めた。

「その顔だと、隼は『久道殿から出陣命令が来た』と、言ったようだな」

「……うむ。傑殿がさような大事を俺に言うか否か、悩んでおるともな」

すかさず言い返すと、傑は苦笑し、一通の文を懐から出した。

「なるほど。それだけしか聞いていないなら、怒るのも無理はないな」

そう言って、取り出した文を差し出してくる。

無言で受け取り中身を見ると、それは出陣の命令書であったのだが、送り主の名は「安住久秀」となっていた。

なんだ。送り主は久秀ではないかと思ったが、あることに気がつき顔色が変わった。

「その文、久秀殿のものか」

「……いや、偽物だ」

本文はいつも書かせている代筆者の手によるものだし、署名も花押《かおう》もどう見ても久秀のものだが、あるべきはずのものがない。

実を言うと以前、偽の書状を掴まされ痛い目を見たことがあったので、久秀に頼んだ。自分宛、ついでに傑宛の文には、自分と久秀にしか分からない印を入れるようにしてくれと。

その印が、この書状にはない。そう言うと、傑が「やはりか」と小さく肩を竦めるので、葉月は目を丸くした。

「傑殿、気づいていたのか」

「当然だ。久秀殿のことは決して間違いがあってはならぬゆえ、久秀殿からの文はいつも目を皿のようにして見ている。それに、二度と偽の書状を掴まされぬよう、自分にだけ分かる印を入れてくれと葉月に言われていたからな。久秀殿にも同じことを強請《ねだ》ったのだとすぐに分かった」

「ははあ……」

「それにな。この文には追伸がない」

「追伸……？」

「久秀殿は文には必ず、本題の後にご本人が一筆入れられる。家族は息災か。領地の田畑は潤《うるお》っておるか。というとりとめのないものから、先の戦では援軍を送ってやれず申し訳なかったと言う謝罪までな」

「なんとっ。あの父上が」

意外な言葉に目を瞠《みは》ると、傑は困ったように笑った。

「葉月は久秀殿を人の都合を考えぬ男と言うが、こういう心遣いには余念がないお方だ。そんな久秀殿が、此度一筆も入れなかった。さらには、戦前だというのに葉月にさえ、一通も文を寄越さない」

頬が強張る。草の者からこっそり受け取っている久秀からの文がないことは、傑には言っていなかったから。

「以上のことから、この文は久秀殿のものではない。そして、久秀殿以外で、久秀殿が使っていた代筆者を使うことができて、正式な使者を立てて命令できるのは、久道殿しかいない」

「し、しかし、兄上はなにゆえかようなことを……」

「戦の直前で総大将が代わるなど、あまりいい話ではない。兵の集まりも悪くなるかもしれない。ならば、久秀殿の名を使って呼び出せばいい。いったん呼び出してしまえば、『久道殿が指揮を執るとは聞いていない。帰る』とはいかないからな」

「……な、なるほど」

葉月はこくこくと頷いた。しかし、傑は眉を寄せ、胡坐を掻いていた膝に頬杖を突いた。

「……ただ、これはあくまでも、いつもとは違うその文を偽物と仮定した場合の話だ。久秀殿がわざと、葉月への文も印も追伸も書かず、我らに文は久道殿の手による偽物だと思わせようと仕向けている可能性もある。久道殿に不信感を抱いているだろう我らを試すために」

「え？　あ……ああ」

面食らう。確かに、そういう考え方もできる。そして、何とも久秀が好みそうな戦法だ。しかし、そうなると――。

「結局、今はどれだけ考えても憶測の域を出ないし、安住から出陣命令が出た以上、俺は何も気づかぬ振りをして出陣するしかない。ゆえに、葉月に話したくなかった。漠然とした疑惑で不安にさせたくなくてな。葉月の父君のことが絡《から》んでいるだけに、なおさら」

そう言われると、何も言い返せなかった。

自分も傑と同じ立場だったら、確実に言うことを躊躇っただろう。だが、それでも言ってほしかった。

たとえ、憶測でしかないとしても、それを踏まえて念入りに準備しておきたい。あの久道に関してのことなら、余計に……と、袴を握り締めていると、

「……なんて、そんなことは、ただの建前なのかもしれない」

ふと聞こえてきたその言葉。

「俺は知っていた。葉月が、久道殿のことや、久秀殿からの便りがないことを不安に思っていると。それなのに、俺はずっと知らんふりしていた。言ってしまえば、終わってしまう。ただでさえ残り少ない、葉月と千寿丸とのひとときが。そう思うと、どうしても……」

「傑殿……っ」

葉月は声を上げげた。傑が深々と頭を下げてきたせいだ。

「すまなかった。己のことばかり考えて、お前に無理をさせて」

「やめてくれっ」

葉月は慌てて傑に飛びついた。

「すまぬ。謝らなければならぬのは俺のほうだ。もうすぐ戦があると分かっていたというに、傑殿も千寿丸の世話をともにやろうと誘ったりして。さようなことをしたら、千寿丸と離れる時どれほど辛くなるか、考えもしないで」

そうだ。自分は、何も考えていなかった。可愛がれば可愛がるほど、離れるのが辛くなるという、簡単なことさえも。

もし今、千寿丸を置いて戦に行けと言われたら、自分だったら耐えられない。しかし、どうしても行かなければならないと言うのなら、せめて戦に行くまでの間くらい、千寿丸との日々を噛み締めたいと思う。

傑もそう思っていると察したから、戦支度は葉月が独自で進め、一緒にいる時は戦のことは一切口にせず、ただただ千寿丸に向き合ってきた。それが、自分が傑にしてやれる一番のことだと思って。

けれど、このように不穏な出陣命令が下された今となっては――。

「傑殿の気持ちはよく分かっておる。だがな、このまろくな支度もせず送り出して、傑殿が帰ってこなかったら、いくら後悔してもしきれんっ」

「葉月……」

「頼むっ。俺は傑殿には死んでほしゅうない。ゆえに、戦支度を念入りにして……いや、戦支度だけではないぞ。留守もしっかり守るし、千寿丸のことも……毎日文を書いて知らせるし、千寿丸に傑殿のことを忘れぬよう語り聞かせて……とにかく、傑殿が無事に俺と千寿丸の許に戻ってくるためなら、俺は何でもやる！　ゆえに……ゆえに、なあ」

そこまで勢いよくまくし立てていた葉月の口が、急に動かなくなった。それと同時に、顔がみるみる赤くなっていった。

（こ、これは言うべきか。あまり、言いとうないが……いや）

今、自分は傑のためなら何でもやると言ったばかりではないか。必要なことであるなら、どんなに恥ずかしいことでも言わなければ。と、己に言い聞かせて、葉月は再び口を開いた。

「戦に行ったら、その……つがい焦がれの時のために、傑殿の……し、新鮮な肌着を送ってくれぬか」

「……は？　新鮮な、肌着？」

訝しげに訊き返してくる傑に、葉月は低く唸った。

「つまり、傑殿の匂いが沁み込みまくったというか、何と言うか……あ。それで」

ここで、葉月は二人きりであるにもかかわらずあたりを見回してから、

「できれば……ふ、褌は肌着で包んで送ってくれると、匂いが逃げぬゆえありがたい……っ」

真っ赤な顔で、ひそひそと傑に耳打ちしていた葉月は、耐えかねたように笑い出した傑に目を丸くした。

「な。笑う奴があるかっ。俺が恥を忍んで頼んでおるというに……っ」

肩を叩いてやろうと思ったが、それより早く抱き締められてしまった。不意打ちで笑ったことを誤魔化すつもりかと思ったが、

「必ず、帰ってくる」

葉月の首筋に顔を埋《うず》め、呻《うめ》くように呟かれた独り言にはっとした。

「負けぬ。葉月と千寿丸との暮らしを守るため……二人を、俺が堕《お》ちた地獄に堕とさぬため

……決して、負けるものかっ」

葉月は強く傑を抱き締め返した。

傑がここまで言うということは、今回の戦に相当な危険を感じているということだ。

（ああ……なにゆえ、さようなところに、傑殿をやらねばならんっ）

どこへもやりたくない。このままこの腕に閉じ込めていたい。しかし、その想いをぐっと噛み殺して、

「傑殿。俺も負けぬ。決して負けぬぞ。ゆえに、ともに打ち勝とう。我らは千寿丸の親ではないか」

抱き締める腕にさらに力を籠め、語勢を強めてそう告げた。


それから、千寿丸中心だった葉月の暮らしは一変した。

片時も離れずそばに置いていた千寿丸を須恵たちに預け、戦支度に奔走した。

支度の合間、親子水入らずの時間を得られても、傑が戦に行っている間、いかにして留守を守るかの話し合いに終始した。不測の事態はいくらでも考えられたから。

千寿丸の話題が上ることはほとんどなくなった。それがとても悲しかったが、葉月はその気持ちをおくびにも出さなかった。

自分は傑がいなくても城代《じょうだい》を……千寿丸の母親を立派に務めていけることを示して安心させたかった。

傑も、戦に行く覚悟を固めたためか。葉月を心配させまいとしているのか。あの日以来、千寿丸と離れたくないという弱音は勿論、悲しい表情一つ浮かべることはなかった。

出陣当日を迎えてもそれは変わらず、淡々と葉月が用意した甲冑《かっちゅう》に身を包んでいく。その武者ぶりは実に凛々しく、精悍《せいかん》で、惚れ惚れした。それが顔に出てしまったのか、

「うん？　どうした」

甲冑を着終えた傑がこちらに顔を向けて笑う。少々意地の悪い笑みに内心むっとして、

「うむ。さすがは俺が手入れをした甲冑だと、惚れ惚れしていた」

澄まし顔でそう答えてやった。傑が可笑しそうに笑う。葉月は不服そうに顔を顰めてみせたが、内心ほっとしていた。

よかった。これなら、いつもの調子で傑を送り出すことができる。けれど、

「母様《かか》は素直じゃない。そう思わぬか？　千寿丸……っ」

そんな軽口を叩き、何の気なしに布団に寝かされていた千寿丸の頬を指先で撫でていた傑が固まった。

千寿丸が傑の指を、小さな手できゅっと握りしめたから。

「だあだ。ぶぅぶ。ぶう！」

弾んだ声を上げて笑いながら、握った傑の指を引っ張る。遊んで遊んでと、強請《ねだ》るように。

傑は何も言わない。固まったまま、千寿丸を見つめるばかり。

葉月も、それまで必死に押し込めていた感情が、ここにきて一気に噴き出して、その場から一歩も動くことができない。しかし、程なく足音が聞こえてきた。

『殿様、出立の準備が整いました』

障子の向こうから、忠成の声がそう告げてきた。

傑がぎこちなく息を吸った。そのまま息を止めて、千寿丸の手を振り解《ほど》く。千寿丸に指を握られたら、どうしても振り解くことができなかった傑がだ。

傑にそんなことをされるとは思わなかったのか、千寿丸は驚いたように目を丸くした。それからすぐ、顔をくしゃりと歪めたかと思うと、声を上げて泣き始めた。

泣きながら、傑に小さな手を伸ばす。その姿を見ていられず、葉月は千寿丸に駆け寄った。

「千寿丸っ。あ……良い子じゃ。良い子ゆえ泣くな。頼むゆえ……っ」

何とか泣き止ませようと声を振り絞っていた葉月は、突然頬を両手で掴まれたかと思うと、口づけられてはっとした。

「す、ぐる……ぅ、んっ」

薄く開いた口の中に舌が入り込んできて、肩が跳ねる。

どうして今、こんなことを？　意味が分からず狼狽《ろうばい》した。けれど、舌を搦め捕られ、強く

吸われて、思考が一瞬にして蕩けた。

口づけられたのは久しぶりだ。口づけたら止まらなくなって、身重の体に無理をさせてしまうからとしてくれなくなったから。千寿丸が生まれてからもそれは変わらず……。

自分の体を気遣ってくれていると分かっていたが、本当は寂しくて不安だった。

立派な親にならなければと思う一方で、口づけくらいしてほしい。

千寿丸が生まれたら、もうこの子の母親としか見られなくなったのか？　今までのように焦がれる想い人として見てほしいのに！

ずっと、そう思っていた。

だから、傑は以前と変わらず、自分を恋い慕ってくれていると、ひしひしと伝わってくる口づけに、胸がいっぱいになった。けれど。

「……はぁ。……必ず戻る」

性急だが、ひどく情熱的な口づけを解き、狂おしいほど熱く燃える山吹の瞳と掠れた声音でそう囁くと、傑は弾かれたように立ち上がり、部屋を出ていった。

一度も振り返らない。ただ前だけを見据え、颯爽《さっそう》と歩いていく。

その姿を呆然と見送る。見えなくなっても動けない。遠くから馬の嘶《いなな》きが聞こえ、傑が出立したと悟った時、葉月は顔を真っ赤にして唇を噛みしめた。

どうしてこんな時に、あんな口づけなんてするっ？

（傑殿はひどい男ぞ。とんでもない意地悪だっ）

憎たらしくて、恋しくてしかたない。しかし、

「あああ……えっぐ……だあだ……ふええ」

いまだに小さな両手を懸命に伸ばしながら泣きじゃくる千寿丸と目が合った途端、今にも零れ落ちそうだった涙が引っ込んだ。

「さような顔を致すな。……大丈夫。父様は必ず帰ってくる。大事ない大事ない」

抱き上げて、頭を撫でてあやす。しかし、千寿丸は泣き止まず、葉月にしがみついて離れようとしない。

「うん？　俺もいなくなると思うておるのか？　俺はどこへも行かん。ずっと千寿丸のそばにおる」

とっさにそう言ってみたが……実を言うと、葉月もこれから、千寿丸を乳母たちに預けて、奥の仕事をしなければならない。それが何となく分かるのか泣き続ける千寿丸がひどく不憫《ふびん》で、どうしたものかと考えあぐねていると、ばたんっと妙な音が耳に届いた。

顔を上げてみると、いつの間に忍び込んできたのか、まんぷくが体に絡まった帯紐《おびひも》にもんどりを打っていた。

「そなた、一体何をやって……そうじゃ。この手があった！」

葉月はまんぷくと千寿丸を交互に見て声を上げた。

それからしばらくして、

「葉月様っ？　何をしておられるのですっ」

三十郎の絶叫が城中に木霊《こだま》した。千寿丸をおんぶ紐で背負った葉月が廊下を闊歩《かっぽ》するさまを目撃したせいだ。

「何をしておるかだと？　残っている兵糧《ひょうろう》と武具を確認しておこうと思うてな。足りぬようなら補充しておかねば」

「そのことではございません。なにゆえ、若様を背負うておられるのですっ。さような非常識なこと、おやめください」

「非常識？　子を負ぶって働く母親は山ほどおるぞ。そなたも見たことがあろう」

「それは下々の母親がすることとです。武家のご正室がさようなことをするなど聞いたことも見たこともありません。葉月様もそうでしょう」

詰められるが、葉月は涼しい顔でふんっと鼻を鳴らした。

「確かに、俺も見たことはない。だがな、それは世の正室が、箸《はし》以上に重いものを持ったことがない姫様育ちの脆弱者《ぜいじゃくもの》ゆえだ。その点、俺は日夜剣を振るい、戦場を駆けてきた雄々しき兵だ。赤子一人背負うたところで何ほどのものぞ」

「そういう問題ではありませぬ。さようなことをいたしましては、ご正室としての沽券に関わりますし、千寿丸様にも多大なご負担が」

「千寿丸のためなら沽券などどうでもよい。それにな。千寿丸も俺の背をいたく気に入っておる。先ほどもな。こうやって」

葉月は三十郎に背を向け、駆け出した。途端、千寿丸が「きゃっきゃっ」と楽しげな声を上げ、両手をばたばたと興奮気味に振り始める。

「ほら、見てみろ。千寿丸が笑うておる！　ははは。千寿丸、楽しいなあ。愉快よなあ」

駆けながら、葉月は言った。歌うように、己に言い聞かせるように。

こうして、傑の出陣を機に完全に床上げした葉月は仕事に復帰した。

本来の正室としての仕事は勿論のこと、傑に留守を任された城代としての仕事もこなすことになったので、やることは山積みだ。

長い養生で鈍《なま》った体には少々きつかったが、余計なことを考えなくてすむから忙しいのはありがたい。ただ、千寿丸のための時間が取れないのは困った。

なので、状況が許す限り、葉月は千寿丸を負ぶって連れ歩いた。傑がいなくなった上に、自分まで構わなくなってしまっては、千寿丸が可哀想だ。

千寿丸を負ぶって城内を駆け回る葉月を見た家来たちは最初、三十郎同様驚愕したが、

「俺は千寿丸の養育も任されておるゆえな」

「だあだ！」

澄まし顔で胸を張る葉月に、背中の千寿丸が合いの手を入れるように声と手を上げると、皆思わずと言ったように笑い出した。

千寿丸は誰に似たのか、よく笑う明るい子だった。

葉月が走り出したり、かがんだりして、体が大きく揺れるたび、楽しそうにはしゃぐ。千寿丸がそんな調子だから、周囲も「まあいいか」と許容してくれた。さらに、千寿丸は目に留まる人間全てににこにこと笑いかけ、ぶんぶんと手を振る天真爛漫《てんしんらんまん》な人懐こさもあったので、気がつくと城中の人間が千寿丸に絆《ほだ》されて、千寿丸が笑うと皆笑顔になった。

陽だまりのような千寿丸。本当にいい子だ。

そのことを噛み締めるたび、葉月は千寿丸に負けないくらい、楽しげに笑った。千寿丸が背中で盛大にお漏らしした時などは、少々大げさにおどけて見せた。

自分と同じように、戦に家族を取られて塞ぎがちな家中の者たちが、少しでも明るくなってくれればと――。

城を、千寿丸の笑顔を守るため、自分は常にどっしりと構え、笑っていなければならない。だから、三十郎から「葉月様の明るさは病でございます」と呆れられるほどに笑った。

しかし、部屋で一人になり、傑の匂いが沁み込んだ肌着を抱き締めると、決まって鼻の奥がつんと痛んだ。

「傑殿……傑殿……」

傑の着物や肌着にくるまって、迷子になった幼子のような声で傑の名を呼ぶ。

傑と離れ離れになって寂しい？　それもあるが、一番葉月の心をざわつかせたのが、傑に同行した忠成から届く戦況報告だ。

傑の読みどおり、戦場に久秀の姿はなく、久道が全軍の指揮を執ることになったこと。

久秀は隠居し、久道が家督を継いだためだと簡単な説明はあったが、詳しいことは何も知らされないこと。

傑が、金森城《かなもりじょう》攻めに配属されたこと。

金森城とは、池神に与する国人衆の井元《いもと》家の居城にして、険しい山の頂に建つ難攻不落の名城だ。

久秀も何度か攻めたことがあるが、落とし切ることができなかったため、今回は城を取り囲んで兵糧の補給路を断つ兵糧攻めで攻略するつもりだと文に書いていた。

だが、久道は傑をはじめとする国人衆たちに、兵糧攻めはしない。お前たちの力で即刻攻め落とすように下知《げち》したと言うのだ。

命令された国人衆たちの兵数は、総勢二千。戦上手と言われた久秀が五千の兵を投じても落とせなかったというのにだ。

――父上があのように褒めそやしていた椿木殿がおられるのだ。二千でも多いのでは？

たった二千で落とすなど無理だと難色を示した国人衆たちに、久道は澄まし顔でそう答えたと言う。そのせいで、国人衆たちは傑に対して非協力的になってしまい、ますます面倒なことになっているのだとか。

心配でならない。そして、こんな采配《さいはい》を下した久道に腹が立ってしかたがない。なぜ、こんな仕打ちをする？　傑は何も悪いことはしていないし、安住家に対して忠節を尽くしていると言うのに。

何度、抗議の文を送ってやろうと思ったことか。しかしそのたびに、出陣前に告げられた傑の言葉が、硯《すずり》に向かおうとした手を押しとどめる。

――もしも、久秀殿ではなく、久道殿が指揮を執ることになった場合、十中八九、俺をはじめ国人衆に無理難題をけしかけてくる。代替わりしても、安住家への忠節は変わらないことを証明させるためにな。ゆえに、決して久道殿に反抗的な態度を取るな。

――大丈夫だ。どんな難題をけしかけられても、上手く切り抜けて戻ってくる。葉月は何も心配せず、城のことと千寿丸のことだけに専念してくれ。

自分より何十倍も頭がいい傑がそう言うのだから間違いない。それに。

(傑殿は俺を信じて、城のことも千寿丸のことも任せてくれた。ならば俺も傑殿を信じて、俺がすべきことをするだけだ)

懸命に自分に言い聞かせて、葉月は筆を取った。

傑へ文を書く。今日、千寿丸が何をしたか、できるだけ詳細に。なかなか治らなかった汗疹《あせも》がようやく治ったこと。まんぷくに鼻先で頰を突かれて、きょとんとしていたこと。

母乳に併せて粥《かゆ》を食べ始めた藤久郎の横まで転がって行って、俺にもくれとばかりに大口を開けたこと。

(『あの顔は誠に傑作だった。傑殿にも見せたかった』……っ)

そこまで書いて、思わず唇を嚙む。

見せたかった？　違う。自分は……傑と一緒に見たかった。

藤久郎の飯をもらおうと大口を開ける千寿丸の顔だけではなくて、これまで書き綴って送ったこと全てを、傑とともに見守り、親子三人で笑い合いたかった。それに——。

「千寿丸。父様が戻ってきたら、何をしてもらおうなあ？　おんぶしてもらうか？　それとも……っ」

ある日、部屋でおしめを替えていた時、何の気なしにそう話しかけていた葉月ははっとした。

「父様」と聞いた千寿丸が、思い切り首を傾げた。

前は、「父様」と聞くと、にこにこ笑って両手を振っていたのに、今は……それは誰？と言わんばかり。全身の血の気《け》が引いた。

「せ、千寿丸……そなた、忘れてしもうたのか？　父様のこと……あのように、可愛がってもろうておったに」

震える声で尋ねるが、千寿丸は何も言わず無邪気に首を傾げ続ける。

最近ようやく、ものをしっかり見て、音に反応するようになってきた赤ん坊の千寿丸が、一カ月以上会わなくなってしまった人間のことを忘れてしまってもしかたがない。

理屈は分かる。現に、自分もそうだった。

葉月たちを産んで間もなく死んでしまった母のことも、戦に明け暮れて常に不在の父のことも、綺麗さっぱり忘れ、悲しいなんてこれっぽっちも思わなかった。

大きくなって、親という概念を知ってはじめて、どういう人だったのかなと少し考えてみた、その程度の存在。

千寿丸にとっての傑も、そうなってしまうのだろうか。

(そんな……それではあまりにも、傑殿が可哀想ではないかっ)

「傑殿はそなたを守るために、命懸けで戦っているのだぞっ。それなのに……っ」

突然、背中に何かがぶつかって来てはっとした。

振り返ると、葉月の背にへばりつくまんぷくの姿が見えた。何をしているのかと思ったが、

「うう……えっぐ……ああああ」

聞こえてきた千寿丸の泣き声に息を詰める。自分は、なんということを！

「まんぷく……よう、止めてくれた。ありがとう。……千寿丸、すまぬ。怒鳴ったりして。だが……っ」

いきなり怒鳴られて泣き出してしまった千寿丸を抱き締めて、葉月は呻いた。

「頼む、千寿丸。どうか、傑殿を忘れないでやってくれ。帰ってきたら、笑って出迎えてやってくれ」

懇願した。こんな頼み、千寿丸にしたってどうしようもないと分かっていながら。

しかし、千寿丸はますます泣くばかり。葉月は泣きたくなった。

傑がこの場にいないことが寂しい。傑だけが久道にいびられて辛い目に遭い、自分だけが千寿丸と平穏に過ごしていることが、傑に悪くてしかたない。

だが、自分には傑を呼び戻す術《すべ》を持たない。できることと言ったら、城代としての責務を果たしつつ、

「そなた、絵がとても上手いらしいな？　頼む。傑殿の絵を描いてはくれぬか」

千寿丸が傑のことを忘れぬよう、絵が上手い者を探し出したり……と、一日も早く戦が終わって傑が帰って来てくれるよう祈ることだけだ。

（傑殿。早う、帰ってきてくれ。無事でいてくれ。どうか、どうか）

けれど、葉月の焦燥を嘲笑《あざわら》うように、傑不在の月日は刻一刻と流れていった。

戦地からの便りも、途絶えてしまった。

傑が出陣して一月半、便りが途絶えて十日が経ったある日のこと、とある人物が若い女に伴われて城を訪ねてきた。

線が細く痩せぎすで、頬もかすかに青ざめているが、端正な顔に浮かぶ柔和な笑みがひどく印象的な直垂姿の若い男。傑の実兄、武だ。

千寿丸のお食い初《ぞ》めの儀に、ぜひ出席してほしいという葉月の求めに応じ、夫婦で出向いてくれたのだ。

小袖に袴、銀髪が映える色鮮やかな花菖蒲《はなしょうぶ》の打掛を身に纏った葉月は笑顔で二人を出迎えた。式の前に、これまた上等な蒼《あお》色の小袖を着せられた千寿丸と対面してもらうと、武は千寿丸の顔を見るなり破顔した。

「はは。これはこれは、童の頃の傑に瓜《うり》二つだ」

慣れた手つきで千寿丸を抱き上げ、そう言って笑う武に、葉月は目を丸くした。

「義兄上《あにうえ》様……赤子の抱き方、とてもお上手ですね」

武には子がいないはずだし、傑は千寿丸を一人で抱っこするまでに十日以上かかったのにと、内心思いつつ言うと、武に付き添う若い女、武の妻、綾《あや》がくすりと笑った。

「実は、武様はこの日のために修練を積んでいましたの」

「修練、ですか」

「はい。一月ほど前、近くに住んでいる百姓が赤子を産みまして、その者に頼んで抱かせて

もらっていたのです。椿木家嫡男のお食い初めで粗相をするわけにはゆかぬからと」

「ははあ。それは……はは。さすがは傑殿の兄上様です」

思わず笑ってしまうと、武が「傑ほど重症ではない」と言いながらも照れ臭そうに笑う。その顔を見ると、笑い方も顔立ちも傑に似ているせいか、いやに胸が詰まった。


お食い初めの儀は、武の修練のおかげもあり、滞りなく進んだ。

だが、武が千寿丸を抱き、初めて粥を食わせたところで、
千寿丸は声を上げ、目を輝かせた。一口食べたら終わりなのに、もっとくれと、大口を開け、「んー！」

「あーあー！」と催促する。

武が「では、あと一口だけ」と食わせてやれば、もっとほしいと要求。結局、粥を全部平らげてしまった。

挙げ句の果てに、食べる振りだけで済まさなければならない鯛《たい》にまでかぶりついたすえに、武の膝の上でふんぞり返ってげっぷ。これには、その場にいる全員が笑ってしまった。

「なんと頼もしい若君様でございましょう」

「これはきっと大物になりますぞ。椿木家は盤石でございます」

「おかた様、おめでとうございます」

そう言って笑う大人たちを見て、千寿丸も楽しそうに笑う。

いい式になったと思った。こんなに大勢の人々に成長を祝ってもらえて、千寿丸も自分もとても幸せだとも。けれど……っ。

「今日は呼んでくださってありがとうございました。とてもよい御式でしたわ」

式が終わった後、武と綾とで別室に移動すると、綾が開口一番そう言った。

「はは、そうですか？　我が子ながら、あまりの食い意地っぷりにお恥ずかしい限りですが」

「いいえ。丈夫に逞しく育つことが赤子の仕事なのですから、あれでよろしいのです。それに、仕草がどれも愛らしくて。後でもう一度、会わせてくださいませ」

「はい。それはもう……」

「葉月殿」

満面の笑みで受け答えしていると、武が呼びかけてきた。ひどく、静かな声だ。

「あまり、自分を責めぬよう」

「？　はて……何のこと」

「先ほど、葉月殿はこう思うたのではないか？　傑がこの式に出られないのは、己《おの》が兄を律する力さえない己《おのれ》のせいだと」

そろりと言われた言葉に、ぎしりと心臓が軋んだ。

「自分に実家を動かせる力があれば……いや、なにゆえ久道殿に気に入られておこうとしなかった。そのせいで、傑は可愛い我が子と引き離され、晴れの祝いにも出られず、戦場で一人辛い目に遭っている」

頬が引きつる。違うと否定しようと思っても、口が上手く動かない。

固まってしまった葉月に、武が両の目を細める。

「葉月殿。気持ちは分かるが、さように思うのは間違いだ。戦《いくさ》と政《まつりごと》は夫である傑の領分。葉月殿が思い煩うことはないし、葉月殿は己の責務をしっかりと果たされている。城の守りは勿論のこと、千寿丸殿は健やかに育っておるし、城内も隅々まで手入れが行き届いている」

「城の雰囲気もよいですわ。戦中は殺伐としているか、暗く沈みがちなのに、皆表情が明るくて……千寿丸殿の天真爛漫さもあるでしょうけど、一番は、葉月殿の気配りの賜物です」

「し、しかし、そうは言うても……っ」

「それにな。傑は今、いまだかつてないほどに幸せだ」

反論しようとする葉月の言葉をやんわりと遮り、武はそう言った。

目を瞠《みは》る。傑は今、幸せ？　一体どこが？　戸惑う葉月に、武は薄く笑った。

「葉月殿。傑がこれまで何のために、虐げられる辛い日々を耐え、命を懸けて御家や領民を守ってきたとお思いか？」

「え？　それは……」

「呪縛でござる」

きっぱりと武は言い切った。

「椿木の家に生まれてしまった血の呪縛、『椿木様のためなら』と己を生かすために死んでいった家臣や領民たちの奉公に報いなければならぬ御恩の呪縛。ただ、それだけだ」

「そんな、呪縛だなんて言い草は」

思わず言い返していた。

本来、生まれた家の血筋は武士にとって名誉であり、誇りであるはずだ。

それに、傑を慕う家臣や領民たちに、慈愛に満ちた温かな笑みを浮かべて応える傑の姿を思い返すと、呪縛だなんて言葉はどうしても抵抗がある。

「葉月殿。傑の生い立ちについては、知っておられるか」

「はい、一通りは。しかし、傑殿に惨い仕打ちをしたのは隼殿に付き従うた者たちだけで」

「確かに、直接危害を加えたのは、先に山吹になった隼におもねった連中だ。だが、傑が甚振られている時、その他の家臣や領民たちはどうしていたと？」

「え。その他……」

「誰も、傑を助けなかった。それまで良くしていても、自身に害が及びそうになるとあっさりと見捨て、知らぬ存ぜぬを決め込む。益を見出せば、見捨てた気まずさも忘れてすり寄ってくる。今、傑に忠節を誓う家臣たち、慕う領民たち、大半がそう」

息を詰める。

あんなにも傑を慕い、率先して尽くそうとする彼らが、まさか……と、思ったが、はたと気がつく。

城から追い出された傑を、百姓たちが面倒を見ていた。しかし、傑は変わらず隼に苛め抜かれていた。その時、百姓たちは何をしていたのか。

「彼らには守るべき暮らしがあった。しかたがなかった。頭では分かっていても……危なくなったら、益がないと分かったらさっさと見限り、無視を決め込む姿が脳裏に焼きついて離れない。どんなに謝ってこようと、尽くしてこようと『俺は悪くない。しかたなかった』と開き直っている心情が透けて見えるだけに、余計」

——……それ、罪滅ぼしのつもりか？　己が悪いなどとは、これっぽっちも……思うておらぬくせに。

傑のためにと作物を持ってきた百姓たちに吐き捨てた、隼の言葉が脳裏を過《よぎ》る。

隼も見ていた。自身と大人たちによって甚振られる幼い傑を見殺しにする彼らの姿を。だから、傑への後ろめたさを紛らわせるように貢ぎ物をする百姓たちを嘲笑った。

「時々、どうしようもなく虚《むな》しくなる。なにゆえ、かような連中のために命を張らねばならん。辛い思いをせねばならんと」

「……義兄上様」

「それでも、見捨てることは許されぬ。それが、領主の家に生まれた者の宿命」

淡々と告げる武の瞳はどこまでも暗かった。

この目、見覚えがある。傑と同じ、底知れぬ深淵。

この深淵を自分はある程度理解できたつもりでいた。しかし、いまだ何も理解できていなかった。その事実に愕然としていると、

「息をすることさえ辛かったろう。それでも、今は違う」

ここで、真っ暗闇だった目に光が灯《とも》った。

「傑は此度の戦、己の意志で戦いに行った。貴殿と千寿丸殿を守りたいという一念で」

「……っ」

「それがどれだけ幸福なことか、貴殿には分からぬだろう。だが、どうか信じてほしい。傑は幸せだ。傑と同じ境遇である私が言うのだから、間違いはない」

そう言って、武は横にいる綾へと微笑みかける。「まあ」と瞳を揺らしながら顔を赤らめる綾に、さらに笑みを深める武を呆然と見つめながら、葉月は傑のことを思う。

自分はいまだ、傑の苦悩を理解してさえいない。それでも、

——負けぬ。葉月と千寿丸との暮らしを守るため……二人を、俺が堕ちた地獄に堕とさぬため……決して、負けるものかっ。

自分と千寿丸の存在で、少しでも救われているというのなら嬉しい……。

「葉月様っ」

突如、大声があたりに木霊したかと思うと、三十郎が部屋に転がり込んできた。

「な、何じゃ、三十郎。義兄上様たちの御前でなんとはしたない」

「葉月様。す、傑様がお戻りになりましたっ」

「そうじゃ。義兄上様は傑殿の兄上様で……は？」

叱責していた葉月は間の抜けた声を漏らした。三十郎がさらに声を張り上げる。

「傑様が、兵を連れてお戻りでございます。それで」

気がつけば、体が勝手に動いていた。

なぜ、何の報せもなく突然帰ってきた？　なんて疑問も浮かばない。

打掛の裾が翻るのも構わず全速力で走る。すると、ある匂いが鼻腔《びこう》を打った。この甘やかでほっとする匂いは、間違いなく傑のものだ。

（傑殿……傑殿……っ）

香ってくる匂いが濃くなるほどに、鼓動が高鳴っていく。

門口にたどり着く。そこで、葉月の目に留まったのは、立ち尽くす傑の姿。

きっちりと甲冑を着込んだ体に怪我《けが》らしいものは見えないが、毎夜夢見て焦がれた端正なその顔は青ざめ、ひどくやつれて見えた。

葉月と目が合うと、山吹の瞳が苦しげに歪む。

葉月は再び床を蹴った。そのまま履物も履かずに外へ出て、人目も憚《はばか》らず傑に飛びついた。

「傑殿っ。よう……よう帰ってきた！」

「……」

「いらぬ。無事に戻ってくれただけで、俺は何もいらん……」

「それはまた、ずいぶんなお言葉ですね」

傑にしがみついて声を震わせる葉月に、冷ややかな声がかかる。顔を上げてみると、甲冑姿の隼が、不愉快そうに眉を寄せて立っていた。

「せっかく勝ちを収めて戻ってきたと言うに、何もいらぬとは」

「む。そりゃあ、勝てばそれに越したことは……は？　勝った？」

傑へと視線を向けると、傑は先ほどのやつれた顔が嘘のような、少々意地の悪い笑みを浮かべて、

「言っただろう？　俺は決して負けぬと」

そんなことを言う。葉月は口をあんぐりと開いたが、すぐに噴き出すと、弾けるように笑い出した。

「あはは。葬式帰りに犬の糞を踏んだような顔をしておるゆえ、てっきり大敗して逃げ帰ってきたのかと思うたら……もう！　勝ったなら素直に嬉しそうな顔をしろ。傑殿の悪い癖ぞ」

照れ隠しに肩を叩いてやると、傑は苦笑した。

「すまぬ。これは俺の性分だ。千寿丸は、息災にしているか？」

「うむ。すこぶる元気じゃ。それでな、今日は」

「お食い初めだな。その祝いの酒を目当てに帰ってきた」

「はは。なんと抜け目ない。とりあえず、まずは着替えを。……皆！　皆も誠にご苦労であった。すぐ宴の用意をする故《ゆえ》、存分に呑んでいってくれ」

侍女たちに宴の準備をするよう目配せしつつ、傑の背後にいた兵たちに声をかける。

その声は軽やかに弾んでいる。

（帰ってきた……傑殿が、俺の許に帰ってきた！）

傑の手を握り締めて、歓びを噛み締める。けれど、葉月はふと瞬きした。こちらに向かって穏やかに笑いかけてくれていた傑がおもむろに顔を上げ、笑みを消した。

どうしたのだろう。視線の先に目を向けると、こちらに近づいてくる武の姿があった。武はなぜか、勝利を耳にしたはずなのに笑っておらず真顔だ。

「殿。此度の勝利、おめでとうございます。また、千寿丸殿のお食い初めにお招きいただき、光栄でございました」

武が片膝を突いて、恭《うやうや》しく頭を下げる。兄といえども、現当主の前では配下の礼を取らねばならない。

「いえ。兄上も、此度は千寿丸のためにご足労いただき、ありがとうございました。どうぞ……今しばらく、ごゆるりと」

「……はい。では、お言葉に甘えまして」

この時、二人が……いや、傑の背後に控えている隼を含めた三人が、何やら目配せしたことを葉月は見逃さなかった。

「なあ……傑殿」

武たちが下がったところで、葉月がおずおずと声をかけると、

「葉月。俺の着替えはいいから、皆を労《ねぎろ》うてくれぬか」

葉月が何か言うより早く、傑がそんなことを言ってきた。

「皆頑張ってくれた。俺がこうして葉月の許に戻って来られたのも、皆のおかげだ」

「え？　あ……ああ。分かった。されど……っ」

「着替えたら、俺もすぐに行く」

葉月の手を強く握り返し、笑顔で言う。そう言われては反論できず、頷いて見せると、傑は笑みを深くしたが、即座に踵を返すと、さっさと歩いて行ってしまった。

その、どこかよそよそしい風情に、葉月の心はざわつき始める。

やはり、何かあった。遠ざかっていく傑の背を見やり、そう確信した時だ。

「葉月様」

男の声が、葉月を呼んだ。声がしたほうに顔を向けてみると、庭の茂みから男が歩み出て

きた。この男は、充が使っている草の者だ。

「充様から、お文でございます」

「そうか。務め、ご苦労……」

「お読みになりましたらすぐ燃やすようにとのこと」

葉月が文を受け取るなり、男はそろりと言った。文を受け取った指先が強張る。

何とか頷いて男を見送った後、葉月はすぐさま近くの空部屋に入り、文を開いた。

冒頭は、葉月の体のことや一人で子育てする苦労を労《いた》わる内容。その次は——。

『傑様もご家来衆も、兄上を気遣うて言わぬでしょうから、お知らせしておきます』

そのような書き出しの元、今回の戦の顚末《てんまつ》が書かれていた。

金森城は難攻不落の名城。さらには、手持ちの兵が少なく、ともに攻める国人衆たちは非協力的という不利な条件が重なり、戦上手の傑をもってしても、金森城を攻め落とすことはできなかった。

正攻法で攻めては駄目。なので、傑は久道からの了承を得て、調略を用いた攻略に切り替えた。

そして、どんな手を使ったのかまでは充にも分からないが、敵方の腹心に接触し、本領安堵を条件に寝返るよう説き伏せ、城内に通じる抜け道を教えさせ、主君をも討たせたと言う。

これで、攻めあぐねていた城は呆気なく落ちた……が、話はこれで終わらなかった。

寝返った腹心を、久道は「本領安堵は了承したが、こやつのことは聞いていない」と言い放ち、皆の前で斬ってしまったのだ。

――このような裏切り者、いつか俺のことも裏切る。さような者はいらぬ。

斬り捨てた腹心の軀《からだ》を見下ろし、久道はそう吐き捨てたのだと言う。さらには、そのさまに呆気に取られていた傑を打ち据えた。こんなことができたのは、傑が敵方と気脈を通じていた証拠。お前も裏切り者だと。

傑は必死で弁明したが久道は聞かず、いよいよ激しく傑を打ち据えた。しかし突如その手を止めたかと思うと、

――確かに、言われてみれば椿木殿には無理であった。我が安住の下、池神に何度も煮え湯を飲ませた椿木殿など、池神は顔を見るのも嫌であろうゆえ。許されよ。

そう言って嗤ったのだとか。

そこまで読んだところで、葉月の体は怒りで打ち震えた。

（なにゆえ……なにゆえさようなことをするっ？）

傑は久道の命に忠実に従い、事を成す時は伺いも立て、戦果も挙げた。それなのに、この仕打ちはなんだ。傑が一体何をしたっ？

久道の行動が理解できない。そのせいか、余計に腹が立つ。しかし、それと同時に、葉月の中でずっと不確定だったある予感が確信へと変わった。

これまでの采配もそうだが、今回の傑への仕打ち。どのような考えがあるにしろ、久秀なら決して許さない。だが、久秀は久道を諫《いさ》めもしなければ、葉月への埋め合わせの文も寄越さない。その意味。

『お察しと思いますが、父上はすでに亡くなっておられます。我が草の調べによれば、兄上が千寿丸殿を出産された三日後に、突然倒れて、そのまま身罷《みまか》られた由』

と、ここまで読んだところで、声が聞こえてきた。

「おかた様、どちらにいらっしゃるか知らない？　先ほどから姿が見えなくて」

とっさに文を握り締め、懐にねじ込む。

それから自身を落ち着けるように大きく息を吐いて、葉月は部屋を出た。

「あ。おかた様、こちらにいらっしゃいましたか。宴の支度が整いましてございます」

「おおそうか。ご苦労。では、皆を招き入れようか」

葉月は駆け寄ってきた侍女に笑顔で応え、広間へと向かう。

宴の場でも、終始笑顔でいた。むしろ、誰よりも明るく笑い、おどけて見せて、帰還した兵一人一人に声をかけて労を労った。

彼らは、久道のことは何も言わなかったし、久道の弟である葉月に嫌な顔一つしなかった。

それどころか、残してきた家族によくしてくれてありがとうと礼まで言ってくれた。

それがありがたくもあり、辛かった。だが、それよりもたまらないのは、どんなに振り払おうと思っても止めどなく頭に浮かんでくる、久秀との思い出。

それらが、ぎしぎしと胸を痛ませる。

久秀はすでに亡くなっていると、かなり前から感じていた。だから、覚悟もできていると思っていたのに、いざ死んだとはっきり言われると、こんなに心が軋むなんて。

その痛みは想像以上で……しまいには耐えられなくなって、いけないと分かっていながら、宴の途中で葉月は部屋に下がることにした。

その時になって初めて、傑も席を外していることに気がついた。よく見れば、武と隼の姿もない。先ほどの三人の様子を考えると気にかかるが、今はそのことを考える余裕がない。

宴を抜け出し、部屋に戻った葉月は、文机《ふづくえ》の前で崩れ落ちるように座り込み、引き出しを開いて、あるものを取り出した。久秀が千寿丸誕生祝の品とともに送ってきた文だ。

あの時は、久道が吐いた暴言を謝罪するために、調子のいいことばかり書き連ねていると思うばかりだったが――。

『そなたは信じぬだろうが、わしはそなたを可愛く思うておる。そなたは兄弟の中で一番わしに似ておるし、何があろうと笑い飛ばしてやるという気概がいじらしく、好もしかった。幸せになってほしいとも思うた。ゆえに、椿木傑に嫁がせた。わしが戯れに、そなたを嫁にやると言うた途端、それまで泰然としておった彼奴の顔が一気に崩れ落ちるのを見て、この物好きならばと思うてな。

だが、わしは嫁入り前のそなたに、傑は充に懸想していると吹き込んだ。そなたが彼奴に籠絡され、彼奴の手駒となっては面倒と思うたゆえ。矛盾しておると思うだろうが、しかたがないのだ。わしの中には、人としてのわしと、武将としてのわしという二人の人間が息づいておる。武将とはさようなもの。傑とて、例外ではない。いや、彼奴は武将などという生易しいものではない。化け物じゃ。この乱世が生み出した恐ろしい化け物』

『知れば知るほどに、あの男の底知れぬ才が怖くてしかたなかった。けれど、そなたが産気づいたと聞き、一目散に駆け出す彼奴を見て確信できた。彼奴はそなたの虜じゃ。そなたと子と、穏やかに暮らせれば他には何もいらぬと思うほど。あれでは、そなたを悲しませてまでして、安住に弓引こうとは思うまい。

あの化け物をよくぞ討ち取ってくれた。安住家始まって以来の大手柄。そなたほど、孝行息子は他におらん。これでわしは安心して、婿殿に領土を加増できるし、そなたを苦しめることもせずに済む』

「……っ」

そこまで読んで、葉月は唇を嚙み締めた。

久秀のことは嫌いではないし、武将として尊敬はしていたが、父親としての愛情など欠片も持ち合わせていない男だと思っていた。

領地拡大の野望しか頭になく、血を分けた我が子さえ、駒の一つとしか認識していない。

だから、いつだってほったらかし。そのくせ、気が向いた時だけやって来て、父親風を吹かせまくり、駒として使える日がやって来たら、「可愛いそなたにこんなことを頼むのは心苦しいが」などと、不憫《ふびん》がってみせながら、容赦なく無慈悲な命令を下し、必要とあらば平気で切り捨てる、そんな男。

傑に嫁入りして、その認識はより一層強くなった。

久秀の息子である葉月の立場も考えず、久秀に献身的に仕える傑につれない仕打ちを繰り返す。葉月が何度、とりなしの文を送っても聞く耳を持たず、調子のいいことを適当に言っては、自分の要求を一方的に突きつけてくるばかりで……ああ。つくづく、自分は久秀にとってただの駒でしかないのだなと乾いた心で思うばかりだった。

この文を読んだ時だってそう。また心にもない、調子の良いことばかりと鼻で嗤った。

けれど、久道へと代替わりしたこの数カ月で、久秀なりに葉月を気遣ってくれていたと思い知った。そして、怒濤《どとう》のように押し寄せてくる、久秀との思い出。

——葉月。充。おるかっ？　父上様だぞお！

二つか三つの頃は、普段全く家にいないくせに、ある日突然ふらっとやって来ては、毎日一緒に暮らしている父親のごとく接してくる……訳の分からない、馴れ馴れしい男という程度の認識だった。

とはいえ、来れば遊んでくれたし、とても楽しかったから、いきなり現れて、ものすごい勢いでせっついてくる得体の知れない大男に怖がる充を宥めて、三人で遊んだものだ。

しかし、それから少しして、葉月は父が大嫌いになった。

——うーむ。充はこんなにも可愛いのに、葉月はなにゆえ、かように不細工なのか？

久秀が葉月と充とを見比べて、そんなことを言い出したせいだ。充とお揃《そろ》いの可愛い着物を着た葉月を見て「なんと似合わない」と爆笑したことさえある。

主の久秀がそう言って葉月を笑うものだから、周りの者たちも皆して葉月を嗤う。

深く傷ついたし、怒ってみせても、「顔を真っ赤にした猿のようだ」とますます笑うばかり。

父上の顔なんか見るのも嫌だ。心の底からそう思った。

そんな矢先、人質としてやってきた傑と出会った。馬鹿にされても、自分にないものではなく、あるものを数え「何ほどのことではない」と思えばいいという考え方を知って、葉月の逆襲が始まった。

——むう。葉月は相変わらず不細工だのう。なにゆえか……。

——はい。父上に似たせいです！

——なっ？　わしに似たせいとなっ？

——はい。父上は不細工は嫌いですから、母上は絶対美人。それに、父上は顔も体も岩のようにごついですから、白銀なのにごつい俺は父上似です。

澄まし顔でそう言い返してやると、久秀は目を丸くしたが、すぐ豪快に笑い出した。

——そうか。葉月は白銀のくせに雄々しく精悍なわしに似てしもうたか。それは災難であった。わっははは！

あの時は、大嫌いな父をやり込めてやった。ざまあみろと、思うばかりだった。それに、葉月が何と言い返しても、いつも愉快そうに笑って許してくれるばかりだったから、いつしかそんな悪口の応酬が日常になった。

その気安さから、「嫁には行かない。武将になる」と宣言。久秀は「白銀が武将なんて無理だ」と、なかなか許してはくれなかったが、最終的には三千の兵を率いる侍大将に任じてくれた。

葉月に遅過ぎる発情期が来て、武将を続けていけなくなった時は……いつもの久秀ならば、「そらみたことか。やっぱり白銀に武将なんて無理だった」くらいは言いそうなのに、文句の一つも言わず、早急に傑との縁組を進めてくれて——。

それら全部を、自分は……ただの気まぐれ、策略のためだと片づけていた。

しかし、よく考えてみれば、葉月をただの駒としか思っていないなら、会いに来ることも、一緒に遊んだりもしない。顔も体も岩のようにごついなんて暴言を吐かれたら怒るし、悪口の応酬もしたりしない。

何より、周囲の反対を押し切って白銀の葉月を侍大将に任じたりしないし、実子の白銀を強国に正室として送り込めば、乗っ取りが容易《たやす》くなるとほくそ笑んでいた久秀が、たかが一万石の椿木家の傑に嫁がせたりしない。

──葉月。わしは泣く子も黙る安住家の殿様。必ずや……そなたのような不細工でもよいという物好きを見つけ出し、嫁がせてやるゆえな。安心いたせ。がははは！

葉月を不細工と言うたび、豪快にそう笑っていた久秀。

『幸せになってほしいとも思うた。ゆえに、椿木傑に嫁がせた。わしが戯れに、そなたを嫁にやると言うた途端、それまで泰然としておった彼奴の顔が一気に崩れ落ちるのを見て、この物好きならばと思うてな』

「あ…ああ……」

『そなたは信じぬだろうが、わしはそなたを可愛く思うておる。そなたは兄弟の中で一番わしに似ておるし、何があろうと笑い飛ばしてやるという気概がいじらしく、好もしかった』

『そなたほど、孝行息子は他におらん。これでわしは安心して、婿殿に領土を加増できるし、そなたを苦しめることもせずに済む』

「あ…あああ……ち、父上……あ、あああ……く、そ……くそっ」

文を抱き締めて蹲り、慟哭《どうこく》する。

父上、誠でございますか？　誠に、俺のことを可愛いと、思うておられたのですか？

傑殿を虐げるたびに俺も傷つけてしまうことを、悪いと思うておられたのですか？

久秀への問いが、後から後から噴き出してくる。

しかし、久秀はもうこの世にいない。

何も答えてくれない。何も、届かない。その事実に、胸を抉《えぐ》られる。

あの豪放磊落《ごうほうらいらく》な父がいなくなるなんて、夢にも思っていなかった。それに、いつも強引で、口も悪かったから、久秀はただ好き勝手やっているだけだと決めつけ、時折父親らしいことを言われても、調子のいい戯言と軽く流してきた。

そんな葉月を見て、久秀はどう思っていたのか……ああ。

「父上……父上……うう」

もはや、その言葉しか口にできなくて、力なく何度も繰り返す。

だが、ふとこちらに近づいてくる足音が聞こえてきたものだから、葉月は慌てて嗚咽を噛み殺した。誰だか分からないが、この嗚咽を聞かれるわけにはいかない。

傑たち椿木軍は、久道……安住家に惨い仕打ちを受けて凱旋《がいせん》した。それだと言うのに、椿木家の正室である自分が、安住家の人間のことを思って泣いていたら、家臣はどう思う？

それに、傑は……心優しい傑のことだ。きっと、葉月の悲しみを柔らかく受け止め、温かく包み込んでくれるだろう。自身がどんな状況であろうと。

だから、この悲しみを悟らせるわけにはいかない。

（これ以上、傑殿に重荷を背負わせるな……っ）

歯を食いしばり、袖でごしごしと顔を擦っていた葉月は息を呑んだ。

突如障子が開いたかと思うと、そこには直垂姿の傑が立っていた。目を見開き、硬い表情で立ち尽くしているので、葉月は内心焦った。まずい。泣いているのを見られた。

「あ……す、傑殿。すまぬ……少々、休んでおった……んんっ？」

何とか誤魔化そうと愛想笑いを浮かべた葉月は、息を呑んだ。突如、傑が無言で口づけてきたのだ。

葉月の瞳が頼りなく揺れる。

「え？　傑、殿……どう、し……ぁ、んん」

その場に押し倒されるとともに、口内に舌を突き入れられる。

大好きな傑からの接吻《せっぷん》ではあるが、葉月は狼狽した。

なぜ今、こんなことをしてくるのか意図が分からないし、何より……久秀を喪《うしな》った悲しみに深く沈み込んだこの心では到底、傑の接吻に応える気になれない。

「ん……傑、殿。今は……よさぬか？　まだ、宴の最中だぞ？　だから……んぅっ」

押し戻そうとする両手を床に縫い留められ、咎《とが》めるように舌を甘く噛まれる。すると、もどかしい刺激とともに、蜜のように濃厚で、毒のように甘美な匂いが鼻腔を打った。

体が捩《よじ》れ、鼻にかかった声が唇の合間から漏れる。

その甘ったるい声と、たったこれだけの愛撫《あいぶ》と匂いにこんなにも感じる己の体に、葉月は眉を寄せた。

たった今まで父の死を嘆いていたくせに、こんな……っ。

（ああ……俺は、なんと浅ましいのかっ）

嫌だ。これ以上、親不孝者になりたくないし、自分のふしだらさを思い知りたくない。

そんな思いから、葉月は傑の口づけを避け、身を捩った。

「す、ぐ……ぁ、あ。お、ねが……い……だから……ゃ。……や、め……っ」

「……すまないっ」

逃げを打つ葉月の細身を、傑が息が詰まるほどきつく抱き締める。

「分かっている。今、こんなこと、するべきじゃない。だがっ……今、葉月がほしい。どうしてもほしいっ」

「すぐ……ぁ、んん」

体をまさぐられて、身が捩れる。

「逢いたかった。毎夜、葉月の夢を見た」

首筋に唇を押しつけられ、そう囁かれた。

ひどく震えた、狂おしいその囁きに葉月ははっとした。

今、傑は辛いのだ。そう認識した刹那、今の今まで感じていた久秀への罪悪感も羞恥心もかなぐり捨てて、傑に手を伸ばした。

「ぁ……ああ……すぐ、る……傑殿っ」

傑を押し倒し返して、乱暴にその唇に噛みついてやる。

聡明《そうめい》な傑は分かっている。今、こんなことをするなどどうかしていると、葉月以上に分かっている。それなのに、傑は葉月を抱き締める。抱き締めずにはいられないのだ。

それだけ、傑は辛い目に遭った。深く傷ついている。そう思ったら、応えずにはいられなかった。

(すまぬ、すまぬ。俺が腑甲斐《ふがい》ないばかりに、久道めにかような……。誠にすまぬっ)

心の中は、謝罪の気持ちで溢れていた。それでも、実際口から零れ出たのは、

「夢だけなどと、憎たらしい奴め」

そんな言葉だった。

本当は謝りたくてしかたないが、そう言えば傑に気を遣わせてしまう。

今はただ「葉月がほしい」と言う傑に、自分もどれだけ傑に焦がれていたかを目一杯ぶつける。それが一番いいと思った。

だが、今の自分は自覚している以上に頭の中はごちゃごちゃだったようで、

「俺は夢の中と言わず、四六時中、傑殿のことばかり考えておったというに！」

「っ……葉月」

「嘘だと思うか？　ならば、見ろ！　傑殿の褌じゃ。かようなものをいつも懐に忍ばせて、匂いを嗅がねばやっておれぬほど、俺は傑殿が恋しくてしかたなかったのだぞ」

懐から取り出した傑の褌を握り締め、真っ赤な顔で力説するという、我ながら珍妙なことになってしまった。

常人ならば、間違いなくドン引きしている。しかし。

「ああ……葉月っ。どうして、お前はそんなに可愛いんだ……っ」

傑が勢いよく押し倒し返してきたものだから、葉月の目元が緩んだ。

（……ふふん。父上の申すとおり、傑殿は果てしなく物好きぞ）

こんな自分でも可愛いと言ってもらえたことを嬉しく思い、傑の口づけに応える。

つがいになったせいもあるが、傑の口づけは……つがい相手のみを惑乱させる淫気も相まって、どこまでも甘美で、気持ちがいい。どこを吸われ、甘く噛まれても……たとえ、痛みを覚えるほど激しくされても、それさえ良くて、

「は、ぁ……ふぅ……す、ぐる……すぐ……ふ、ぁ」

触れ合った唇の合間から、鼻にかかった嬌声《きょうせい》が零れ始める。

その頃には、口づけの悦が全身を毒のように蝕《むしば》んでいて、体はだらしなく弛緩し、誘うように身じろぎ始める。これ以上の悦楽を知っている体が、葉月の意思とは関係なしに、さらなる快楽を求めている。しかし。

「ふ……ん、んっ。す、ぐ……ああっ」

服の中に忍び込んできた傑の掌に素肌を撫でられた途端、痺《しび》れるような衝撃が背筋に走り、

葉月の体が跳ねた。

(な、何じゃ、今のは……?)

思ってもいなかった強い刺激に葉月が目を白黒させていると、小さな苦笑が落ちてきた。

「一年ぶりだから、忘れてしまったか」

「す、傑ど……ぁ、あ。……ゃ」

胸の突起に唇を寄せられ、背が撓《しな》る。

胸は特に弱い箇所だという自覚はあった。でも、口づけられただけでこんなに感じたりしなかった。それなのに、傑に触れられただけでこんなにも感じる。

それだけ、自分の体は傑を欲していたということか。

そう思ったらひどく恥ずかしくなって、いやいやと首を振る葉月の眦に、傑が唇を寄せる。

「まるで、初めての夜みたいだ」

「ぁ……すぐ、る……ゃっ。ァ…ああ」

ゆっくりと肌を暴きつつ、愛撫される。まるで生娘を扱うように繊細に、優しく。

その気遣いが何とも嫌で、やめてくれと言いたいのに、言葉にならない。

耳を塞ぎたくなるような、だらしなくてふしだらな喘《あえ》ぎが止まらない。

ねっとりと、舌や掌を這わされ、時には、所有の証《あかし》だと言わんばかりに痕《あと》が残るほどに強く吸われて——。

気持ちいい。刺激がまるでない、子ども騙しのような愛撫でも、傑の感触や温もりをこの身に感じるだけで、良くてたまらない。

ああ。自分はこんなにも……爪の先まで、傑を求めていたのか。

感じれば感じるほど、そのことを思い知らされて涙が零れ落ちる。それなのに。

「あれだけ毎夜、この肌に俺を刻みつけて、俺だけの葉月にしたはずなのに」

傑の声は暗い。

「美しいかぐや姫を真に穢《けが》すことなど、俺にはできぬのかもしれぬ」

葉月の火照る肌に舌を這わせ、傑が心底悔しそうな声でそんなことを言うものだから、葉月は快感で震える唇を噛みしめた。

どうして、こんな状況にもかかわらず傑に抱かれ、傑の愛撫に過剰に乱れる自分を見て、そんなことが言えるのか。

自分はこんなにも、言葉でも体でも傑が好きだと訴えているのに。いつまでも傑のそばにいたいと渇望しているのに。

葉月に言わせれば、医者が大丈夫と言っているにもかかわらず、身重の葉月に障るからと、早々に睦《むつ》むのをやめた挙げ句、口づけまでしなくなって、今この瞬間も……そんな台詞を平気で口にする傑に言われたくない。

憎たらしくて、もどかしくてしかたない。だから、つい。

「さようなことを、言うて……俺が、月に帰ってもよいのか?」

そんな意地の悪いことを口にしてしまった。瞬間、傑の顔色が変わって――。

「傑殿? どうかした……っ。あああっ」

いきなり、内部に埋め込まれていた指を引き抜かれたかと思うと、指とは比べ物にならない、太くて熱い楔《くさび》を強引にねじ込まれた。

一年ぶりの挿入。しかも大して慣らしてもいなかったのに、葉月のそこは傑を難なく受け入れた。痛かったのもほんの一瞬。すぐに強烈な快感が襲ってきた。

こういう時、傑のつがいになってよかったと、つくづく思う。ここで少しでも痛い素振《そぶ》りを見せたら、傑は我に返ってしまうから……と、考えられたのはそこまでだった。

足を抱えられ、いよいよ奥深くに楔を打ち込まれ、突き上げられる。あまりにも強い刺激にたまらなくなって、

「す、ぐ……ゃ! あぁっ……まっ…て……ふ、かい……あああっ」

傑の二の腕を摑み、懇願したが、傑は許してくれない。

「は、ぁ……やるものか。葉月は、誰にもやらない……くっ」

うわ言のように呟きながら、いよいよ激しく腰を突き上げてくる。

そこには、普段の包み込むような優しさも労わりも、理性もない。

どこまでも感情的にこの身を貪ってくる傑に、体ではなく心が滾《たぎ》って、葉月は両腕どころ

か足まで腰に搦めて、きつくきつく全身で抱き竦めた。

「いっ……そう、じゃ……ぁ……最初から、そう言え……ばか…おぎ、まる……あぁっ」

(子が生まれても、何があっても……いつまでも、阿呆のように……俺を好きでいてくれ。離さないでくれ、荻丸)


それから二人は、盛りのついた獣のように互いを求め合った。

事後、押し入ってきた傑の一物を散々締めつけ、むしゃぶり尽くした菊座の疼《うず》きを噛みしめながら、どん欲に求めてきた傑の姿を思い返し、葉月はうっとりと溜息を吐いた。

(傑殿……相変わらず、俺が好きで好きでしかたないのだなあ。……ふふん)

実にいい気分だ。と、疲れて眠りこけても葉月を抱き締めて離そうとしない傑の胸に頰を寄せたが、体の火照りと興奮が収まってくると、自分は一体何をやっているのだという思いがむくむくと湧き上がってきた。

傑は愛しい妻子と引き離され、過酷な戦場に行かされた挙げ句、久道から惨い仕打ちを受けて帰ってきた。

心も体もぼろぼろで、いつも以上に弱音を零したいはず。それなのに、自分はその弱音を優しく受け止めてやるどころか、久しぶりの行為に舞い上がり、「月に帰ってしまってもいいのか」などと、意地悪なことを言ってしまった。

久秀への悲しみを振り切ってまでして傑と抱き合ったのに、これでは意味がないではないか。と、己に呆れていた時だ。傑の体がもぞりと動いた。

上体を起こし、近くに脱ぎちらかしていた肌着に腕を通す。その時、背中に残る無数の打撲の痕《あと》を葉月は見逃さなかった。

きっと、久道に打ち据えられてできた痕だ。心臓がぎしりと軋む。その上、傑がどこかへ行こうと腰を浮かせるので、葉月は傑の手首を摑んだ。

「うん？　すまん。起こしたか」

「あ……どこへ」

思っていたより掠れた声が出た。傑は柔らかな笑みを浮かべ、宥めるように葉月の手をぽんぽん叩いた。

「どこへも。ただ、外が見たいだけだ。あれが出ているのかと思うてな」

あれ？　葉月が首を傾げると、傑は立ち上がり扉を開けた。

その先には何も見えない、薄闇の白い世界が広がっていた。

「山霧《やまぎり》……もう、そんな季節か」

上体を起こして呟くと、傑が戻ってきて、着物で素肌を包み込んでくれた。

「ありがとう。それにしても、ものの見事に何も見えぬなあ」

傑の股の間に陣取り傑の胸に背凭《せもた》れて、しみじみ言う。

この芳実荘では、秋の晴れた夜に、椿木家の領土全てを覆いつくすほどの大規模な山霧が発生する。

とても濃い霧で、ほんの少し先も見えないし、歩けば着ている着物がうっすらと濡れる。

こんなにも濃い霧を見たことがなかった葉月は、昨年初めて見た時は驚いて、年甲斐《としがい》もなくはしゃいだ。

「この霧を初めて目《ま》の当たりにして、第一声が『鬼ごっこをしよう』だなんて、きっと葉月だけだ」

「さ、さようなことはない。誰でも思いつくぞ。かような中で鬼ごっこしたら、絶対面白いと。かくいう傑殿も楽しんでおったではないか」

昨年二人で霧の中鬼ごっこした時のことを思い返し、反論すると、傑は「確かにな」と、一年前と同じ、楽しげな笑みを浮かべた。そのせいか、あの時傑が言った言葉が脳裏に蘇る。

——俺にとって山霧は、一番頼もしい守りだった。この霧の中なら、敵から逃げることも隠れることも容易だったし……この世の何もかもがなくなったようで、ほっとした。

虚ろな瞳でそう言った傑に内心ぎょっとしたが、今ならそう言った気持ちが、分かる気がする。

家のことも何もかもこの世から消えてなくなれば、傑と千寿丸のことだけ考えて、二人の

そばにいられるのに。などと思った時、軽く鼻を摘ままれた。いきなり何だと思ったら、

「充殿に、此度のことを聞いたな？」

そろりとそう言われたものだから、びくりと肩が跳ねた。

「な、なにゆえ」

「葉月の顔に書いてある。……うん？　こうも書いてあるな？　久道殿はなにゆえ、かような意地悪をするのか。腹が立ってしかたがないと」

あまりにも的確に言い当てられて、葉月はあんぐりと口を開いた。

（そ、そこまで分かる顔って）

思わず鏡を探す葉月に傑は笑い、軽く頬を抓《つね》ってきた。

「俺のために怒ってくれるのは嬉しいが、ただの意地悪と言うては、懸命に知恵を絞られた久道殿が可哀想だ」

「はあ？　此度のこと、兄上にお考えあってのことと申すか」

葉月が思い切り首を捻ると、傑はこくりと頷いた。

「久道殿は当初、久秀殿が決めたとおりの予定で事を進めるつもりだった。だが、池神本陣が引き上げたことで話が変わった」

「池神本陣が……誠か」

「ああ。留守中の領土で内乱が起こったとかで、急遽引き返したんだ。久道殿はこれを好機

と見て取り、池神本陣が戻って来る前に、金森城を落としてしまおうと考えた。だが、その時金森城に割ける人員は二千がやっと」

「二千に『した』のではなく、二千に『しかできなかった』ということか？　では、傑殿がおるゆえ二千にしたと言うたのは……二千しか出せぬ弱みを晒さぬためと、無茶な命令をされた国人衆の不満を自分ではなく、傑殿に向けさせるためか」

訊き返すと、傑はうっすらと笑みを浮かべて頷いた。

「そうだ。そして、攻め落とせと言いはしたが、落とせるとは思っていなかった。落とせぬまでも相手方の兵力を削らせ、弱ったところを後で駆けつけた己の兵で息の根を止める。そういう算段だった。俺の調略を許したのも、相手方が少しでも混乱すればと思ってのことで、成功するとは思っていなかった」

ここで、傑は小さく肩を竦めて見せる。

「ここが、俺の最大の失敗だ」

「失敗……？」

「調略、寝返りが世の常と言えど、やり方というものがある。……例えばだ。ある男が道端で肩がぶつかった老爺《ろうや》を斬り殺したとする。どう思う？」

「なんと。肩がぶつかった程度で？　その男、どれだけ堪忍袋《かんにんぶくろ》の緒《お》が弱い……」

「実はその老爺、男が長年探し求めていた父の仇《かたき》だった」

「え？　ああ……それならばしかたない……っ」

「それだ」と、傑は葉月の鼻先を突いた。

「どんな罪でも、大義名分があれば許される。それが世の道理。ゆえに、武将はあくどい策を用いる時は必ず大義名分を用意する。余計な敵を作らぬため、周囲の信用を落とさぬためにな。此度の調略とて同じこと。裏切ってもしかたがなかったという理由をしっかり作っておくべきだった」

「はあ……」

「それなのに、俺は『久秀殿なら許してくれた』『久道殿からも了承が出たゆえ大事ない』と、高を括《くく》った。斬られた腹心とてそう。その結果がこれだ」

そう言って眉を寄せる傑に、葉月は口をへの字に曲げた。

「むう。確かにそれもあるかもしれぬが、しかしだ。一度出した許しを引っ込めるのは汚い。しかもその理由が、面倒事は他人に押しつけ、美味しいところだけ掠め取ろうとしたら当てが外れたという八つ当たり。武士の風上にもおけん」

力説すると、傑は笑った。

「なかなか痛快な意見だが、久道殿はそうは思っていない」

主君を平気で裏切る不忠者は、傑のせいにして始末できたし、上辺だけでも久秀から持ち上げられていた傑をこけにすることで、「これからは俺の世だ。父上の時とは違うぞ」ということと「裏切り者は決して許さない」という意向を示せた。

「『うん。実に冷静かつ適切な対処をした！』と、今頃鼻高々であろうな」

傑のその説明に、葉月は「どこが！」と即座に突っ込んだ。

「かようなことをして、他の国人衆がどう思うか。完全な愚策だ」

「いや、そうでもないぞ」

断言する葉月に、傑がやんわりと反論してきた。

「今後、久道殿が窮地に陥った国人衆を決して見捨てぬのであれば、『裏切りは許さぬ』という言葉も受け入れられる。久秀殿が国人衆の寝返りをある程度許容していたのは、戦況によっては彼らを見捨ててしまう負い目からだからな」

「いや……さようなこと、兄上は一切考えておらぬと思うぞ？」

「まあ、そうだろうな」

おずおずと言い返す葉月に、傑はあっさりと頷いた。

「急遽家督を継いだ大国の御曹司など、所詮そんなものだ」

不意に、声音が急落した。

「甘やかされて育った世間知らずで、『俺は父上以上にできる男であることを証明してやる』という野心に囚われて、現状を顧みず無茶をやる。手にしたばかりの権力を振りかざして理不尽を強いる。痛い目を見るまで気づかない」

「傑、殿……」

「久道殿もその典型だった。一々《いちいち》驚くことじゃない。また面倒な日々が始まる。それだけのことだ」

「……ま、また？」

「大国の世継ぎが失敗を重ねて、ものになるまで耐え忍ぶのも、国人領主の仕事の一つだ」

さらりと言ってのける傑に、葉月は目を白黒させた。

「そ、それは……どれくらい」

「さあな。先代久秀殿が武将として落ち着きを見せるまでに十年かかったというから、それくらいは覚悟したほうが」

「十年っ？　あ……傑殿は家督を継いだ直後から、立派に当主を務めておるというに」

「俺のような弱小領主は、一手でも判断を仕損じると殺されるからな」

淡々と告げられた言葉に絶句する。

葉月は今回の件を聞いた時、久道の非道にただただ怒り、理不尽な仕打ちを受けた傑を憐れむばかりだったが、傑は遥《はる》か高みからこの状況を見つめていた。

それも、悪寒が走るほどに冷ややかで、静かな眼差しで。

考えてみれば、傑は子どもの頃からそうだった。どんなに「みすぼらしい貧乏椿木の子」と馬鹿にされても、夕飯を抜かれたり、寝床を取り上げられるわけでもなしと言い、殴りつけられても、腕を斬り落とされるわけでもなしと言って、けろっとしていた。

あの頃から、傑は変わっていないということか。

つくづく底の知れない男だ。とはいえ、久道が考えなしの無能ではないようで安心した。

一人前になるまでは骨が折れるだろうが、何としてでも耐え忍ばねば。

安住が安泰で、椿木と繫がっていなければ、自分はここにいられないのだから。ただ。

「……はは」

「何が可笑しい」

「うん？『大国の御曹司などそんなものだ』だの、『ものになるまで十年はかかるだろう』だの、二十一の傑殿が偉そうに申しておるのが、何やら可笑しゅうて……はは」

くすくす笑う葉月に傑は目を丸くしたが、照れたように笑い出した。

「そう言われると、急に恥ずかしくなるな。とはいえ」

ふと、傑が葉月の頰に触れ、顔を覗き込んできた。どうしたのかと尋ねると、

「……うん。やはり、葉月はどうしようもなく可愛い」

真顔で、しみじみとそんなことを言ってくる。葉月は一気に赤面した。

「な、何じゃ。己が恥ずかしくなったからと言うて、俺まで恥ずかしがらせること…」

「久秀殿もきっと、そう思うておられただろう」

「……っ」

固まってしまう。

地獄耳の傑のこと、久秀が死んだことはすでに察知していると思ってはいたが、今はとても、そのことを言及する気にはなれなかった。安住家の人間に散々ひどい目に遭わされて帰ってきた傑に、どうして久秀を悼《いた》む気持ちを吐露できる。

それなのに、傑のほうから言及してきた。穏やかな笑みまで浮かべて。

「葉月を不器量と思い込まれていたことには納得がいかんが、久秀殿は葉月のことを大事に想うていた。白銀である葉月を侍大将にまで取り立てられたのがその証拠。本来ならありえぬことだ。相当の反発があったとも聞く。それでも押し切ったのは、葉月の才能を認め……発情期が来ぬ白銀でも、葉月が胸を張り幸せに生きていけるよう願ってのこと。あのように、子を慈《いつく》しむ父親を俺は他に知らん」

「あ、ああ……」

「そこまで愛おしんでいた我が子を、俺などにくれた。生涯をかけても感謝に堪えん」

もっと、御恩返しをしたかった。と、寂しそうに笑う。そんな傑を、葉月は呆然と見上げていたが、すぐにくしゃりと顔を歪めて、傑に抱きついた。

「あり、がとう……ありがとう、傑殿。父上のこと、さように言うてくれて。されど……父上は、かようにようしてくれたというに、俺は……俺はっ」

力強く抱き締め返される。

「そんなことはない。久秀殿はいつも俺に、葉月のことを楽しそうに話しておられたし、文に書いてあったろう。葉月ほどの孝行息子は他にいないと。あれは、心の底からの本心だ」

言い切ってくれる。その瞬間、悲しみに圧し潰されそうな心に、温かな灯《ひ》がほのかに灯《とも》った気がした。

何をどう言われようと、久秀に孝行できなかった。きちんと向き合ってこなかったことへの罪悪感、後悔はずっと消えないだろうが、今は……ともに久秀の死を悼んでもらえるだけで救いだった。そして。

(父上。俺を、傑殿に娶せてくれて、ありがとうございました)

改めて、その想いを嚙みしめていると、

「……久秀殿がくれたこの縁、俺は何が何でも守りたい」

ふと耳に届いた、その言葉。

「葉月の、よい夫になりたい。千寿丸のよい父になりたい……っ」

突然、傑が息を詰める。

「だあだぁ。ぶぅ~!」

聞こえてきた声に、弾かれたように顔を上げる。開け放たれた扉から、こちらに転がってくる千寿丸が見えて、葉月はぎょっと目を剝いた。

「千寿丸っ? そなた、なにゆえここに……あ」

「だあ！　あうあ。ぶぶっ」

また扉から何かが転がり込んできた。全裸の藤久郎だ。

「藤久郎。そなたまで来たのか。しかも、さような格好で。風邪を引いたらどうするっ」

慌てて藤久郎へと駆け寄り抱き上げて、そのへんに落ちていた着物を掴み取り、くるんでいると、遠くのほうから慌ただしい足音がかすかに聞こえてきた。

『いらっしゃったかっ』

『いえ、まだ……この霧では何も見えず』

どうやら霧を利用して、乳母たちの許を抜け出してきたらしい。

「ははあ。そなたたち、赤子のくせになかなか策士ではないか。傑殿、そうは思わぬか…っ」

何の気なしに振り返り、葉月は息を止めた。

千寿丸が食い入るように傑を見つめている。いつも浮かべているにこにこ顔が消えた、完全な真顔で。

やはり、もう……傑のことを忘れてしまったのか？

傑も、千寿丸を見つめたまま動かない。笑いかけもしなければ、話しかけもしない。少しでも動けば、千寿丸に泣かれてしまいそうで動けない。そんな感じだ。

怯えの色が滲む傑の顔に胸が締めつけられた葉月は、ゆっくりと二人に近づいた。

とりあえず、傑の顔を見て千寿丸が泣き出す。などという事態だけは避けなければ。

「あ……せ、千寿丸？　たくさん寝返りして疲れたのか？　ならば……っ」

千寿丸がころんっと寝返りを打って、さらに傑に近づく。傑の膝元あたりに顔を寄せたかと思うと、傑が着ている着物の裾を摑んだ。

「だあだ。あー。あうあ」

満面の笑みを浮かべて弾んだ声を上げ、摑んだ裾を引っ張る。

(千寿丸！　傑殿のことを思い出したのか？　しかし、どうして……あ)

やたらと傑の股間あたりを見て鼻をひくつかせる千寿丸に、あることを思い出す。

そう言えば、千寿丸と昼寝をする時は傑の着物に埋もれて寝ていたし、葉月の懐にはいつも、傑の褌を忍ばせていた。

千寿丸はその匂いをずっと嗅いでいたということか？　それで、傑のこと自体は忘れてしまっても、匂い……しかも、どうやら股の匂いで傑に親しみを感じ、笑顔を向けたと？

何とも微妙な心持ちになる。だが、そんなことはさすがの傑も思い至れるわけがないようで、感極まったように息を呑み、すぐさま千寿丸を抱き上げた。

「千寿丸……っ。覚えていてくれたのか。ずっと、そばにいてやれなかった俺をっ」

(こ、これは……絶対、傑殿に言わぬほうがよいな)

千寿丸を抱き締めて声を震わせる傑を見て、葉月は胸の内で固く心に誓った。そして、傑に近づき、こう言った。

「当たり前であろう。千寿丸は我らに似て利口なのだ。あのように可愛がってくれた父様を忘れるわけがない。それに、俺は毎日言い聞かせておった。『父様は今日も千寿丸のために命を懸けて戦っておる』『遠く離れていても、父様は千寿丸のことを想うておるぞ』と…っ」

澄まし顔で抜け抜けとそう言っていた葉月は、千寿丸を抱いていないもう片方の手で抱き寄せられてはっとした。

「傑殿？　いかがした」

「……なってみせる」

呻くような声だった。

「葉月のよい夫に……千寿丸のよい父親に、なってみせる。月になど帰さない……っ」

まるで血を吐くような声音で呟かれたその言葉に、葉月は胸が掻き毟《むし》られる思いがした。

傑は久道から受けた仕打ちを、何のことはないと言わんばかりに話していたが、やはり……心の中では、今回のことに深く傷ついているし、傍若無人な久道の世を、これからどう生き抜いていくかと憂《うれ》いている。そう思った。だから、こうも思った。

自分も、なってみせる。夫を支えられる立派な嫁に、千寿丸を守り抜ける強い母に。

傑と千寿丸と、ずっと一緒にいたいから。

傑の首筋に額を擦りつけ、固く固く心に誓う。

傑が胸の内で、本当は何を考え、怯えていたのか、気づかないまま。

＊＊＊

蒼天《そうてん》に聳《そび》える入道雲が眩《まぶ》しい、夏のとある日。

風は吹いているが、日差しは白く、外で作業するにはきつい天気だ。それでも、芳実荘《よしみのしょう》の百姓たちは今日も、汗まみれ泥まみれで田んぼ仕事に勤《いそ》しんでいる。

手入れの行き届いた稲は青々と茂り、夏風に揺られ、きらきらと輝いている。

「だいぶ育ってきたねえ、父ちゃん」

「おう。この分なら今年は豊作だ」

順調に育っている稲に、皆自然と笑顔になる。

芳実荘は今日も平穏そのものだ。そして、城では今日も、

「若様、若様！　どちらにいらっしゃるのですっ」

三十郎《さんじゅうろう》を筆頭に乳母《うば》たちの叫び声が木霊《こだま》した。

家来たちとともに武具の点検をしていた葉月《はづき》は、その声に顔を上げる。

「千寿《せんじゅ》の奴め、今日もやりおったな」

霧《きり》に紛れて脱走したことに味を占めたのか、あの日以来、千寿丸は現在は毎日脱走するようになった。葉月や傑《すぐる》相手だと無理だと悟ってからは、三十郎や乳母たち限定で。

「おかた様、いかがなさいます」

「捨て置け。俺が早々に出て行っては、三十郎たちの立場がない。それに、今日こそは見つけ出せるかもしれぬではないか」

鼻をひくつかせつつそう言って、葉月は再び手に持った武具へと目を向けた。

しかし、いつまで経《た》っても、千寿丸を呼ぶ声は止《や》まない。葉月は息を吐いて武器庫を出た。

「ああっ、葉月様。若様が、その」

「今日はどう逃げられた」

血相を変えて近づいてくる三十郎に尋ねると、三十郎は眉を下げた。

「はい。今日は珍しく、素直にお昼寝されたと思うていたら、布団の中身は枕で」

「ははあ。たった三つで変わり身の術を使うとは、さすがは俺と傑殿の子。千寿は天才じゃ」

「かような状況で、若様どころか、どさくさに紛れてご自分まで褒めるのはおやめください。それよりも、一刻も早く探し出しませんと」

青い顔で力説する三十郎に、葉月は内心首を捻《ひね》る。

（こやつ、毎日千寿に逃げられておるくせに、なにゆえ毎度、初めて逃げられたような反応をするのか。少しは慣れても……いや。これが三十郎のよいところよ）

「例のごとく藤久郎《とうくろう》殿もおられぬし、一体どちらへ」

「まあ待て」

葉月はあたりを見回し、鼻をひくつかせた。すると、かすかだが匂《にお》いがした。傑によく似た甘やかないい匂い。

この匂いのおかげで、葉月は千寿丸がどこにいても探し出すことができる。そういう話を聞いたことはないので、つがいになった白銀《はくぎん》独自の力なのだろう。

このことは誰にも話していない。賢い千寿丸に知られたら、後々対策を練られてしまう……と、とりとめもなくそんなことを考えつつ、匂いを頼りに歩を進めていくと、庭に生えている松の木にたどり着いた。見上げてみると、

「ひぃ……っ」

後ろからついて来ていた三十郎が、叫びそうになる口を慌てて塞ぐ。

松のてっぺん近くの枝に座って足をばたつかせている童《わらべ》と、松の幹にしがみついて震えている童の二人。

「千寿」と、葉月が声をかけると、足をばたつかせていた童がこちらを向いた。

着ている若葉色の小袖《こそで》越しでも分かるぽっこり腹の幼児体型。ふんわりとした癖っ毛。赤いぷっくりほっぺと、くりっと大きな山吹《やまぶき》の瞳が愛らしい、今年三つになる我が子、千寿丸は、葉月と目が合うなり「わあ!」とはしゃいだ声を上げた。

「かかしゃま、ちーしゃい。しゃんじゅろーもちーしゃい」

より一層ぶんぶん足を振る。そのせいで枝が揺れ、小さな体が大きく揺れる。幹にしがみ

ついていた……千寿丸と同じくらいの大きさに、ぷっくりほっぺ。さらさらのおかっぱ頭。太くて立派な困り眉と大きな垂れ目が、子犬のような愛らしさを醸す童、藤久郎が困り眉を思いきり下げて悲鳴を上げる。葉月も内心どきりとしたが、努めて平静を装い、さらに声をかける。

「千寿、そこで何をしておる？」

訊《き》くと、千寿丸は足をばたつかせるのをやめた。

「うーん？　うんとねえ。ととしゃま、まってゆです」

「父様《とと》？　あーそこで父様の帰りを待っておるのか。そこなら、父様が帰ってきたらすぐ分かるものなあ」

本来なら、「千寿は頭がいいなあ」とか、「よくそこまで登れたなあ」とか続けるところだが、褒めるとまた足を振り始めるので、すんでのところで飲み込む。

「なあ千寿。そこで父様を待つのもよいが、降りてきて、父様に出す菓子を選ばぬか」

そう言ってやると、食いしん坊の千寿丸は目を光らせ、両手を天に突き上げた。

「おかちぃっ？　えらぶ、えらぶう」

「そうか。では、早《はよ》う降りて参れ」

こくこく頷《うなず》く千寿丸に優しく促すと、千寿丸はもう一度大きく頷いた。しかし、きょろきょろと周りを見回した後、「あれえ？」と首を捻る。

「千寿、もしかして降り方が分からぬのか？」

尋ねると、千寿丸は頷きつつ「へへへ」と照れたように笑う。

「うーん……よし。では、この母の胸に飛び込んで参れ」

胸を張り、両手を広げてみせる。すると、千寿丸は即座に「はあい」と元気よく返事して、何のためらいもなく飛び降りてきた。

抱き留めるとともに強い衝撃が走り、葉月はその場に尻餅《しりもち》を突いた。

「ひぃ。葉月様、千寿丸様っ。なんと危ないことをなされるのですっ」

「む？　降り方が分からぬと言うのなら、こうするより他あるまい。千寿、よう勇気を持って飛び降りた。偉いぞ。さて……藤久郎っ。次はそなたの番じゃ。さあ参れ」

「わあっ。さようなことはもうおやめください。藤久郎殿、早まってはなりませんぞ」

千寿丸を下ろし、再び両手を広げる葉月を諌《いさ》めつつ、三十郎が藤久郎に呼びかけたが、

「う、うう……えっぐ。た、たしゅ、けて……こ、わいっ」

依然幹にしがみついて離れない藤久郎は、涙と鼻水を垂らしながらがたがた震えている。

相当怖がっている。これは、誰かを登らせて連れ戻さなければ駄目かと思った時だ。

「とーくろー。だいじょーぶ。なにほどのことはない。とべ！」

千寿丸が大声で言った。瞬間、藤久郎がぴたりと泣き止《や》んだかと思うと、

「あ、あい。せんじゅしゃまああ」

ぎゅっと目をつぶって飛び降りるではないか。三十郎が悲鳴を上げる間に、葉月はそれを抱き留め、また尻餅を突いた。

「藤久郎、よく勇気を出した。偉いぞ」

「えらい、えらい。だから、なくな」

千寿丸が袖で頬の涙を拭《ぬぐ》ってやりながら言うと、藤久郎は鼻を啜《すす》りつつ「あ、あい。せんじゅしゃまあ」と、千寿丸の袖を握り締める。そんな三人に、三十郎は眦《まなじり》をつり上げた。

「三人とも何と危ないことを。怪我《けが》がなかったからよかったものの何かあったら……っ」

「しゃんじゅろー、こえあげゆ」

おちてたんだあ。と、千寿丸がおもむろに青々しいどんぐりを三十郎に差し出す。

「へ？　は、はあ……これはまた、綺麗《きれい》な緑色のどんぐりで」

「うん。だからね、しゃんじゅろーにあげゆ。みどい、すきでしょ」

満面の笑みを浮かべてそんなことを言う千寿丸に、三十郎はきょとんとした。

「ええ？　はい……よくご存じで。その……ありがとう、ございます。でもね、若様」

「ねえ、しゃんじゅろー。ももいろのどんぐい、どこにあゆかちらない？　とーくろーのかかしゃま、ももいろがすきなんだって」

「は？　桃色っ？　それは」

「もちかちて、ないの？」

千寿丸の眉が下がる。今にも泣き出しそうな千寿丸に三十郎は狼狽《ろうばい》した。

「あ……ああ！　若様、父様にお出しする菓子をご用意しませんと」

そう言ってそそくさと歩き出す三十郎に「わあい」と歓声を上げ、千寿丸と藤久郎がぱたぱたとついていく。その様を見ていた葉月は小さく唸《うな》った。

（千寿め。もう三十郎の扱いを心得おった）

最初は、愛嬌《あいきょう》と食い意地だけだったはず。それが言葉を覚え始めた途端、これだ。我が息子ながら末恐ろしい。

三歳にしてこんなに賢いのは、千寿丸が山吹だから？　いや、傑の血を引いているからだろう。相手の為人《ひととなり》を知り、煙《けむ》に巻いて丸め込むなど、傑の常とう手段ではないか。

（羨《うらや》ましい。俺も傑殿の血をこの身に流して、頭がよくなりたいものよ）

と、何とも荒唐無稽なことを考えつつ、尻餅を突いてついた袴《はかま》の汚れを払っていると、ある匂いが香った。千寿丸のそれよりもずっと濃厚で甘美な匂い。

すぐさま門口に向かうと、直垂《ひたたれ》の袖を翻《ひるがえ》し馬から軽やかに降りる美丈夫《びじょうふ》の姿が見えた。

「傑殿」と声をかけると、傑がにこやかな笑みを浮かべて振り返った。

「ただいま、葉月。嬉《うれ》しいな。門口で出迎えてくれるなんて」

「え？　ああ、それが」

「ととしゃまあ」

葉月の声をかき消すような大声を上げ、千寿丸が傑に勢いよく飛びついた。

「千寿、今帰った。木にまで登って、父様の帰りを待っていてくれたのか？」

千寿丸の着物についていた松の皮の欠片《かけら》をさりげなく払いつつ言う傑に、千寿丸は目を丸くした。

「え。どーちてわかゆんですか？」

「ははは。千寿、もう見抜かれてしもうたか。なんと他愛ない」

「あと、母様《かか》が木から降りられなくなった千寿を抱きとめて、大きな尻餅を突いた」

可愛い尻が可哀想にと、軽く尻を叩かれて、葉月は盛大に飛び上がった。それを見ていた忠成《ただなり》たち家来が思わずと言ったように噴き出すので、葉月は眦をつり上げた。

「か、かようなところで何ということをする。傑殿の意地悪！」

「はは。かかしゃまも『たあいない』」

傑に詰め寄る葉月を無邪気に指差し、千寿丸がそんなことを言う。すると、皆がますます笑うものだから、葉月は顔から火が噴きそうなほどに赤面した。

「さ、さあて。俺は菓子の準備でもするかなあ」

子どもに怒鳴り返すなんて大人げないし、ただ走って逃げだすのも癪《しゃく》。なので、とっさに思いついた言い訳を口にし、悠々とした足取りでその場を離れてみせたが、数歩進んで葉月は猛烈に落ち込んだ。

（とっさに口にした言い訳が、三十郎と同じとは……！）

人知れずがっくり肩を落としたが、

「とにかく、帰りを待っていてくれてありがとう。父様はとても嬉しい。お礼に明日、遠駆けに連れて行ってやろう」

背後からそんな言葉が聞こえてきた。

「えっ。ほんとっ？　でも……きのーは、だめだって」

「外が安全かどうか分からなかったからな。今日念入りに調べてきたから、明日は大丈夫。父様と母様の三人で行こう」

思わず振り返ると、傑と目が合った。「勿論《もちろん》行くだろう？」と目配せしてくるので、ますます面食らう。家族三人で出かけようなんて、今まで一度も言われたことはなかったから。

戸惑いながらも頷いていると、千寿丸がはしゃいだ声を上げた。

「かかしゃまもっ？　わあ！　あいがとー、ととしゃま」

傑にぎゅっと抱きつく。傑も嬉しそうに笑いながら千寿丸を抱き締める。

そのさまに、葉月はたった今まで抱いていた戸惑いも忘れて、目頭《めがしら》を熱くさせた。

こんな光景、もう二度と見られないのではないかと思っていた。

——ととしゃまなんか、だいきやい！

千寿丸がそんなことを言い出したのは三カ月前。傑が遠征に出て三カ月目のことだった。

遠征前、傑は一カ月の予定で城を出た。しかし、命令された城を落としても、久道《ひさみち》が「次はあそこを攻めろ」「今度はこっちだ」と、次から次へと命令を下して転戦させるので、傑は二月《ふたつき》過ぎても三月《みつき》過ぎても帰って来られなかった。

次こそは帰ってくる。その次こそはと期待して、傑の帰りを待っていた葉月と千寿丸は、そのたびに落胆して、とうとう千寿丸がこう言い出した。

——うそついて、かかしゃまをいじめゆ、ととしゃまなんてだいきやい！

確かに、傑の帰りが延びるたび、葉月は激しく落ち込んでいた。でも、その感情をぶつけたのは誰にも喋《しゃべ》ったりしないまんぷくに対してだけで、他の者……特に、千寿丸の前では笑顔でいることを心掛けていたつもりだ。

それなのに、千寿丸は葉月の胸の内を敏感に感じ取ってしまった。さらには、傑は嘘つきで、葉月に悲しい思いをさせて苦しめているとさえ思ってしまった。

傑は嘘つきではないし、葉月を苛《いじ》めてもいない。必死にそう言い聞かせたが、千寿丸は全然聞き分けてくれない。

傑は嘘つきだ。葉月を苛める悪い奴だ。大嫌いだと繰り返し、癇癪《かんしゃく》を起こす。

だから、ついかっとなって、

——傑殿を悪く言うな！　傑殿は悪くないっ。悪いのは……全部悪いのはっ。

久道兄上だと言いかけて、葉月は愕然《がくぜん》とした。

自分は、一体何をしているのだろう。

実家と婚家の立派な架け橋になるという嫁の責務をきちんとこなせない上に、千寿丸にこんなことを思わせてしまった、腑甲斐《ふがい》ない自分が悪いのではないか。

それなのに、感情任せに千寿丸に怒鳴った挙げ句、悪いのは全部久道だと？

（……最低だ）

あまりの罪悪感、自己嫌悪に、その場に崩れ落ちてしまう。そんな常ならぬ母に、千寿丸は衝撃を受けたようで、

――かか、しゃま……？　え……あ、あ……なん、で。せん、じゅは、かかしゃまがかなちいの、いやで……だか、ら……あ、あ……あああ。

声を上げて泣き出してしまった。嗚咽《おえつ》交じりに「ごめんなしゃい、ごめんなしゃい」と繰り返す。

千寿丸がどうしようもなく不憫《ふびん》だった。けれど、どうしてやることもできなくて、千寿丸を抱き締め、一緒にわんわん泣いた。

傑が戻ってきたのは、そんな矢先のことだった。

四カ月もの転戦を強《し》いられた傑をはじめ兵たちは息を呑《の》むほどにぼろぼろで、城に帰りつくなり皆倒れ、数日目を覚まさなかった。中には、そのまま目を覚まさなかった者もいる。

傑もこのまま起きなかったら……！　極限の不安に苛《さいな》まれながら、死んだように眠り続け

る傷だらけの傑を、葉月は必死に看病した。

その様を見つめ続けた千寿丸は、傑がこれまでどれほど過酷で恐ろしいところに身を置いていたのか、理屈ではなく心で理解したようだった。

三日後、傑がようやく目を覚ました。葉月が泣いて喜んでいると、千寿丸が寄って来て、葉月の背中に隠れた状態で「いたい？」と、恐る恐る傑に尋ねた。

——……痛くない。千寿も母様も、こんなに元気で、怪我一つない。だからこれくらい、何ほどのことはない。

そう言って静かに微笑《ほほえ》む傑に、千寿丸は思い切り首を捻った。傑がさらに笑みを深める。

——分からなくていい。とにかく、父様は大丈夫だ。さあ、今日は天気がいい。遊んでおいで。

傑はそう促したが、千寿丸は首を振り、傑のそばにちょこんと座った。

そのまま、ずっと寄り添っていた。傑が起き上がれるようになるまで……これまでの会えなかった日々を埋めるように、毎日片時も離れず。

葉月は動けない傑に代わって戦後処理に追われていたので、その間二人が何を語らい、どう過ごしたのか分からないが、傑の傷が癒える頃、二人はすっかり打ち解けて、千寿丸は傑にべったりになった。

傑が戻ってきて二カ月が経った今もそれは変わらない。領主の仕事に復帰して、一緒にいる時間は少なくなってしまったが、傑ができる限り千寿丸を構い、遊んでやるからだろう。この世で最も大事な二人が自分のそばにいて、三人で仲良く笑い合う。なんと素敵なことだろう。

そして、明日は三人で初めてのお出かけ。

かけがえのない僥倖《ぎょうこう》を噛《か》みしめる。しかし、台所に向かう途中、

『……隣村、結局火の海になったらしいぞ』

聞こえてきたのは重々しい声。

『そんな。安住《あずみ》様は援軍をお出しにならなかったの？　あんなに浦田《うらた》様をこき使っておいて……本当に血も涙もない。とてもおかた様の兄上とは思えないわ』

『池神《いけがみ》に攻められなくても……よその村じゃ、戦《いくさ》続きで年貢がどんどん重くなっていっているそうだ。百姓が飢え死するほど。これでは、久秀《ひさひで》様の世のほうがましだった』

『かような久道の世でも、芳実荘がここまで平穏に過ごせるのは、殿様のお力もあるだろうが、おかた様が久道によろしく取りなしておられるからなのだろう？　殿様は誠、いい奥方様をもうろたものだ』

それ以上聞いていられず、葉月は踵《きびす》を返した。

久道が家督を継いで三年が過ぎたが、久道の暴君ぶりは酷くなる一方だ。

国人衆《こくじんしゅう》たちの都合をまるで考えず、頻繁に出陣命令を出し、戦に勝っても恩賞どころか礼

の一つさえ言わず、さらなる命令を発し、ぼろぼろになるまで転戦させる。

国人衆は度重なる戦で出費がかさみ、増税を余儀なくされ、領民たちも苦しめられる。

そして、そこまでのことを強いておいて、国人衆たちが窮地に陥っても見て見ぬ振り。

悪政にも程がある。だが、そんな久道を咎《とが》める者は誰もいない。これまでの池神との戦が、連戦連勝の負けなしだからだ。

勝っているのなら咎めようがない。せめて、一度くらい負けてくれればと思わずにはいられないが、その負け戦で傑が討ち死なんてことにでもなったら目も当てられない。

充《あたる》が苦言を呈しているそうだが聞く耳を持たず、久道は勝ちを重ねるごとに自信を深めていっているようで、ますます増長していく。

そんな状況下でも、芳実荘が今までと変わらず平穏でいられるのは、傑の甚大《じんだい》な努力に他ならない。

久道からの理不尽《りふじん》な要求に応え続ける傍ら、領民たちに負担を強いてはならないと、己の食う飯の量まで減らして倹約している。

その上、葉月がいるおかげで、芳実荘は平穏でいられるという噂《うわさ》まで流して、皆の不満が久道の弟である葉月に向かわぬよう、心を砕いてくれてもいる。

苦労が絶えない。それなのに、傑自身は今までどおり穏やかだ。

葉月が充や家臣たちから聞かされた久道の暴挙に憤慨する時でさえ、一緒に怒るどころか、

「何ほどのことはない」と、けろっとした顔で言い放ち、怒る葉月を宥《なだ》めてきさえする。

葉月を不安にさせないための強がりだと思うし、全然大丈夫とは思えないが、傑が「何ほどのことはない」と言い切ると、本当に何でもないことのように思えてくる。心がすっと軽くなる。

こんな心持ちにさせてくれる傑はやっぱりすごいなあ。と、うっとりする。しかし、その高揚が冷めやらぬ間に、それまで泰然としていた傑の表情が翳《かげ》ることがある。

どうかしたのかと問い詰めると、重い沈黙の後、実は久道以上の失敗を犯してしまったのだと項垂《うなだ》れる。

――今回、戦の後に酒宴が開かれたんだが、その席で、お前は充殿に会ったことはないのかと尋ねられてな。四年前にお会いしたと答えたら、よく心変わりしなかったなと返された。

――あーまあ、そう言われるであろうなあ。充は俺と比べるのもおこがましいほどに美しい……。

――だから、俺は間髪入れずこう答えた。「葉月は控えめに言ってかぐや姫なので」と。

――なるほど。かぐや姫相手では、さすがの充も……はあっ？

思わず声を上げると、傑はますます項垂れる。

――その席には充殿の夫、牟田《むた》殿もいらっしゃった。ならば、充殿を立てつつ、当たり障りのないことを言うべきだったのに、つい本当のことを言ってしまった。

——本当のことっ？

——牟田殿は笑《わろ》うておられたが、きっと嫌な思いをされたに違いない。牟田殿を敵に回すなんてとんでもない失態だ。

恐ろしく深刻な顔でそう言うものだから、噴き出してしまった。

そんな葉月に、傑は「笑い事じゃない」「葉月は暢気《のんき》すぎる」と異議を唱えてきたが、

——あはは。最高によい気分だ。いいぞ。もっとじゃんじゃんやれ。

そう笑い飛ばしてやった。

また、こういうこともあった。

——葉月、話がある。……お前、自分の髪を売って得た金を台所番に渡して、俺にたらふく食わせるよう命じたそうだな。

傑が台所番にこっそり、自分の飯の量を減らすよう命じていたことが分かった翌日。珍しく怖い顔をした傑が、低い声音でそう訊いてきた。あっさり頷いてみせると、「どうしてそんな馬鹿な真似《まね》をした！」と怒鳴られた。

——俺は葉月にそんなことまでさせて、飯を食いたくない。

——そんなことまで？　あははは。

葉月はざんばら髪を揺らし、少年のように笑った。

——己の肉をそぎ落として食えと言うならまだしも、髪を切るくらい痛くも痒《かゆ》くもないし、

捨てるより他に使い道のないごみを売って金にしたまでのこと。何の苦労もしておらん。

――その美しい銀髪をごみだなんて言うな。それに、「髪は命」と言うぞ。

――それは女子《おなご》に言う言葉であろう。俺は男ぞ？　残念でした。

――そ、それはそうだが、妻に髪を売らせるなんて……。

眉を顰《ひそ》める傑に、葉月は「そこだ！」と不躾《ぶしつけ》に指差した。

――どういうわけか、世の中傑殿と同じように思う者がすこぶる多い。で、俺が髪を売っているのと知れば、皆どう思う？　兄上や大名連中は、傑殿を甲斐性《かいしょう》なしと馬鹿にするだろう。だが、家臣や領民は違う。妻に髪を売らせてでも増税をよしとさせない、領民思いの名君と見る。ついでに、俺は献身的な妻と思われて……うむ！　一石二鳥じゃ。

――……っ。

――世情が不穏な今、当てにならぬ連中の目など気にせず、家臣や領民の心を摑《つか》んでおくのが肝要と俺は思う。そのためならば俺は何でもやる。なりふりだって構わん。……これが俺の戦だ。兄上が一人前の武将になるまで、俺は決して負けぬぞ！

力いっぱい宣言する。

実は、久道が家督を継いで程なくのこと、葉月の許《もと》に久道から文が届いた。

挨拶らしい文言は一切なく、

『貴様の身の程知らず、父上は酔狂で許しても、俺は決して許さぬ。頭の悪い出来損ないで、波留国《はるのくに》一の弱小領主の女房風情《ふぜい》は、俺に訊かれたことだけを報《しら》せ、俺に言われたとおりに動け。一言でも、口答えや己の意見を言ってみろ。即刻切り捨てる』

などという言葉の後に、長い指示がつらつらと書かれていた。

耐えがたい屈辱に、思わず文を破り捨てそうになった。

お前のような男は人の上に立つ器ではないと書き送りたくてたまらなかったが、ここで久道の機嫌を損ね、傑の立場を悪くしては、自分は久道以下の阿呆《あほう》になってしまう。

（……負けるものか。かような男に、負けてなるものかっ）

そう己に言い聞かせ、これまで耐えてきた。諾々《だくだく》と久道に従いつつ、どんなに無茶な命令をされようともびくともしない御家になるよう……横暴な久道の弟である自分を嫁にしている傑の立場が悪くならないよう、できる限り尽力してきた。

だから、髪の毛程度どうということはない。髪さえ売らねばならぬ恥とて利用してやる。

そんな覚悟を漲《みなぎ》らせる葉月だったが、目を見開いたまま何も言わない傑を見ているうち、眉がだんだん下がってきた。

——……そ、そう言うても、嫌か？　ならば、せめて……俺の飯の量を減らしてくれ。腹が減っては戦はできぬぞ……っ。

突然、痛いくらいきつく抱き締められた。

——はあ……。葉月には敵《かな》わない。

――許してくれるのか？　ありがとう！　では残りの髪も全部剃《そ》って……はは。冗談だ。

一気に顔を青ざめさせる傑にそう笑ってやると、「葉月は意地悪だ」と怒られたが、おかしそうに笑う葉月に、傑もいつしかつられたように笑い出して……。

こんなふうに、互いを励まし、時にお道化《どけ》てみせながら、葉月は傑と、この三年間を耐えてきた。

どれだけ苦しい立場に立たされ、辛《つら》い想いをしようとも、お前が好きな気持ちは決して変わらない。

どんなことがあっても、ずっとそばにいたい。夫婦《めおと》でいたい。

その想いは二人とも同じ。ならば、大丈夫。いくらでも耐えてみせる。

無言で傑の手を握りしめ、そう胸の内で必死に自分に言い聞かせた。

けれど、今回の遠征から戻ってきた傑を見た時、葉月は思ってしまった。

どんなものにも、必ず限界があると。

傑も、そう思ってしまったのではないか。

遠征から帰ってきて以来、傑は明らかに変わった。

表面上は今までどおりだが、戦場での話も久道の話もしてくれなくなったし、「何ほどのことはない」とも言わなくなった。

今までは、ともに床に就くと必ず抱いてくれたのに、それもしなくなった。ただ、葉月を抱き締めて眠るだけ。そして、時折褥《しとね》を抜け出して、縁側で一人遠くを見つめる。

その背中から、傑が何を考えているのか、窺《うかが》い知ることはできない。

しかし、傑が葉月と同じように、久道に付き従うのはもう無理だと断じたのなら、その先にあるのは——。

なあ。今、何を考えている?

今までなら、何の気なしに言えた言葉。そのたった一言が、もう……怖くて言えない。

それどころか、葉月は今日も狸《たぬき》寝入りを決め込む。

布団にかすかに残っている、傑の温もりを握りしめて。


翌日。芳実荘は雲一つない晴天に恵まれた。

千寿丸は朝からずっとそわそわしていて、遠駆けに持っていく荷物を、藤久郎と一緒に何度も確認していた。

「えっと、すいとーでしょ? おかちでしょ? それから」

「せんじゅしゃま、てぬぐいは?」

「てぬぐい? ……あれ? きのーいれたはずなのに、どこ……あ。ここにいれたんだった!」

懐《ふところ》から手ぬぐいを出して見せる千寿丸に、藤久郎は何に対してそう思ったのか、「すごい。

えらい」と拍手する。千寿丸ははにかみながらも胸を張った。

「うんうん。よち、こんどはとーくろーのをみてやゆぞ。ちゃんとできてゆか」

今日の遠駆けには、藤久郎も父親である忠成と一緒に供をすることになっている。藤久郎は「はい！」と元気よく返事して、小さな風呂敷包みを取り出し、開いてみせた。

「すいとーでしょ？　てぬぐいでしょ？　それから……あれ？　おかち……ああっ」

きょろきょろとあたりを見回していた藤久郎が声を上げる。麩《ふ》菓子をばりばりと頬張《ほおば》るまんぷくと目が合ったせいだ。

「まんぷく！　それは、とーくろーのかちじゃ。かえせ！」

千寿丸がすぐさままんぷくに飛びつく。だが、まんぷくはそれをひらりとかわすと、菓子を咥《くわ》えたまま、ぼよんぼよんと真ん丸腹を揺らしながら逃げ出した。

部屋の中を駆け回る二人と一匹に、葉月の頬は自然と緩む。

皆、今日も元気で何よりだ。それに、とても嬉しそう。

〈家族で出かけるなど初めてゆえなあ。傑殿、なにゆえ突然さようなことを……いや〉

駄目だ。これ以上考えるのはよそう。

今は、初めてのお出かけを目一杯楽しいものにする。それでいいではないか。と、己に言い聞かせていた時、葉月の耳にかすかだがある音が届いた。

独特の金属音。充が飼っている草の者が来訪を知らせる時の合図だ。

葉月はそばに控えていた須恵《すえ》に千寿丸たちのことを頼んで、部屋を出た。

人気《ひとけ》のない裏口まで来ると、庭の茂みから男が出てきて、葉月に文を差し出してきた。

「お読みになられましたら、すぐ燃やされますように」

男はそう言い残すと、再び茂みへと消えていった。

葉月は小さく息を吸い、文を開いた。そして、一行目を読んで早々目を瞠《みは》った。

『この一カ月、傑様と隼《はやと》様が、武《たける》様のお屋敷で池神の手の者と頻繁に会っておられます』

(す、ぐる殿が、義兄上《あにうえ》様のお屋敷で、池神と……？　そんな……)

激しく狼狽する。そんな葉月の目が次に捉えたのは、

『傑様はついに、安住から池神に寝返る決意を固められたご様子』

葉月が最近ずっと抱え続けていた疑念だった。

確かに、安住は今勝ち続きだが、このまま久道の下についていたら、椿《つばき》木は近々破綻《はたん》すると、椿木家の奥を任されている葉月には、悲しいほどに分かっていたから。

『責めることはできません。久道兄上の下で傑様がどれほど酷い仕打ちを受けてきたか、夫から聞かされていましたから、むしろ、よくぞ今まで耐え抜かれたと感服いたします。ただ、もし椿木が池神に寝返るのであれば、兄上は離縁されることになります』

離縁。その文言に、目の前が真っ暗になる。

それも、分かっていたことだ。

安住と池神に挟まれた波留国の国人衆は、両家どちらかに与《くみ》しなければ生きていけない。久道と袂《たもと》を分かつということは、池神に寝返るのと同義であり、傑は久道と完全に決別したことを示すため、久道の弟である葉月を離縁しなければならない。

しかし、実際にその言葉を突きつけられたら、震えが止まらない。

『そうなったら、兄上は安住に返されることになるでしょうけれど、絶対に安住には帰らないでください。あの久道兄上が出戻りの、しかも傑様とつがいの契りを交わした兄上をどう扱うか、考えるだけで恐ろしい。ですから、離縁された時はぜひ牟田にいらしてください。夫と久道兄上は私が必ず説き伏せます。兄上は、この充が守ります』

「葉月様」

「……っ」

突如、背後から声をかけられ、口から心臓が飛び出しそうになった。

慌てて振り返ると、訝《いぶか》しげな表情を浮かべた三十郎が立っていた。

「かようなところでいかがいたしました？　それに、その文は……」

「何の用だ」

文を懐に捻《ね》じ込み、素っ気なく尋ねる。三十郎は引っかかるような素振《そぶ》りを見せたが、気を取り直すように一息吐いて、こう言ってきた。

「実は、隼様がいらっしゃっておられます」

心臓がぎしりと軋《きし》む。隼が自分の許を訪ねてきたということは――。

「またも、傑様がいらっしゃらない時を狙って！　どういたしましょう？　今は立て込んでいるのでとお断りを」

「いや、会う」

会わなければならない。傑が教えてくれない現状を知るためにも……知って、傑と千寿丸にとって最善の選択をするためにも。

（充。可愛いそなたに迷惑をかけぬためにも、俺は気張るぞ）

充の文がしまわれた胸元を鷲摑《わしづか》み胸の内で宣言すると、葉月は歩を踏み出した。

「これはこれははずれ殿。ご機嫌麗《うるわ》しゅう」

葉月が客間の上座に座るなり、隼は恭《うやうや》しく頭を下げた。

「……隼殿も息災のようで」

「はい。はずれ殿の兄君のおかげで、危なく三途《さんず》の川を渡りかけたことが幾度もありましたが、このとおり」

「そうか。で？　義兄上様の屋敷で、池神とどのような話をしておるのだ」

単刀直入に尋ねると、隼は肩を竦《すく》めてみせる。

「久しぶりだというのに、世間話の一つもなしですか？　まあ、そのほうが助かります。それがしにも時間がありませんので」

そう言うと、隼は居住まいを正した。

「率直に申し上げますと、かなり前から池神殿より声をかけられておりました。安住を裏切り、こちらに寝返れと。で、それがし、さっさと久道殿を見限るべしと申し上げました。あのように幼稚な暴君は、即刻縁を切るべきだと」

平然と、隼は葉月に言い捨てた。葉月が黙ったままでいると、こう続ける。

「兄上は池神殿の申し出を突っぱねました。何度もね。すると、誘いが脅迫に変わっていき、本日とうとう『寝返らぬなら、直《ただ》ちに兵を挙げて討ち果たす』とまで言ってきた」

「！　そん、な……なにゆえ、そこまで」

「池神殿は波留国に攻め入る算段をしているのです。芳実荘は波留国を攻めるのに最も押さえておきたい要所。こちらに寝返るならばそれでよし。拒むなら討ち果たすまで。安住の援軍がない弱小椿木など、怖くも何ともないですから」

愕然とする。事態がひっ迫してきていることは肌で感じていたが、まさかここまで深刻なことになっているなど、思うわけもなくて……。

狼狽するばかりの葉月に、隼は大きな溜息《ためいき》を吐《つ》いてみせる。

「それだというのに、兄上はまだ頷かない。それどころか、あの久道殿に援軍要請の使者を送るなどと言い出した」

「なんと……っ」

思わず声を漏らしてしまう。

いたずらに敵を作った上に、今まで一度たりとも国人衆の窮地を救ったことがない久道に援軍を要請するなんて、らしくないにも程がある。

「実に兄上らしくない」

隼も同じことを思っていたらしい。

「兄上は究極の事なかれ主義です。いつだって、極力敵を作らぬよう細心の注意を払い、一番安全で確実な道を選ぶ。今回のことも、いつもなら早々に久道殿を見限り、池神についている。それを……いくら、はずれ殿を手放したくないとはいえ、とち狂うにも程がある」

「……っ」

「しかし、此度《こたび》が最後です」

絶句するばかりの葉月に、隼は両の目を細める。

「馬鹿みたいに気の長い兄上でも、これが限界です。久道殿がこの状況においても、我らを見捨てるほどの馬鹿なら見限らざるを得ない。と、言うようなことを後で知ったら、あなた様は激怒するでしょう?」

「それは、当たり前じゃ」

何とか頷いてみせると、隼が「やはりね」と盛大な溜息を吐いた。

「かような時に夫婦喧嘩《げんか》など勘弁していただきたい。ですので、今からしっかり夫婦で話し合っていただいて……っ」

あたりが騒々しくなる。隼が勢いよく背後を振り返ると同時に、甘美でいい匂いが葉月の鼻腔《びくう》を打った。

「もう来たか。恐ろしく早い」

隼が立ち上がる。「失礼」と一言断ってきたかと思うと脱兎《だっと》のごとく駆け出し、葉月の背後に回り込んできた。同時に、傑が客間に入ってくる。

感情の色が完全に抜け落ちた無表情だが、山吹の瞳は異様なほど鈍く光っていて、葉月の背筋に悪寒が走った。

しかし、その目は葉月を見ていない。葉月を通り越して、背後にいる隼のみを凝視している。そのまま拳《こぶし》を握り締めて歩み出したものだから、葉月は慌てて傑に飛びついた。

「傑殿っ、待て。隼殿に何をする気ぞ。隼殿に何かしてみろ。この俺が許さぬぞっ」

黙ったままでいる傑にそう怒鳴ると、傑が初めてこちらに目を向けてきた。

目が合った途端、悲しげに眉を顰める。その所作に胸がぎゅっと詰まったが、葉月は傑を睨《にら》み返したまま、隼に声をかけた。

「隼殿、今日はもう帰ってくれ。知らせてくれて感謝する」

そう言うと、隼は「いえ」と一言だけ発して部屋を出て行った。傑はそんな隼を忌々《いまいま》しげに顔を顰《しか》めて見送ったが、姿が見えなくなると顔を掌《てのひら》で覆い、溜息を吐いた。

「どこまで聞いた?」

「傑殿が、『寝返らねば攻め込むぞ』と脅してくる池神を無視して、兄上に援軍要請の文を書こうとしているところまで。……文は、もう出したのか?」

傑は、すぐには答えてくれなかった。しばしの逡巡《しゅんじゅん》の末、「まだだ」と低い声で呟《つぶや》く。

「そうか。ならば、少し待ってくれぬか? 今すぐ兄上に文を書くゆえ」

本当なら、今すぐ久道を見限って池神につけと言わなければならないのかもしれない。

だが、傑がまだ久道に期待してくれると言うのなら、自分もそれに賭けたい。

どんなに望みが薄くても、それが……傑と夫婦でいられる唯一《ゆいいつ》の道だから。

葉月の必死な想いが伝わったのか、傑はまた考える素振りを見せながらも「分かった」と頷いてくれた。

「ただ、文は別々に送ろう。一緒に送っては、葉月の文は俺の差し金だと勘繰《かんぐ》られてしまう。あと、話は久道殿の返答があった時にする」

「分かった。ありがとう。それで、その……遠駆けは」

「明日にしよう。千寿には、俺から言うておく」

「え……あ。遠駆け、まだ……行けるのか」

震える声で独り言ちる葉月に、傑は顔を覆っていた手を離し、顔を向けてきた。目が合うなり困ったように笑って、

「大丈夫だ。行ける。行けるから」

肩を掴み、宥めるように言ってきた。

いつもなら、無条件で安堵《あんど》を覚える笑み。

しかし、先ほどの隼の話を聞いた後だと不安でしかない。

隼の言うとおり、傑は葉月と離縁したくないあまり、冷静な判断ができなくなっているのか？

（もし、そうだとしたら……いや！）

違う。自分より何十倍も頭がよくて思慮深い傑が、そんな間違いなど犯すものか。

何度も何度も、自分に言い聞かせた。

傑が、千寿丸には自分が話すと言ってくれたが、葉月はその申し出を断り、自分から千寿丸に話した。

遠駆けに行けない本当の理由を話せるわけもないので、腹痛で行けなくなったと説明すると、千寿丸は怒るどころか大層心配してくれた。

「かかしゃま、おかおがまっさお。せんじゅ、かんびょーちます！」

山吹の瞳をうるうるさせて飛びついてくる。今の自分は相当ひどい顔をしているらしい。幼い千寿丸にこんな不安な顔をさせる己の腑甲斐なさに、顔が引きつりそうになる。そこへすかさず、傑が割って入る。

「さあ、千寿。母様はねんねするから、こっちにおいで」

と、千寿丸を抱き上げる。千寿丸は不服そうな顔をしたが、再度傑から促されると渋々頷いて、傑に連れられ部屋を出て行った。

障子が閉まると、葉月は文机《ふづくえ》に向かった。

池神が波留国に攻め入る気でいること。波留国を攻めるための一番の要所であり、実の弟が嫁いでいる椿木を見捨てれば、久道は波留国どころか、親戚筋さえ見捨てる薄情者として人心まで失ってしまうと切々《せつせつ》と訴えた。

『兄上はこれまでの勝利を、手駒を上手《うま》く使った己一人だけの手柄とお思いでしょうが、間違いです。国人衆は駒ではありません。兄上と同じ人です。傷つけば痛みを感じるし、心もある。守るものもあって、命はたった一つきり。そんな彼らが、兄上の命に命がけで従ってくれたからこそ勝てているのです。今のままでは、国人衆全員が兄上を見限り、池神についてしまいます。そうなっては、安住は池神に滅ぼされるのみです』

今まで遠慮して言えなかった思いの丈も書き殴る。

もしかしたら、これが最後になるかもしれない。だったら、自分の気持ちを包み隠さず晒《さら》して訴えたかった。

久道とは嫌な思い出しかないし、この三年間は怒りと憎しみではち切れんばかりで大嫌いだが、それでも実の兄であり、敬愛する父が懸命に守り、たくさんの思い出が詰まった実家の当主だ。

だから、久道には立派な当主になってほしい。そうでないと、自分の大切なものが全部壊れて、失われてしまう。

（……嫌だ）

安住の家も椿木の家も、何より……傑と千寿丸を失いたくない。

あの二人を失ってしまったら。怖くて想像すらできない。それなのに。

——もし椿木が池神に寝返るのであれば、兄上は離縁されることになります。

充の文の文言が頭の中をぐるぐる回る。

——安住の援軍がない弱小椿木など、怖くも何ともない。

次は、先ほどの隼の言葉。そして、最後に浮かんできたのは、

——頭の悪い出来損ないで、波留国一の弱小領主の女房風情……一言でも、口答えや己の意見を言ってみろ。即刻切り捨てる。

久道の文。すると、全身が震え、息もできなくなって……視界が暗転した。

次に気がついた時、葉月は寝間着を着せられ、寝所で寝かされていた。

「あ。葉月様、お目覚めでございますか」

声がしたので顔を向けると、枕元に座り込み、こちらを覗《のぞ》き込む三十郎と目が合った。

「三十郎？　俺は……」

「文机に突っ伏して、身悶《みもだ》えておられました。どうも、つがい焦がれと発情期が同時に来てしまわれたようで」

「発情期？　なんと。それは十日ほど先のはず」

目を丸くする葉月の額《ひたい》に濡《ぬ》らした手ぬぐいを当て、三十郎は肩を竦めた。

「無理をされ過ぎたのです。発情期の周期が狂うほど」

「無理だと？　俺がいつさようなことをした。そのようなことは……っ」

妙に重い体を起こしたところで、葉月は息を詰めた。

格子窓の先は、夜の帳《とばり》が降りて真っ暗だ。

「三十郎。今、何刻だ。俺はどのくらい眠っておった」

「……三日間でございます」

重々しく返された言葉に、葉月は「何っ？」と声を上げた。

「ご安心くださいませ。あの文は傑様のお申しつけにより、この三十郎がしかと久道様にお送りいたしました」

「それは、ご苦労であったが、なにゆえ三日も……まさかそなた、俺に何か盛ったのか」

「三十郎は謝りません！」

声を振り絞るようにして、三十郎は叫んだ。

「気づいておりました。傑様が此度の遠征から帰って以来、葉月様は今まで以上に無理をしておられたこと。それだけでも痛々しくてなりませんでしたのに、かような……っ。久道様の返事を待つ間、葉月様はもっと苦しまれる。己を苛まれる。さような姿、見たくなかった」

「三十郎っ、そなた……」

「他の皆様も同じでございます」

葉月が漏らす憤《いきどお》りの声を遮り、三十郎が詰め寄ってくる。

「傑様も、須恵殿はじめ乳母たちも、侍女たちも、家来たちも皆、同じことを申され、涙を流されました。あの男の弟である葉月様を、一言も責めないで……椿木の皆様はそれだけ、葉月様を大事に想うていらっしゃいます。それなのに、こんな……ううう」

泣き崩れる三十郎に、愕然とした。

実の弟でありながら、久道に対して発言さえ許されぬ無力な自分が、ずっと憎くてしかたなかったし、表面上は今までと変わらず優しく接してくれる椿木の面々も、内心では「使えぬ役立たず」と歯噛《はが》みしているのではないかと思うと辛かった。

それなのに、こんな大事な時に体を壊した自分を、呆《あき》れるどころか涙を流してくれていたなんて。

自分はなんと、いい家に嫁いできたのだろう。

感謝に堪えない。だが、その想いが強ければ強いほど辛くてしかたない。

「今日、傑様の許に、久道様の返書がございました。葉月様には……ううう。何も、ございませんでした」

嗚咽交じりに告げられたその言葉に、目の前が真っ暗になる。

「そう、か。傑殿は……」

「ううう……あ。は、はい。ただいま……」

「……よい。己で探す」

ふらりと、葉月は立ち上がった。

発情抑制薬のせいか、眠り薬のせいか。体がいやに重く感じられ、足取りが妙にふらついていたが、三十郎が追いかけてくることはなかった。いや、できなかったのかもしれない。

廊下ですれ違った侍女たちも皆、葉月の姿を見るなり、まるで幽霊と鉢《はち》合わせたかのように立ち竦み、その場で固まるばかりだったから。

傑の匂いを頼りに歩を進めていくと、縁側で庭を向いて座す傑の背中を見つけた。

すっと背筋の伸びた真《ま》っ直《す》ぐな背。見るたびに、勇猛な鷹《たか》のような凛々《りり》しさが感じられて格好いいと見惚《みと》れ、抱きついたものだ。

しかし今は、近づくことができない。話さなければならないことは、山ほどあるのに。

傑も背を向けたまま動かない。葉月が背後で立ち尽くしていると分かっているのにだ。

二人とも動けない。けれど不意に、傑の許にぱたぱたと走り寄る小さな白い影が見えた。

寝間着を着た千寿丸だ。

「ととしゃま、ととしゃま。たいへん」

傑に飛びつき、千寿丸が叫ぶ。それからすぐ、「千寿丸様」という呼び声とともに、須恵が駆け寄ってきた。

その姿を見て、葉月の胸はぎゅっと詰まる。

（千寿。また、遠駆けの約束、破ってしもうた……）

すまないことをした。唇を嚙み締めていると、須恵が傑に頭を下げる。

「申し訳ありません、殿様。お休み前に竹取物語を読んで差し上げていましたら、いきなり駆け出されて」

「ととしゃま！　かかしゃま、かぐやひめですよね？　ととしゃま、いつもいってゆもん」

須恵の言葉を遮り千寿丸がそう叫ぶ。傑の肩が、わずかに震えた。

「かぐやひめだったら、つきのひとがおむかえにきちゃう。どーちよー、ととしゃま！　つきのひと、つよいです。ゆみやもきかないち、つきのひかりあびたら、うごけなくなっちゃうの。どーちたらいいの？　せんじゅ、かかしゃまとずっといっしょにいたい」

瞳を潤《うる》ませて、傑が着ている直垂の袖を引っ張る。

いつもなら、千寿丸にまで何を言っているのだと赤面したり、可愛過ぎる悩みを口にする千寿丸を微笑ましく思ったりするところだが、今はとてもそうは思えない。

「ととしゃま？　どーちたですか？　……やっぱい、かかしゃま、つきにかえっちゃうの」

「案ずるな、千寿」

小さな体を震わせる千寿丸の頭を、傑が宥めるように撫《な》でる。

「母様は、いなくなったりなどせぬ。大事ない」

いつもの優しい声で言い聞かせると、今にも泣き出しそうだった千寿丸の顔が、ぱあっと華やいだ。

「ほんと？　このよでいちばんえらいみかどでもだめだったのに、ととしゃまできゆの？」

千寿丸の無邪気な問いかけに、心臓を抉《えぐ》られた。

（……そう、だ）

自分がこのまま傑の嫁で居続ける術《すべ》など、月の迎えからかぐや姫を守るほどに至難の業。

帝《みかど》は、かぐや姫を守ることはできなかった。大勢の兵を動かせる、この世で一番偉い帝でさえも。それなのに。

「……ああ」

また少し間を置いて、傑は頷いた。

「俺は、帝とは違う」

どんな顔をして、傑はそう言ったのだろう。

傑を見上げていた千寿丸が驚いたように目を丸くした。しかし、すぐに目を輝かせ、傑の膝に抱きついたまま、両足でぴょんぴょん跳ねた。

「ととしゃま、すごい。かっこいい！」

「安心したか？　なら、もうお休み。朝にはきっと、元気になった母様が起こしてくれるぞ？」

傑がそう続けると、千寿丸は勢いよく小さな両手を上げた。

「わあ！　じゃあ、せんじゅ、すぐねゆ。ととしゃま。おやすみなしゃい」

行儀よく正座して頭を下げると、須恵に連れられ、行ってしまう。嬉しそうな千寿丸の姿に胸を締めつけられていると、

「可愛い子だ」

静かな呟きが聞こえてきた。

「健気《けなげ》で、いじらしくて……辛い時ほど、一生懸命笑おうとする。葉月そっくりだ」

傑は立ち上がり、こちらに振り返ってきた。

顔には穏やかな笑みが浮いている。だが、月明かりに照らされるそれは、どこまでも悲しげだ。

「す、傑殿。あの……」

「こちらに来てくれ」

声を震わせる葉月にそう声をかけ、傑は近くの部屋に入るよう促してきた。

促されるまま中に入ると、傑は懐からあるものを取り出した。

久道からの書状だ。震える手でそれを受け取り、一文字一文字、ゆっくりと読んだ。

「……くく。……あははは」

ふと、葉月は乾いた声で嗤《わら》い出した。

書状には、傑と葉月の嘆願や警告に対しての言及は一切なかった。書いてあったのは、池神に与する国人衆を攻めたいから兵を出せという、一方的な命令だけ。

「ははは……まさか、ここまでとは……ははは。かような男に、三年も、俺は……あはは」

もう、嗤うしかなかった。

こんな男に、三年間も期待を寄せていたなんて、なんと滑稽なことだろう。

ひとしきり嗤った。そして、ふと真顔になって傑を見た。

「あの男は駄目だ」

「……」

「あの男の下にいては、椿木に未来はない。いくら池神以上の戦上手でも、これでは」

「池神以上の戦上手？」

葉月はびくりとした。不意に、冷ややかな嘲笑《ちょうしょう》が耳に届いたせいだ。

改めて、傑を見る。傑は薄い笑みを浮かべてこちらを見ている。

「葉月。誠に、久道殿が戦上手だと思うか？」

「それは……この三年間、池神にずっと勝ち続けているのだから」

「確かに勝っている。正確に言えば、『勝たせてもらっている』だがな」

意味が分からなかった。

「勝たせて……それは、つまり池神は兄上にわざと負けていると申すか？　なにゆえ、さようなことを」

「堕落させるためだ」

そろりと、傑は言った。

「前に言ったな？　世間知らずの御曹司《おんぞうし》は失敗を重ね、そこから色んなことを学んで一人前の武将になると。池神殿は、久道殿からその学ぶ機会を取り上げ、誤った自信を植えつけていたんだ。勝っているのだから、俺は何一つ間違っていないと。おかげで、見ろ。久道殿は今回大局を完全に見誤った」

確かに、勝ち続けていたから、誰も何も言えなかったし、久道は増長していくばかりで、今回のような事態になった。

「さ、されど、そのために戦に負け続けては、本末転倒……」

「池神殿は負け続きでも、最小限の損害しか出していない。取られた土地は何もない枯れたものばかりゆえ、国力もほとんど衰えていない。それどころか、疲弊しきった安住方の国人衆を労なく平らげ、土地を拡大している」

「……っ」

「それに引き換え、久道殿は……分かるだろう？」

それは、身をもって知っている。そして、負けている池神方は自分たち以上に過酷な状況にあるはずだと信じていた。そうでなかったら、久道の理不尽な命令に命がけで従い続ける傑たちが哀れではないか。

だが、実際は池神の掌で踊らされ、負けっぱなしだったなんて！

それだけでも衝撃だが、それよりもっと応えたのは――。

「……いつ、からだ。傑殿は、いつからこのことを」

「……」

「まさか、最初からか？　三年前、兄上が家督を継いだ時から、ずっと傑殿は」

傑は何も答えない。だが、沈黙こそが肯定の証《あかし》。

眩暈《めまい》がした。

傑は、最初から分かっていた。久道の無能さも、池神が久道より何倍も上手《うわて》であることも何もかも。それなのに、三年間も傑は……っ。

「ば、か……馬鹿！」

気がつけば、葉月は傑の胸倉を摑んでいた。

「そこまで分かっていたのなら、なにゆえさっさと池神に寝返らなかったっ？　それが、椿木家当主の務めというもの。それだというに、全ての事実を伏せ、三年もの間、久道などに従い続けてしまうなど……」

「……葉月」

「傑殿は大馬鹿じゃ！　なにゆえ、さような……なにゆえ、一人で抱え込んで」

——いくら、はずれ殿を手放したくないとはいえ、とち狂うにも程がある。

「傑殿は俺を、最低の嫁にしくさった。夫に、あえて最悪な道を選ばせ、散々傷つけておきながら、何も気づかぬ、阿呆で愚かな、最低最悪の嫁に……っ」

痛いくらいきつく抱き締められる。

だが、葉月の怒りは収まらず、抱き締められながらも傑の肩を殴って詰《なじ》る。

許せなかった。傑も自分も、何もかも。

どうして、こんなことになってしまったのだろう。

傑の立派な嫁になりたくて、必死に頑張ってきたつもりだったのに、こんな——っ。

苦しくて、やるせなくてしかたない。

でも、それと同時に、心のどこかで喜ぶ自分がいた。

愛しい傑にこんなにも想われて、なんて幸せなのだろうと、心浮き立つ自分が。

最低だ。こんな自分だから、傑をこんなにも苦しめた。その事実に、気づこうともしなかった。

自分で自分が嫌になる。だが、落ち込んでばかりはいられない。

池神が、寝返らなければ椿木を攻めると脅してきている。一刻の猶予もない。

椿木家の人々の顔を、千寿丸の顔を思い出せ。彼らのためにも、自分は決断しなければならない。傑に、正しい道を選ばせなければならない。

葉月はぎこちなく息を吸い、依然自分を抱き締めるばかりの傑を突き放した。

「……傑殿。俺は、最低な嫁に成り下がるなど、まっぴらごめんじゃ」

突き放すなり、葉月は傑にそう言い捨てた。それでも、傑が何も言わないので、

「池神にすぐ文を書け。安住の嫁は離縁して追い出すゆえ、寝返らせてくれと」

はっきりと言ってやった。

「椿木家の、千寿の将来を考えろ。これ以上、俺のために間違いを重ねてくれるな。……何じゃ、その顔は。俺が安住に戻った後のことを心配しているのか？　ふん。いらぬ心配じゃ。実はもう、充に話を通してある。俺は充の許で悠々自適に暮らすゆえ、心配は何も…っ」

突如、傑が懐からもう一通書状を取り出し、葉月の前に置いた。

これが何だと訝しく思いつつも文を開く。

数行読み進めて、驚愕《きょうがく》した。文は池神からのもので、「寝返るならば、葉月を側室として献上することが絶対条件」と書かれていたのだから無理もない。

どうして、そんなことを要求してくる。

久道の弟である葉月を側室にすれば、久道へのいい見せしめになると思った？　とはいえ、葉月は傑のつがいなので、発情期以外の時は傑以外の人間と肌を合わせると拒絶反応を起こす。そんな者を側室にしたって……と、さらに読み進め、瞠目《どうもく》した。

「これまで数多《あまた》の池神の兵を殺した椿木殿の妻ゆえ、多少手荒い扱いになってしまうだろうが」だとか、「椿木殿がかぐや姫と褒めそやすはずれ殿がどんな声で啼くのか、閨《ねや》で確かめてみたい」「椿木殿の妻が、椿木殿以外の男にどんなふうに腰を振るか椿木殿に見せてみたい」などという文言が続いていたから。

「池神は、いつからかような条件を」

「……最初からだ。そう言えば、条件を飲むにしろ、飲まないにしろ、俺を地獄の底に叩き落とせると、よう知っておられる」

しばしの沈黙の後、告げられた言葉に愕然とした。

安住からの命とはいえ、傑はこれまで何度も池神と戦い、たくさんの池神の兵を殺してきた。池神は、そのことを深く恨んでいた。こんな条件を突きつけてくるほど。

滑稽なほどに全身が震えた。

拒絶反応を起こそうがお構いなしに、連中は構わず葉月を甚振《いたぶ》るだろう。そして、発情期になれば、発情抑制薬を与えず、誰彼構わず行為に溺《おぼ》れさせ、そのさまを傑に見せつけるに違いない。

強烈な吐き気を催して、思わず口元を手で覆う。

（……嫌だ！）

そんな辱《はずかし》めを受けるぐらいなら、死んだほうがましだ。けれど。

「できることなら、ずっと安住の下にいたかった。久秀殿への恩を返したかったし、安住の血を引く葉月と千寿の将来もある。それに、池神殿のこの文……だが、このまま久道殿の下にいては、皆、池神の兵に殺される」

俯《うつむ》いたまま、傑が重い口を開く。

「葉月を差し出し、池神に寝返る。それが、椿木家当主が取るべき一番の策」

続けられた言葉に絶望する。

傑の言うとおり、それより他に、椿木が……傑と千寿丸が生き残る道はない。地獄に落ちることより辛いことでも、これしか――。

「だがな、葉月」

ここで、傑は深い溜息を吐いた。

「この俺が、お前を生かしたまま手放せると思うか？」

「……え？　それって……っ」

背筋に言い知れぬ衝撃が走った。

普段の、陽だまりのような温もりが消え失《う》せた、刃のように鈍く光る山吹の瞳に射貫《いぬ》かれたから。

「葉月が俺以外の誰かのものになる。俺以外の誰かに抱かれる。考えただけで……可笑《おか》しくなりそうだ。そうなるくらいなら」

「す、ぐる……」

「殺す」

山吹の瞳が、いよいよ異様な光を放つ。

「どんな手を使ってでも、俺がこの手で必ず殺す。葉月は俺のもの……俺だけのものだっ。どこにも行かせない。誰にもやらない……っ」

気がつけば、葉月は傑に飛びつき、唇に嚙みついていた。

「葉月……」

「殺してくれ」

しがみつき、傑の唇を舌でなぞりながら囁《ささや》く。

「傑殿だけの、俺にしてくれ。傑殿を苦しめるだけの道具にされる前に……離さないで……俺を、誰にもやらないで……ぁ」

懇願すると、床に押し倒された。

そのまま、性急に寝間着を脱がされ、暴かれた素肌を愛撫《あいぶ》される。

よく知っている傑の愛撫の感触に胸を掻きむしられながら、葉月も傑へと手を伸ばし、服を脱がせる。

そんな自分に冷静な自分が呆れ、叱責する。

お前はそれでも、椿木家を背負う当主の妻か。千寿丸の母親か。

お前のなすべきことは、可笑しくなった夫を正気に戻し、池神に行くことだ。それなのに……椿木の家が、可愛い千寿丸がどうなってもいいのか。

激しく詰り、これまでずっと良くしてくれた椿木家の者たちや、千寿丸の笑顔を思い出させてくる。

胸が抉られるほどに痛む。その痛みさえも振り切って、傑の直垂を脱がせたが、晒された傑の肌を見た刹那《せつな》、葉月は息を止めた。

傑があの四カ月の遠征から帰ってきて以来、初めて見たその肌は、無数の傷跡が刻まれ、ぼろぼろだった。

嫁いできた頃も傷だらけだったが、今はもっと酷くて……っ。

初めて、傑の素肌を見た時。傷だらけの肌を痛々しく思って、これ以上傷が増えないよう、嫁の自分が守ってやろうと優しく抱き締めた。それなのに。

自分のせいで、傑は身も心も傷ついた。こんなにも壊れた。

自分は傑にとって、害悪以外の何者でもない。

その事実を突きつけられているようで、身を切られる思いがした。

それでも、傑に手を伸ばさずにはいられない。

傷だらけの体に腕や足を絡《から》め、ほのかに色づいた肢体を擦《こす》りつけて、

「すぐ、る……ぁッ。んん、ぅ……ふ。……は、ぁ」

数カ月ぶりの逢瀬だったが、葉月の体は傑の愛撫にいとも簡単に蕩《とろ》けた。

口づけだけで腰が砕け、体臭を嗅《か》いだだけで酩酊《めいてい》し、乳首を弄《いじ》られただけで勃起する。

菊座に指を少々強引に埋め込まれても、痛みは少しだけで、難なく受け入れた。それどころか、細い腰を浮かせて擦りつけ、内部の襞《ひだ》まで蠢《うごめ》かせて、ぐちゅりぐちゅりと音を立てるほどにしゃぶりつく。

数カ月ぶりでもはっきりと覚えている傑の指の感触と愛撫の動きを、内部で噛み締める。

傑の指が動くたび、快感がさざ波のように広がる。眩暈がするほど気持ちがいい。

しかし、快感でより敏感になった体が、よりいっそう傑の感触を感じていくほどに、胸が圧《お》し潰されるほどに痛んで、涙が溢《あふ》れ出てきた。

こんな状況においても、傑を浅ましく求めずにはいられないのは、自分が傑のつがいだから？

つがいにされた白銀は、相手の山吹だけを求め、受け入れる体に作り替えられる。

だから、傑以外の人間と肌を合わせるなどと、想像するだけでも全身が強張《こわば》り、吐き気を催して、傑にその不快感を消してもらおうと躍起になっている？

だから……己に課せられた、あらゆる責務から顔を背けて、傑以外の誰かに抱かれるくらいなら死にたいと渇望している？

全ては、つがいとしての性《さが》のせい？　ならば、傑がこれほどまでに葉月を手放せないと思ってしまうのも、そのせい？

だったら、つがいにさえならなければ、こんなことにはならなかった……？

葉月は池神に行く覚悟ができて、傑はここまで傷つかずにすんだ。

そうなのだとしたら、自分はなんということをしてしまったのだろう。

自分はただ、傑との深い繋《つな》がりがほしかった。

そうすれば、傑の心の奥深くに触れることができる。ずっと一緒にいられる。そう思った。

それだけしか、考えていなかった。

その浅はかさが、こんな事態を招いたなんて。

「す、ぐ……はぁっ……んぅ……あ、ああっ。傑……すぐ、る……う、ううう」

「葉月……」

「あ……す、すまぬ。俺は……ぁ、あっ」

両手で顔を隠して声を震わせていた葉月は、内部に埋め込まれていた指を引き抜かれて、切なげな声を漏らした。

顔から手を離し、恐る恐る見上げてみると、こちらを見下ろす山吹の瞳と目が合った。情欲に濡れたその目はあまりにも獰猛《どうもう》で喉をひくつかせていると、足を抱えられた。

「す、ぐるど……ぁ」

視線を絡ませたまま、ひくつく菊座に猛《たけ》る楔《くさび》の先端を押しつけられる。

そのまま、ゆっくりと押し入ってくる。

甘い痺《しび》れが背筋に走って、思わず顎が跳ねあがったが、すぐさま顎を摑まれ、再び顔を向き合わさせられる。

「ぁ……傑、殿……どう、して……ああっ」

じわじわと、楔がねじ込まれる。熱く熟れた内部を擦り、襞を抉るように。

それだけでもたまらないのに、快感に身悶える自分を余すことなく凝視されるのだ。

羞恥《しゅうち》で全身の血が沸騰する。しかし、今はそれさえも強烈な快楽でしかなくて、

「す、すぐ……あ、ああっ」

先端が最奥に達し、突き上げられた刹那、目も眩《くら》むような衝撃が走り、目の前が真っ白になった。

勢いよく白濁を吐き出す。

それでも絶頂は引かず、葉月は長らく精を吐き出し続けた。

ようやく射精が収まった頃、葉月はいまだに身の内を焼く快感に息を乱しつつ眉を下げた。挿入されただけで達《い》くなんて、自分はどれだけ、つがいの性に振り回されて――。

「『つがいにさえならなければ、こんなことにはならなかった』？」

そろりと言われた問いかけに、息が止まる。

「『俺とつがいにならなければ、傑殿は冷静な判断ができた』？　『こんなに可笑しくなったりしなかった』？」

「あ、あ……傑、殿……」

「違う」

傑が顔を近づけてきた。そして、両の目を細めて、

「葉月。俺は初めて逢った時から、お前の虜《とりこ》だ」

そう言った。

「この想いが、つがいの性程度で変わったりするものか。葉月へのこの想いは、俺だけのものだ。誰にも、何にも変えられやしない」

「ぁ……ほ、んと…に？　……ぁ、ああっ」

訊き返す葉月を抱え、傑が上体を起こす。

向かい合うようにして、座る傑の上に座らされる。繋がったままだったから、結合はよりいっそう深くなって、思わず背が撓《しな》ったが、

「すまない。こんなふうにしか、お前を想えなくて……それでもっ」

掻き抱かれ、下から容赦なく突き上げられる。

「好きだ……葉月は、誰にもやらない。誰にも……っ」

息もできないほど強烈な快感が全身を貫く。だが、心は……それ以上の悦楽に溺れていた。

（ああ……傑殿。そなた、なんということを言うのだ）

この常軌を逸した激情はつがいの性によるものではなく、傑自身の想いゆえ。

本当は、違うのかもしれないが、傑はそう言い切ってくれた。葉月への想いは自分だけのもの。誰にも、何にも変えられやしないと。

傑が愛《いと》おしくてたまらない葉月にとって、これ以上の睦言《むつごと》があるだろうか。

「ぁ、ああ……す、ぐ……おぎ…まる……荻丸《おぎまる》っ」

気がつけば、葉月はその名を呼んで、傑にしがみついていた。

ただただ嬉しかった。子どもの頃からずっと恋焦がれていた傑にこんなにも想われて。

なんて、素敵なことだろう。幸せなのだろう。本気で、そう思った。

すると、心の中で誰かが呟く。こいつも壊れたと。

背負うものが重過ぎて。この世があまりにも理不尽過ぎて。そして、傑からの深過ぎる愛に圧し潰されて、壊れてしまったと。

そうなのかもしれない。だが、それでも……今は、構わなかった。

「ぁ、あぁ……す、ぐ……おぎ、まる……荻丸っ。す、きだ……すきっ。俺も、ずっと……おぎ、まるだけ……あぁっ」

傑にしがみつき、浅ましく腰を振りながら、葉月は切々と訴え続けた。

こんなふうにしか愛せない自分ですまないなどと詫《わ》びてくる傑に、詫びる必要なんかない。嬉しいよ。大好きだと。


その後、葉月は何度も達かされ、精を身の内に注がれた。

「もう無理だ。許して」と泣いても止めてもらえず、何度も何度も。

ああ、自分はこのまま殺されるのだ。白濁にまみれて遠のいていく意識の中で思った。

しかし、次に目覚めた時。

「起きたのか」

目を開くと同時に、こちらを覗き込んでくる傑と目が合い、ぎょっとした。

まさか、自分を殺した後について、後追いしてしまったのか?

とっさに思ったが、上体を起こしてあたりを見回してみれば、そこは見慣れた二人の寝所。

次に体を見てみれば、事後の始末もきちんと施され、寝間着もしっかり着せられている。

「殺すと言うたくせに、結局このざまか」

笑ってしまった。

けれど、傑は笑わない。葉月の顔を拭いていたらしい手ぬぐいを握りしめて項垂れる。

「……すまない」

俯いたまま、暗い声で言われてはっとした。そうだ。笑い事ではなかった。

「す、すまぬ。責めておるわけではないのだ。だが、その」

「葉月が可愛過ぎて、話の途中で我を忘れた」

「うむうむ。そうだな。俺が可愛いのはしかたが……は？　と、途中？」

訊き返すと、傑は顔を上げ、姿勢を正した。

「俺には、愛しい葉月を差し出すことなどどうしてもできない。だが……一億歩譲って、葉月を差し出し池神殿についたとしても、ただの一時しのぎに過ぎない」

「え……」

「こんな要求を俺に突きつけてくるぐらいだ。きっとろくな扱いはしないだろうし、今度は久道殿が椿木を攻めると言い出す。自分に恥を掻かせたと激怒してな。勿論、池神殿は助けてはくれまい。そうなれば、今度こそ椿木は潰れる」

「そ、そんな……」

崩れ落ちる。椿木を救う唯一の手段でさえ、その場しのぎでしかないなんて。

「では……では！　我らは、一体どうしたら」

「ゆえに、安住の助けなしで池神を迎え撃つ道を、俺は選ぶ」

狼狽する葉月に、真顔で告げられたその言葉。葉月は目をぱちくりさせた。

「……。……悪い。もう一度言うてくれぬか」

「安住の助けなしで、池神を迎え撃つ」

「……。……はあっ？」

繰り返された言葉をゆっくりと咀嚼《そしゃく》した直後、葉月は素《す》っ頓狂《とんきょう》な声を上げた。

「そなた、何を申しておるっ？　先の池神軍一万との戦、勝てはしたが、それは安住の援軍二千による奇襲があったればこそ。我らの手勢九百……今はちょっと増えて千二百だが、それだけではとても」

「葉月。数が違う。此度の池神の軍勢は一万六千。我らの兵は、久道殿の命に従い、兵を二百ほど出すから、総勢一千だ」

「ああ、そうか。兄上の命を忘れて……はあっ？」

驚きのあまり声がひっくり返った。

「助けてもくれぬ兄上の命に従うだっ？　しかも、二百も出すだなんて」

「あの方のことだ。命に背けば即刻、謀反《むほん》とみなして近隣の国人衆に『椿木を討ち取れ』と命を出す。その対処にかかる労を思えば、二百は安い」

「ああ……まあ、そう言われれば。しかし」

「それに、邪魔者も排除できる」

邪魔者？　葉月が首を傾《かし》げると、傑は胡坐《あぐら》を掻く膝に頬杖《ほおづえ》を突いた。

「俺を追い落とそうとしている連中のことだ。その中の、特に面倒な連中を引き連れて、隼に遠征してもらう。腹に一物《いちもつ》を抱えた輩《やから》を抱えての籠城《ろうじょう》は疲れる」

「此度は、籠城する気か？　う、うーむ」

圧倒的人数差のある相手と戦をする場合、籠城戦に持ち込むのは定石だ。

しかし、籠城はあくまでも、遅れてくる援軍が来るまでの時間稼《かせ》ぎに過ぎない。久道が援軍を出さないのであれば、この策は成立しないのでは？

というか、籠城するための兵糧《ひょうろう》は？　領民に重税をかけぬために色々切り詰めてきた上に、稲刈り前ということもあって、蓄えなんかほとんどない。

池神は安住からの援軍もない椿木など怖くないとばかりに、早急に攻めてくるだろうから、兵糧を確保している時間だってないはずで――。

あれこれ訊き返そうとしたが、傑がそれよりも早く、

「ああ。この蒼月城《そうづきじょう》に俺たち一千と、領民四千と立て籠《こ》もって戦う」

そんなことを言い出したので、その問いは頭から吹き飛んだ。

「領民……四千っ？　芳実荘に住む者すべてを城に引き入れると申すかっ」

「実際は六千だが、呼びかけに応じるのはそれくらいと踏んでいる」

敵は領内に侵入すれば、必ず村を襲う。

領民たちを殺し、食糧や財産を根こそぎ奪い取り、家を焼き、田畑を踏み荒らす。運よく生き残っても、この地の冬は早いし厳しい。全てを奪われ、家無しとなれば必ず死ぬ。

「領民は国の宝だ。彼らがいなければ我ら武士も生きてはゆけん。せめて命と、持ってきた食糧と家財だけでも守ってやらねば」

その理屈は分かる。城に匿《かくま》うことも……この三年間、生活費を削りながらも城の増築を進めてきたから、そのくらいは入れるだろう。

しかし、そうは言っても、戦えない、兵糧を食いつぶすだけの人間を大勢抱えて籠城するなど自殺行為だ。そんなことは傑だって分かっているはずだと、目玉が飛び出しそうなほど目を剝《む》く葉月に、傑は両の目を細める。

「そんなに長く籠城するつもりはない。二月でけりをつける」

断言する。あまりにも揺らぎのない言い草に、葉月は目を白黒させた。

「二月……それだけ耐え忍べば勝てると申すか。安住の援軍なしに」

「そうだ。そのためにも、領民たちの力がいる」

「と、言うと？」

「池神殿は俺が与《くみ》せぬと見て取れば、直ちに兵を挙げる。兵数は圧倒している。安住からの援軍もない。早急にけりがつくはずだ。籠城されても、近隣の村を乱取りして、兵糧を確保すればいいと、ろくな準備もせずにな」

そこまで言われて、葉月はアッと声を漏らした。

城に避難しろと言えば、領民たちは必ずありったけの食糧を持ってやってくる。そうなれば、兵糧を現地調達しようと目論《もくろ》む池神の当てが外れるし、こちらの兵糧補給の手間も金子《きんす》も省ける。と、そこまで考えて、葉月は手を打った。

「そうじゃ。すぐに稲刈りをするよう百姓に触れを出そう。十日ほど時期が早いが、今年の米が確保できれば」

せっつくと、傑は嬉しそうに微笑んだ。

「やはり葉月は利発だ。心配するな。その触れはもう出した」

「もうっ？」

葉月が呆《ほう》けた声を出すと、傑が眉を寄せる。

「この俺が分かり切っている脅威に、何もせずにいられると思うか？　俺は、敵の素性や兵力をろくに調べもせず、ただ兵を掻き集めて暢気に構えていた帝とは違う」

生真面目《きまじめ》にそう言う傑に、葉月は顎が外れそうなほど口をあんぐりさせた。

「竹取物語の帝に対してかようなことを思うのは、傑殿ぐらい……いやいや、そうではなくて！　そこまで考えていたなら、さっさと教えろ。黙っているなんて酷いぞっ」

ここ数日、どれだけ自分が思い悩んだと思っている！　思わず言い返すと、傑の表情がますます曇る。

「兄を信じて切々と文をしたためるお前に、こんなこと言えると思うか？」

「そ、それは」

確かに、こんなふうに思えるのは久道を完全に見限ったからこそのことで……駄目だろうと思いながらも、それでも兄を信じたいと切実に思った数日前に、久道を見限った時の準備を進めていると言われたら、自分はどう思った？　もしもの備えを整えておくのも領主の務めだ。しかたないと思いながらも深く傷ついたのでは？

そして、もし立場が逆だった場合、自分は傑にそのことを話せたか？

葉月が何も言えずにいると、傑は小さく息を吐き、視線を遠くに投げた。

「それに……正直に言えば、この手だけは使いたくなかった。家臣どころか、領民まで危険に晒す。領内は踏み荒らされるし、村は全て焼かれる」

言われてみれば、こんな手、傑らしくない。

どうしてこのような戦法を選んだのか……いや、違う。

選んだのではなく、選ばざるを得なかった。それだけ、椿木家は……傑は、窮地に立たされている。苦悶《くもん》の横顔が、如実にそう語っていた。

「そこまでして選ぶ道か。池神についてもいずれ椿木は潰れるなんて、体《てい》のいい言い訳じゃないか？　俺はただ、葉月を失いたくないという我儘《わがまま》を通そうとしているだけじゃないのか？　そんな迷いを葉月に聞かせるのは酷だし、罪の片棒を担がせるようで嫌だった」

「……」

「だから、俺一人で決めた。この道を選ぶと、俺が決めた……っ」

「馬鹿荻丸」

悲壮な表情で切々と語る傑の肩を、葉月はぺしっと叩いた。

「いつまでさような他人行儀な遠慮をする。言うてやったろう？　我らは夫婦。地獄へは二人で行こう。傑殿となら、地獄でも楽しいゆえ構わんと」

努めて明るい声で言ってやった。それでも、傑の表情が暗いままでいるものだから、

「それにだ。意地が悪いぞ。さように愉快なことを黙っておるなど」

いたずらっ子のような笑みを浮かべ、肘で小突いてやる。

「それは……は？　ゆ、愉快？」

訊き返してくる傑に、葉月は「そうだ」と、鼻息荒く答える。

「俺はずっと思い込んでいた。波留国の国人衆は、安住と池神、どちらかにつかねばならぬ宿命だと。だが、傑殿はどちらにも頼らず己《おの》が力で道を切り開くという。あの底意地悪く、偉そうにふんぞり返っている連中に一泡吹かせられる。これほど痛快で愉快なことがあるか。皆もきっとそう思うぞ。あははは」

これは、強がりでも何でもなく本気だった。

久道や池神の、理不尽で不愉快な我儘を聞き続けるのはもううんざりだ。今度は自分たちが思い切り好き勝手してやる番だ。

そう思うと、実に気分爽快だ。これまでの絶望感が嘘のよう。

「それは……しかし、言っただろう？　この策を取ることで、領内が……」

「そんなもの、勝てば誰も文句は言わん」

あっさりと言ってのけ、ぎょっと目を剝く傑を鼻で笑ってやる。

「傑殿は俺をかぐや姫とよく言うが、俺は月に帰らねばならぬとめそめそ泣いてばかりのか弱い姫とは違うぞ？」

さあ、俺の可愛い傑殿を苛めた池神を叩きのめすぞ！　と、両腕を勢いよく突き上げる。

傑はますます呆気《あっけ》に取られた顔をしたが、しばらくして額に手を当て苦笑した。

「本当に……葉月には敵わない」

と、この時の傑は実に殊勝な態度だったが、翌日、葉月は度肝を抜かれた。

傑はすでに、籠城戦のことも領民たちを匿うことも全て、家臣たちに表明し、了承を取りつけていただけでなく、隼を大将とする遠征部隊編成もすっかり整えていた。

隼の遠征部隊を送り出し、領内に稲刈りが終わり次第城内に避難してくるよう触れを出した時も、特に大きな混乱もなく……というか、領民たちは稲刈りも荷造りもとっくに終えていて、ありったけの食糧と家財道具を抱えてさっさと入城。

さらに、発情期が明けて、葉月が領民たちの受け入れを手伝い始めてから分かったことだが、避難してきた領民たちを城内でどう寝泊まりさせるかも綿密に決められていた。

この用意周到っぷり。相当前から準備していたに違いない。

葉月には一切悟らせずに。それを思うと、憤りを覚えずにはいられないが、それは傑に対してではなくて——。

「そのような不貞腐《ふてくさ》れた顔をなさいますな」

次々と入城してくる領民たちを高台から見つめる葉月の横に控える三十郎が窘めてきたので、葉月はちらりと三十郎を一瞥《いちべつ》した。

「三十郎。そなた、このことを知っておったのか」

いつも無駄におろおろしている三十郎が、いやに落ち着いているのでそう尋ねると、三十郎は「まさか」と苦笑した。

「葉月様にさえ言わぬことをどうして私ごときが。私が知っているのはただ一つ、この三年ずっと……傑様が葉月様と若様を守ろうといかに苦心してこられたか、それだけです」

「っ……それは、俺とて知って」

「いいえ、葉月様は百分の一も知っておられません。私がこれまで傑様からどれほど、葉月様たちへの配慮のことで命を受けてきたか。一日に二十、三十は当たり前ですぞ？」

意外過ぎるその言葉に、葉月は目を丸くした。

「へっ？　さ、さように……？　俺の知らぬところで……三十郎ばかりずるい……」

「なにゆえさような結論になるのですっ？　とにかく、傑様は葉月様と若様のことを案じておられました。今のことも、これからのことも」

これからのこと？　葉月が首を傾げると、三十郎は肩を竦めた。

「葉月様は、自分はもう傑様の妻、若様の母。それ以外の何者でもないとおっしゃいますが、やはり……葉月様は安住久秀の息子、安住久道の弟であり、若様はその孫、甥《おい》っ子《こ》なのでございます」

椿木と安住が繋がって初めて、二人の地位は約束され、安寧が保たれる。しかし、その関係が切れてしまえば、二人に待っているのは茨《いばら》の道しかない。

池神に寝返るなら、葉月との離縁は大前提。仮に上手く免《まぬが》れたとしても、安住の血を引く葉月と千寿丸は、椿木家ではただの厄介者でしかない。

また、安住と戦うとなれば、葉月は親しかった者たちと殺し合い、敬愛する父が築いた安住に弓引くことになって……。

「とにかく、辛いことばかり。そのような道、どうしても歩ませたくない。できることなら安住様に仕え続けたい。常々、そうおっしゃっておられました」

葉月の胸はぎゅっと詰まった。

頭のよくない自分は、傑の嫁としての責務を果たすことにいっぱいいっぱいで、他のこと

や先のことなんてほとんど考えていなかったが、傑はそこまで自分と千寿丸のことを考えてくれていたのか。それなら、

――久秀殿がくれたこの縁、俺は何が何でも守りたい。葉月の、よい夫になりたい。千寿丸のよい父になりたい……っ。

三年前、呻《うめ》くように言ったあの言葉は、久道を無能と見切りながらも、何とか安住との繋がりを保ち続けられる活路を見出《みいだ》したいと言う、切なる思いの丈だったのかもしれない。

だからこそ、もしもの時の準備を整えながらも、この三年間、傑は久道の下で耐えに耐えた。領民を巻き込むという奥の手を使わざるを得ないぎりぎりのぎりぎりまで……葉月と千寿丸に辛い道を歩ませたくないという一念を、己だけで抱え続けて。

つくづく、そんな夫の苦悩に気づけなかった愚かな自分と、安住からの嫁という己の立場に憤りを覚えずにはいられない。しかしだ。

「傑様が何もおっしゃらなかったのは、葉月様をお大切に思うてのことでございます。ゆえに、くれぐれもお責めにならず」

「三十郎」

宥めるように言ってくる三十郎の言葉を、葉月はやんわりと遮った。

目を閉じる。安住の家で関わってきた全ての人間の顔と安住での思い出が、次から次へと瞼《まぶた》の裏に浮かんできた。

最後に、久秀の顔が浮かぶ。「安住のため、椿木傑を見事討ち取って参れ」と、葉月を送り出した時の笑顔が。

（父上。許してくれとは申しません。あの世で会うたら、とことんやり合いましょうぞ）

胸の内でそう呟くと、振り切るように目を開いた。

「俺は此度の戦、必ずや大手柄を立ててみせるぞ。安住などという後ろ盾などなくとも……安住を敵に回しても、俺は立派に傑殿の妻を務められる強い男だと、天下に……そして、傑殿に思い知らせてくれるっ」

「安住を敵に回しても……では、葉月様」

驚きの声を漏らす三十郎に、葉月は深く頷いてみせた。

「此度のことで、俺は腹を決めた。もしこの後、椿木と安住が敵対することになったら、俺は迷わず傑殿につく。親不孝者、兄殺しの罪を背負おうとも……世話になった安住の者たちと殺し合うことになっても、傑殿についていく」

「……」

「これは、俺の完全な我儘だ。ゆえに、そなたが付き合うことはない。親兄弟で殺し合うなどおぞましいことぞ。そなたは親兄弟のいる国元に帰って」

「馬鹿なことを」

ぴしゃりと撥《は》ねのけるようにして、三十郎は言った。

「私がお仕えする主《あるじ》は葉月様ただお一人。この想い、生涯変えるつもりはございません」

「三十郎……しかし」

「以上でございます」

きっぱりと言い切る。あまりにも揺るぎない声音に面食らって、とっさに何も言えなかったし、しばしの沈黙の後出てきた言葉も、

「……ふーん」

たったそれだけ。それでも、生まれた時から葉月に付き従うこの男には十分だったようで、嬉しそうに笑って頷く。

何とも言えない気恥ずかしさを覚え、目を逸《そ》らす。

その視線の先にあったのは、城内に溢れかえる領民たちと、彼らが連れてきた家畜。それから、普段各々の城や屋敷に住んでいる、武や、家臣たちとその家族の姿。

傑曰《いわ》く、領民だけでも六千人集まったそうで……つまり、芳実荘に住むほぼ全員が傑の呼びかけに応えて集まったということだ。

一千の椿木に池神の一万六千が攻めてくると知れば、普通は一目散に逃げ出す。

それなのに、こうして傑の許に集まってきた。傑なら、必ず自分たちを守ってくれると信じて、こんなにもたくさん。

そう考えると、とても喜ばしいことではあるが、傑の計算が狂ったことに間違いはない。

ならば、二月でけりをつけるという読みも、どこまで当てになるか……いや。当てになるか？　ではない。実現させるのだ。

（どんな手を使ってでも勝ってやる。負けるものか……負けるものかよっ）

領民の童たちと無邪気に遊ぶ千寿丸と藤久郎を見つめ、葉月は拳を握り締めた。

池神軍の先行隊が領内に攻め込んできたのは、領民たちの避難が完了した直後だった。先行隊といえども五千の大軍。傑が家臣たちに池神と戦うことを表明して、わずか一数日後のことだ。普通は二十日近くかかるものなのに、何という電光石火。

池神軍が小さな芳実荘に攻め込んでくるさまはさながら雪崩《なだれ》のようで、見ているだけで悪寒が走った。

その光景は山の上に立つ蒼月城内からよく見えた。藤久郎が「きゃあ」と悲鳴を上げて千寿丸にしがみつく。

「ううう……せ、せんじゅしゃまは、とーくろーがまもいましゅう」

「と、とーくろー、あんずゆな。こ、こ、これくらい、なにほどのことはない！」

いつも強気な千寿丸でさえも震えるほどの光景に、葉月は内心はらはらした。こんなものを見たら、領民たちは気が動転し、混乱が起こるのではないかと。

案の定、領民たちは震え上がって、その場に立ち竦んでいる。

まずい。これでは、ちょっとしたことでも大混乱になると息を呑んでいると、

「馬引けえっ」

その場の凍りついた空気を切り裂くような、鋭い大声が木霊した。振り返ってみると、馬に乗った甲冑《かっちゅう》姿の傑が見えたものだから、葉月は慌てて駆け寄った。

「す、傑殿。その格好はいかがした……」

「出陣する」

さらりと返されたその言葉に、葉月は両目が飛び出しそうなほどに驚愕した。

「はっ？　出陣って、籠城するのでは……」

「皆の者！」

狼狽する葉月から領民たちへと目を転じ、傑が叫ぶ。

「我が軍の戦いぶり、とくと見ておけ。お前たちは必ず守ると言うた我が言葉が誠であること、証明してみせようほどにっ」

勇ましく宣言すると、再び葉月に目を向ける。「留守を頼む」と端的に告げると、傑は鐙《あぶみ》を蹴《け》った。

「出陣じゃ！　門を開けいっ」

放たれた矢のごとく駆け出す傑に、傑の背後にいた兵たちも声を上げて続く。

あっという間に門の外に消えてしまった傑たちに、その場にいた全員が絶句した。

葉月も当然呆気に取られたが、すぐに怒りが込み上げてきた。

（領民たちと籠城すると言うたり、五千の敵兵に突っ込んでいったり、何なのだっ？　傑殿は勝手が過ぎる！）

絶叫したくなったが、怒っている場合ではない。

「全員持ち場につけっ。領民たちはできるだけ城壁から離れろ。矢が飛んでくるぞ」

「葉月様！」

大声で人々を誘導して回っていると、三十郎が血相を変えて駆け寄ってきた。

「椿木家当主のご正室様が何をしておられるのです。ここは危のうございます。若様たちとともに奥へ……」

「煩《うるさ》い！　俺は傑殿に留守を任された。奥でぬくぬくとしておれるか……おお、そうじゃ。

童たちを千寿たちのいる奥へ連れていけ。狭いが、童だけなら何とかいける」

ぽんっと手を叩く葉月に、三十郎は「はあっ？」と大声を上げた。

「領民を城の奥へ？　何を訳の分からぬことを」

「傑殿は皆と約束した。池神軍から守ってやると。ならば、傑殿がここにおれば俺と同じことを言うたはず。全力で民を守れと。ゆえにがたがた抜かすなっ」

そう叱《しか》り飛ばすと、葉月はぽかんと口を開いている領民たちへと振り返った。

「というわけだ。さあ、早う童たちを奥へ」

と、葉月が懸命に城の守りを固めているうちに、椿木軍は池神軍に突撃した。

椿木軍は籠城を決め込むと高を括《くく》り、村で家々を物色していた池神軍は完全に意表を突かれた。

そこへ、入り組んだ地形のため、大軍では身動きが取りづらかったこともあり浮足立つ。

そこへ、あらかじめ潜伏させておいた伏兵が背後を突いたことにより、池神軍は総崩れ。

潮が引くように退《ひ》いていった。

そのさまを固唾《かたず》を飲んで見守っていた領民たちは皆喝采《かっさい》を上げ、椿木軍が帰還すると歓声をもって出迎えた。

傑の無事な姿を見てようやく葉月も安堵の息を吐いたが、すぐに怒りが込み上げてきた。

「勝ったのはめでたき限りではあるが、傑殿は勝手ぞ」

俺にはいつも何も教えてくれん！　と、甲冑を脱がせてやる時にちくりと文句を言ってやると、傑は苦笑した。

「すまん。教える暇がなかった」

「暇がなかった？　嘘をつけ。伏兵を置いておくほど用意周到な出陣であったくせに」

「……確かに、伏兵は万が一のために置いておいた。だがな」

傑が首を捻る。どうしたのかと尋ねると、傑はますます首を捻って、

「実を言うとな。俺は出陣する気なんかなかった。気がついたら出陣していた」

そんなことを言うので、今度は葉月が首を捻った。

何だ、その訳の分からない言い訳は？　と、思っていると、

「おかた様、今、殿様に理由を聞かれても無駄でございます」

そばに控えていた忠成が苦笑した。

「戦場においての殿様は、しばしば先ほどのような突拍子もないことをなされます」

「しばしば……此度に限ったことではないと？」

「はい。で、我らがなにゆえあのようなことをとお聞きしても、『気がついたら体が動いていた。不思議だ』とおっしゃる。しばらくすると、『よく考えてみれば、こういう理由であった』と、教えてくださる。なので、もう少しお待ちを」

これまたよく分からない説明に、葉月はますます首を捻る。

行動した後に己の行動を理解する。そんなことがあるのか？　と、訝しく思うばかりだったが、夜、二人で床に就こうとしたところで、傑は不意に「ああ、そうか」と声を漏らした。

「俺は、池神殿のお考えを変えたかったんだ」

「は？　何のこと……ああ、昼間の出陣の話か。池神の考えとは」

「先行隊の動きを見るに、本陣が到着次第、蒼月城に総攻撃を仕掛ける気配がした。二月は粘りたい俺としては、それは困る」

「……『迂闊《うかつ》に攻め込んでは面倒なことになる。兵糧攻めに持ち込んだほうがよさそうだ』

と思わせるために、飛び出していったと？」

「そうだ。連中は乱取りにうつつを抜かしていたし、敵を蹴散《けち》らしてみせて、領民たちを安堵させてもおきたかった。あの数に暴動を起こされたら一巻の終わりで……そうだ。それで、俺はあそこで出ていったんだ、うん」

こくこく頷き、一人納得する。葉月は唖然《あぜん》とした。

あの一瞬で、そこまで考えて決断したのか。それだけでも驚きだが、その判断が時間を置かなければ理解できないなんて。

「頭の回転が速過ぎて、意識が追いつかない。と、いう感じか？」

傑は思案げに腕を組んだ。それから少し考えた後、

「例えばだ。鷹が獲物を見つけ、捕らえたとする。その間、鷹は何を考えていると思う」

俯いたまま、そんなことを言い出した。なぜ、いきなりそんなことを？　よく分からなかったが、とりあえず考えてみる。

「そうさなあ。まずは、食えるかどうかであろう？　次に、見つからぬよう気を配りつつ、どう近づくか考えて……」

「何も考えていない」

独り言のように呟く。

「考えるより先に、急所を探している。見定めた瞬間体が動いて、気がついた時には、喉元

に爪を立てている」

ひどく虚《うつ》ろな声で淡々と呟く山吹の瞳は、異様な光を帯びていた。さながら、獲物めがけて急降下する鷹のそれのような。

あまりの獰猛さに内心どきりとし、胸がひどくざわついた。しかし、葉月はそれを振り払うように、盛大に噴き出してみせた。

「言うに事欠いて、己を鷹に例えるとは。弱気なのか自信家なのか、どちらかはっきりせい」

笑いながら抱き寄せる。傑はふと我に返ったように瞬《まばた》きしたかと思うと、「そう言われると恥ずかしいな」と言って、小さくはにかんだ。その時の傑は自分がよく知る傑だったが――。

その後も、傑は何の前触れもなく突如駆け出していくことが何度かあった。

そして五日後、池神の本隊が到着し、兵糧攻めの布陣を敷いた。

傑の思惑通りだ。けれど、傑はにこりともしない。

ただ、高台から一望できる一万六千の大軍を凝視する。獲物の急所を探る鷹のように。

葉月には馴染《なじ》みのないその横顔を見つめていると、脳裏にふと久秀の言葉が過《よぎ》った。

――わしの中には、人としてのわしと、武将としてのわしという二人の人間が息づいておる。武将とはさようなもの。傑とて、例外ではない。いや、彼奴は武将などという生易しいものではない。化け物じゃ。この乱世が生み出した恐ろしい化け物。

（……化け物）

その言葉を胸の内で反芻《はんすう》させた刹那、山吹の瞳がぎらりと光った。

その後、傑は忠成を呼び出し何やら耳打ちした。

頷いた忠成がわずかな兵を率いて城を出る。それから程なく地鳴りがあたりに響いた。

傑があらかじめ作らせておいた堰《せき》を、忠成たちが切ったのだ。

堰が切られ、雪崩《なだ》れ落ちた土砂は芳実荘から池神領へ続く最も大きな道へと流れ、潰してしまった。

当てにしていた芳実の領民たちの食糧は、全て蒼月城に運び込まれてしまっていたため、自国から兵糧を運び込もうとしていた池神軍は慌てた。今まさに潰れた道を使って、兵糧を確保しようとしていたからだ。

しかたなく、他の細い道を使い、少数部隊で食料を運ばせたが、その道にはすでに椿木の伏兵が待ち構えていた。

少数の、しかも大して武装していない荷車隊は、次々と椿木軍の餌食《えじき》となり、運んでいた兵糧もことごとく奪われる。

池神軍はたちまち慢性的な食糧難に陥った。

相手を食糧難にするだけでなく、自分たちの兵糧も増やせる。実にいい手だが、葉月には一つの危惧《きぐ》があった。

食糧難になったことで痺れを切らした池神が、総攻撃をかけてくるのではないか？

進言しようとしたが、それより早く傑は動いた。

なんと、兵糧を奪われた腹いせにと、池神軍が城に火矢を打ち込んできた際、自ら兵糧庫に火をつけた。

勿論、兵糧はすでに別の場所に運んである。それでも家来たちに「火矢のせいで兵糧庫が！　兵糧が！」と大騒ぎさせながら火を消させた。

この事件は瞬《また》く間に城内に広がり、ちょっとした騒ぎになった。

そんな中、傑は葉月を呼び、文を書くのを手伝ってほしいと言ってきた。

「『援軍を寄越すゆえ、しばらく籠城して持ち堪《こた》えてくれと兄上が言うたゆえ籠城したのに。兵はいつ出していただけるのですか。早く来てください。池神に兵糧庫を焼かれてしまったのです』そう書いてくれ」

「さような文を兄上に送ったら、『嘘を吐くな。俺は援軍を寄越すなど一言も言っていない』と怒られるのがオチだと思うが」

「久道殿には送らない。細工して、池神殿に届くようにする」

池神に？　と呟いて、少し自分で考えてみる。しばらくして、葉月はぽんっと手を打った。

兵糧庫の件は、すでに領民の中に紛れ込ませた間者《かんじゃ》より聞いているだろう。ならば、先ほどのような文を読めば、椿木は来もしない援軍を当てにし、蓄《たくわ》えも残り少ない、切羽詰《せっぱつ》まった状態だと、池神に確信させることができる。

そう言うと、傑はいつものように「葉月は利発だ」と褒めてくれた。いつもなら、誇らしげに鼻を鳴らしているところだが、

「『あともう一息だ』そう思い込んだ人間は、常軌を逸した無理も平気でする」

ぼそりとそう呟いた傑の顔に内心震え上がり、久秀が言っていた「化け物」の意味が今、はっきりと理解できた。

頭の回転が異常に速く、人の心の機微を熟知していて、兵糧庫を焼くような大胆さもある。さらには、攻め時は天性の勘が決して逃さない。

（確かに、化け物じゃ）

初めて、戦場で傑とともに過ごして、心の底から思い知った。

久秀があれほど傑を恐れたのも、今なら頷ける。しかし、決してそれだけではない。

「兄上、お加減はいかがでしょうか？」

「おかげで大事ない。ゆえに、毎日来ずともよいし……その分、休んでくれ。戦が始まってこのかた、満足に休んでおらぬだろう？」

「いえ。兄上の元気なお顔を見ぬことには、気が休まりませぬゆえ」

「……ははは。困った弟よ」

どんなに忙しくても毎日欠かさず、病身の武の許に通って気遣い、

「ととしゃま、ととしゃま。みてくだしゃい。せんじゅのつくったゆみ！」

「おお、千寿。よくできている。矢を持っているか？　射るところを父様に見せておくれ」

どんなに疲れていても、千寿丸が駆け寄ってきたら、笑顔で構ってやる。

「はい。みててね？　やああ！　……ええっ？　ゆみ、おれちゃった……ううう。これで、ととしゃまと、かかしゃまといっしょに、せんじゅもたたかえゆとおもったのに」

「はは、ありがとう。千寿にそう思うてもらえて、父様はとても嬉しい……そうだ。今から一緒に新しい弓を作ろうか」

「わああ！　はい。つくゆつくゆ！」

千寿丸が満足するまで、時が許す限り、ずっと。

家臣や領民たちに対しても同様。戦闘時以外はいつも穏やかで、誰に対しても礼節をもって接し続けて……いや。

今だけではない。傑はこれまでずっと、彼らに真摯《しんし》に接し続けてきた。その証拠に――。

池神軍は総攻撃を仕掛けてくることはないものの、火矢を打ち込んできたり、領民の中に紛れ込ませておいた間者の百姓を使い、領民たちの不安や不平を煽《あお》るような噂を流すなど、あらゆる手段を用いて揺さぶりをかけてきた。

領民たちの暴動を誘い、内部から崩壊させるためだ。

しかし、領民たちが揺れることはなかった。それどころか、家臣たちとともに打ち込まれた火矢を消して回り、防具や武具を繕《つくろ》い、少しでも兵糧を増やそうと、井戸を掘ってくれたり、庭を畑にして耕してもくれた。

傑はいつだって、自分たちを守ってくれた。どんなに苦しくても、自分の身を削り、重い税を課したりしなかった。そんな傑の役に立ちたいと、口々に言って。

その光景に、武は眩しいものを見るように両の目を眇《すが》めた。

「両親に死なれ、誰も助けてくれなかったあの頃を思うと嘘のようだ」

「義兄上様……」

「傑は、頑張った。本当に……よくぞ、ここまで頑張った」

噛み締めるように呟く武に、葉月も胸が詰まった。

武の言うとおりだ。傑の幼少期を思えば、今の状況は到底あり得ないこと。それなのに、傑はこの状況を実現させた。

それだけ、傑は頑張った。そして、その努力は報われ、人々の心をも変えた。

やはり、傑はすごい男だ。改めて、強く強く思った。

しかし、傑がいくらすごくても、籠城生活からくる疲労だけは如何《いかん》ともしがたい。

籠城戦が始まり、二カ月が経つ頃には、兵も領民たちも疲労の色が見え始めた。

狭い場所に大人数での共同生活。しかも、敵の大軍からの脅威に常に晒され、連日矢を射かけられる状態。辛くないはずがない。

荒《すさ》む気持ちを紛らわせようと声をかけたり、童たちに字や歌を教えてちょっとしたお遊戯会を開いてみたりと、葉月もあれこれ手を尽くしているが、最近では徐々に減っていく食糧に不安を覚え、食べる量を減らす者が増えた。結果、空腹による苛立《いらだ》ちから、些細《ささい》な小競り合いが増えてきていて、何ともまずい状況だ。

傑も困っているようだし、早急に何とかしたい。

「何かこう、皆の気が紛れる余興でも……三十郎。そなた、皆の前で腹踊りでもせぬか？」

握り飯を頬張りながら何の気なしに言うと、隣で白湯《さゆ》を入れていた三十郎がぎょっとした。

「はあ？　何です、いきなり」

「ほれ、前に千寿と藤久郎が寝ているそなたの腹に落書きしたであろう？　あれはなかなかの傑作であった。そなたが怒って飛び上がるたび、腹に書かれた顔がうねうね動いて、はは。皆もあれを見れば元気に」

「滅茶苦茶です！　というか、私はまだあの時のこと、許してはおりませぬぞ。家来を辱める我が子を諫《いさ》めるどころか、ともに笑うとは親としてあるまじきこと……葉月様、どちらへ」

説教が始まりそうだったので、葉月はその場から退散した。

（ふん。三十郎め。ちょっとした軽口に、あそこまでかっかすることないではないか……）

『お願いでございます』

突如聞こえた悲鳴のような懇願に、葉月は歩を止めた。この声は、いつも傑に作物を持ってきてくれる村長《むらおさ》の声だ。

『後生でございます、お願いでございます』

『助けてやってくだせえ』

また別の懇願が、複数聞こえてきた。それらは、広間から聞こえてくるようだ。広間は確か、負傷者を収容していたはず。

嫌な予感を覚え、広間に向かってみると、寝かされたたくさんの負傷者の真ん中で、薬師の永楽《えいらく》に取り縋《すが》る村長とたくさんの百姓たちの姿が見えた。

「先生様、お願いです。孫を助けてくだせえ。見捨てないでくだせえ」

「う、うむ、わしもできることなら助けたいのだがなあ」

永楽が視線を落とした先には、青い顔をした、二十歳《はたち》ぐらいの若者が苦しげに呻いていた。

「この者は、刺さった矢じりが体内に入り込んでしまっておる。取り出してやらねば命はないが、奥深くに入り込んでしまっておって、もう取り出すことは不可能」

永楽が指し示す二の腕の傷口を見やり、葉月は眉を寄せる。あの傷口、戦場で何度も見てきたから分かる。あれはもう助からない。だが、村長たちは懸命に永楽に追い縋る。

「そんな……孫は、わしを庇《かば》ってこんな。このまま孫を死なせてしもうたら、わしは死んでも死に切れませぬ」

「先生様、助けてくだせえ。最後まで諦《あきら》めないで……見捨てないでくだせえ。本当にいい奴なんです。だからどうか」

相当、皆に愛されている孫なのだろう。何とかしてやりたいが、医者も匙《さじ》を投げるほどの怪我ではどうもしてやれない。

村長の泣き声と百姓たちの哀願で、重苦しい空気が広間に充満する。

その時、広間に誰かが入ってきた。

戦装束に身を包んだ傑だ。葉月と同じように騒ぎを聞きつけてきたらしい。

傑は重く沈んだ空気を切り裂くような、颯爽《さっそう》とした足取りで村長たちに近づいた。

そして、呻いている若者のそばにしゃがみ込むと、その傷ついた腕に手を添えた。

「永楽。矢じりさえ取り出せば、この者を助けられるのだな？」

「え？　あ……はい。それさえできれば。しかし……殿様っ？」

永楽が声を上げた。傑が突如、腕の傷に噛みつき、音を立てるほど強く吸い始めたのだ。

「ぎゃっ」と若者が声を上げて暴れ出す。それでも、傑は傷口に食らいついて離さない。

「と、殿様っ？　な、何をなさって……」

「皆、この者を押さえろっ。暴れられては上手く吸えん」

狼狽《うろた》える永楽を無視して、傑が百姓たちに声をかける。永楽と同じく呆気に取られていた百姓たちはその声で我に返り、慌てたように暴れる若者に手をかけた。

「暴れるな。だ、大丈夫。大丈夫だで……」

皆で若者を取り押さえ、震える声で宥める。

その間も、傑は傷口を吸い続ける。顔中血で汚れていくのも構わず、一心不乱に。

あまりの光景に、葉月をはじめとするその場にいた全員が凍りつく。何が何でもこの若者を助けるのだという傑の気迫に、全員が圧倒されたのだ。

どのくらいの間、そんな傑を見つめていただろう。ふと、傑が傷口から口を離し、何かを吐き出した。

赤く染まった唾《つば》とともに、小さな矢じりがカンッと鋭い音を立てて床に転がる。

「これで、助かるか？　……永楽」

「は、はいっ。しかし……殿様自らがかような」

「俺は、守ると言うた」

血にまみれた口元を無造作に拭い、傑は言った。

「ならば、何をしてでも守る。死なせはせんっ」

言い切ると立ち上がり、今度は周りにいた負傷者たちへと目を向ける。

「お前たちをかような戦に巻き込んでしまってすまない。俺の不徳の致すところである。それでも……かような俺を信じて、ようこの城へ来てくれた。よう、今日までともに戦うてくれた。礼を言う。お前たちのような民を持てて、俺は幸せな領主だ」

「あ、あ……殿様」

「安心しろ。俺は必ず、お前たちに報いる。勝ってみせる！　勝って……お前たちを平穏な暮らしに戻してみせる。ゆえに、心安らかに休め」

一人一人の目を見て語りかけると、最後ににっこりと微笑《わら》い、広間を出て行く。

そのまましばらく誰も動かなかったが、少しして沈黙した部屋に嗚咽が響く。村長だ。

「ううう……申し訳、ございません。あの時の、わしを許して……あああ」

傑が去っていった方角に土下座して号泣する。

あの時……己の保身のため、甚振られる幼い傑を見殺しにした時のことだろう。

――己が悪いなどとは、これっぽっちも……思うておらぬくせに。

隼が指摘したとおり、彼は本当に悪いと思ったことなどなかった。口先では謝りながら、しかたがなかった。自分は悪くないと思い続けていた。

そんな彼が初めて、心の底から傑に詫びている。他の者たちも同じようで、村長とともに泣き崩れている。

過去の傑と関わりがない者たちも「なんていい殿様なんだ」と涙ぐんでいる。

かく言う葉月も、目頭が熱くなった。

傑の妻になれてよかった。この戦、何が何でも傑を勝たせてやるという闘志が噴き出してきて、気がつけば傑の許へ駆け出していた。この溢れる想いを傑本人にぶつけたい！

けれど、匂いを頼りに傑を見つけ出した時、葉月ははっとした。

井戸で一人顔を拭いている傑の顔は、恐ろしく暗かった。まるで、たった今とんでもない悪事を働いてしまった咎人《とがにん》のような苦悶に満ちた表情。

どうして、そんな顔をする。あんなにも立派なことをしたのに。

意味が分からなくて、とっさに声をかけることができなかった。


その後、この話は瞬く間に城中に広がった。

話を聞いた者は家臣も領民も皆、傑の行動に感動し、奮い立った。

百姓一人を助けるためにそこまでのことをしてくれる傑が、自分たちの主でよかった。傑ならきっと、この戦に勝ってくれる……いや、勝たせてやりたいと。

皆の話を聞いた千寿丸も、よく分からないけど父様すごい！　と、はしゃいで……それまで城全体を覆っていた重苦しい空気が嘘のようだ。

そんな人々に、傑はいつもの穏やかな笑みで応える。先ほど垣間見《かいまみ》た苦悶の表情は微塵《みじん》も見せない。もしかして、自分の見間違いだったのでは？　と、自問させるほど。

でも……いや、やはり自分は傑の塞いだ顔を見た。ということは、理由はさっぱり分からないが、傑は傷ついて、気を滅入らせている。ならば、慰めてやらねば。

傑の心を守るのが、誰にも譲れぬ自分だけの務めだ。

そんな自負の許、葉月は再び傑を探した。

傑は、夜の帳が降り始めた薄暗い自室にいた。いまだ傑の話題に沸く人々から逃れるように背を向け、いつの間にかやって来ていたらしいまんぷくを膝に乗せ、腹を撫でている。

その背が「今は一人にしてくれ」と訴えてきているような気がしたが、無視してずかずかと近づき、傑の隣にどかりと腰を下ろした。

さて、まず何と話しかけよう。自身もまんぷくのまん丸腹に手を伸ばしつつ考えていると、

「まんぷくがな。今日はアケビを持ってきてくれた」

膝上のまんぷくに目を落としたまま、傑がぽつりと呟いた。

「不思議な話だ。菓子をやっていた時は何も持って来なかったのに、籠城戦が始まって、何も出してやれなくなった途端、こんな」

「そんなもの、傑殿を助けたいからに決まっている。こやつは、傑殿が好きゆえな」

即答してやると、まんぷくを撫でていた傑の手が止まった。

「助けたい……狸がそんなこと、考えるか……っ」

突然、まんぷくは寝返りを打って、太い尻尾《しっぽ》で傑の手を叩いた。それから不愉快そうに鼻をふんっと鳴らすと、傑の膝を飛び降り、出て行ってしまった。

「あーあ。怒らせてしもうた。しかし、今のは傑殿が悪い」

「悪いも何も、実際まんぷくは狸……わっ」

「はぐらかそうとするなら、俺も怒るぞ」

少々乱暴に傑を抱き寄せ、耳元で囁いてやる。腕の中の体が小さく身じろぐ。

「……それは、困るな」

「だろう？　ならば、観念して白状しろ。今度は何で気鬱《きうつ》になっておる？　……案ずるな。俺が今まで、傑殿の気鬱に屈したことがあったか？　此度も、打ち負かしてやるゆえ」

後ろから抱き締めて、あやすように言ってやる。久しぶりに抱き締めた体が、前より細くなっていることへの動揺を隠しつつ。

傑は何も言わなかったが、しばらくすると深く息を吐いて、葉月に身を預けてきた。

「……俺は昼間、村長の孫を助けた」

その言葉に、葉月は「うむ」と相槌《あいづち》だけ打った。

本当は、「見ておった。立派だった。格好よかった！」と力説したいところだが、今はぐっと我慢して聞き役に徹する。

「永楽に孫を助けてくれと懇願する村長たちを見た時、助けてやりたいとも思うたが、それと同時に、俺は思うた……これは、『使える』と」

……使える。

「あの孫の命が助かるにしろ、駄目だったにしろ、俺があの場で助けようと必死になって見せれば、盛り下がっていた士気は上がる。昔見殺しにした俺からの報復に怯《おび》えて、いまだに警戒している村長たちの心を完全に掌握することができる。とっさに、そう思った」

驚いた。あの場面で、そんなことを考えていたなんて。

それでも表には出さず、懸命に思いを吐露する傑の話に耳を傾ける。

「昔から、そうなんだ。いつだって、対峙《たいじ》した相手の弱点を探している。相手を陥《おとしい》れるには、言うことを聞かせるには何を言えばいいか、どう振る舞えばいいか、一々算段する」

「……」

「昔は、必死でそうしていた。そうしなければ、生き残れなかったから。今は……止《や》めたくても止められない。むしろ、酷くなっていく。俺の意思より速く、体や口が動いている」

その言葉に、小さく息を止める。

己の意思で判断するより速く、本能が判断を下してしまうことがあると聞いた時は、どれだけ頭の回転が速いのだと感嘆するばかりだったが、よくよく考えてみれば、その判断が傑の意に沿わぬものだったこともあるはずだ。

傑の言動が時々一致しないことがあるのは、それが原因だったのかもしれない。

――矛盾しておると思うだろうが、しかたがないのだ。わしの中には、人としてのわしと、武将としてのわしという二人の人間が息づいておる。

あの久秀でさえ、その齟齬《そご》に苦しんでいるようだった。だったら、傑は……。

胸がぎゅっと詰まった。

「これまでは、それでもよかった。相手だって、俺を利用することしか考えていないんだ。お互い様だと。だが、今はそれが変わりつつある」

「うむ。傑殿のためなら喜んで死ねるという家臣も、危険を冒してでも傑殿について来てくれる領民もできた」

そう言ってやると、傑の顔がさらに苦悶で歪《ゆが》む。

「……分かっているんだ。皆、俺を慕うてくれていると。それでも、そやつらを意のままに動かすにはどうすればいいか常に考えて、死にかけていても『この状況は使える』と利用する。俺は、嫌な人間だ」

「……」

「それを知らず、皆俺を立派だと言う。俺のためなら死ねると言う。居心地が悪くてしかたがない」

（ああ……そうだった）

武将としての才気に圧倒され過ぎて失念していたが、傑は人一倍情に厚く、心優しい青年だった。自身を殺しに来る敵を陥れることにさえ罪悪感を抱く。

ならば、傑に心を開いた味方をも謀《たばか》るのは、かなりの苦痛に違いない。それがたとえ、彼らを守るための算段だったとしても、清廉な傑にしてみれば、少しでも打算が含まれてしまえば、それは醜く穢《けが》れたものになってしまう。

そして、それは家臣や領民に限ったことではなくて、葉月に対しても同じこと。

この恐ろしく無機質で冴《さ》え冴《ざ》えとした頭が、安住の嫁である葉月のことを考えないわけがない。特に、安住を見限る算段をしていたこの三年間は、安住の嫁をどう扱い、どう接するべきか。ありとあらゆる策謀を巡らせ、時には傑の意思とは関係なく、謀って嵌《は》めたこともあったに違いない。

「久道殿にも考えがおありなのだ」と、葉月を宥めてきた優しい笑顔を思い返すと、悪寒が走る。薄ら寒いとさえ思った。だが、そんな自分に傑はどれだけ傷ついたのか。それを思うと、どうしようもなく胸が痛む。だから。

「……うーむ」

葉月は傑の頭に顎を乗せて唸った。どうしたのかと尋ねられ、また唸ってみせる。

「困ったと、思うてな」

「……困る?」

「うむ。まずな。俺は傑の悩みが理解できん」

明け透けに、葉月はそう言い放った。

「……は?」

「いやな……ほれ。俺はここ数年、領民や家臣に『椿木傑は妻の髪を売らせてまで、領民の暮らしを守ろうとする名君』と思わせたくて、己の髪を売ってきたろう？　その策がな。ものの見事に効いたと今回の戦で分かってな」

「……うん。皆、葉月を褒めていた。夫や領民を思って自らの身を削る尊い行為だと」

傑が頷いてみせると、葉月は「だろう？」と上機嫌な声を上げた。

「皆、俺の行いを褒めてきた。それを聞いて城に来ることを決めたと申す者もおってな。それを聞いて、俺は『してやったり！』『ざまあみろ！』『もっと俺を褒めろ！』と、力いっぱい思うばかりで、皆を騙《だま》して申し訳ないなあなんて、これっぽっちも思わなんだ」

「……そ、それは」

「ゆえにな。傑殿がさようなことでくよくよ思い悩む気持ちが、はっきり言ってよう分からん。むしろ、さようなことで悩むのかと目から鱗《うろこ》じゃ。俺だけでなく、大半の武将がそう思うはず。ええ？　さようなことで？　と」

「……そ、そうか」と、引き気味に答える傑に、葉月は大きく頷く。

「うむ！　ゆえにな。皆も気にしておらぬゆえ、傑殿も気にするな。わっはっは！　と、笑い飛ばしたいところ……なのだがなあ」

ここで、葉月はまた唸った。

「俺はな。さようなことで気鬱になる、馬鹿みたいに優しい傑殿がとても愛おしい」

「……っ」

「できることなら、いつまでもさような傑殿でいてほしい。だが、そうなると傑殿はいつまでも気鬱のまま。気鬱な傑殿は好かぬ。はてさて、どうしたものか」

難題じゃ。そう言って唇を尖《とが》らせる。そんな葉月に、傑はぽかんとしていたが、しばらくして噴き出すようにして笑い出した。

「葉月はいつも、俺が思いもよらないことばかり言う。こんな俺を、そのような……」

「ふふん。そうだ。俺はどんな傑殿も愛おしい。『愛おしい葉月をも謀ってしまった。俺はなんて嫌な男なんだ！』と、隠れて盛大に凹《へこ》む傑殿も、いじらしゅうて可愛いと思うほど」

さらりとそう付け足してやると、傑の笑みが一瞬にして固まる。葉月は鼻で笑って、そんな傑を、できるだけ優しく抱き締めた。

「傑殿がこれまで、俺に何を謀ってきたのかは知らん。知ろうとも思わん。傑殿がどれほど俺を想うてくれておるか分かっておるし……こうして、俺を離さないでいてくれた。俺を切れば、事はずっとずっと簡単であったろうに」

「葉、月……」

「何度も言うておるが、俺はな？　傑殿と一緒なら、行き先がどこでも構わぬ。親不孝者、兄殺しが堕《お》ちる地獄でも」

「……っ」

「ゆえにな？　少なくとも、俺のことでは気に病むな。いまだにこうして、妻として傑殿のそばにいられる。それだけで十分、俺は幸せだ。……ありがとうな？　傑……っ」

突然、振り返った傑に押し倒されて、言葉が途切れる。

傑の顔が近づいてくる。口づけられると思ってどきどきしたが、すんでのところで唇が止まってしまった。

「……すまない。また、我を忘れかけた」

悩ましい吐息を漏らしつつ傑が呻く。しかし、顔を離そうとしないし、物欲しげに葉月の唇を指先でなぞってくる。

その狂おしい視線と、もどかしい指先の愛撫に葉月は身じろぎ、眉を寄せた。

「口づけくらい、すればよいではないか」

「したら、最後までしたくなる……っ」

唇に触れてきていた指先に甘く噛みつき、挑発するように笑ってやる。

今無性に、我を忘れて求めてくる傑を見たくなったから。傑の顔が、苦しげに歪む。

「ああ、葉月。お前という奴は……っ」

耐えかねたように、再び唇を近づけてきていた傑が勢いよく顔を上げる。

「傑殿？　どうかした……あ」

起き上がり、無言で外へと出ていく。面食らったが、葉月はすぐさま傑を追いかけた。傑の背に異様な空気を感じ取ったのだ。

「傑殿。一体どうし……っ」

傑を追いかけて外に飛び出した葉月ははっとした。

あたり一面、月光に染まる「白」に覆われている。これは――。

(山霧《やまぎり》……そう言えば、今年はまだ見ていなかったな)

「勝った」

山霧に沈む周囲を見回しつつ傑を探していた葉月の耳に、不意に届いたその言葉。

最初は何を言われたのか分からなかったが、

「勝ったぞ、葉月」

もう一度その言葉を繰り返されて、葉月は目を剝いた。

「勝った……？　なにゆえ」

「実は、昼間に隼から文が届いた」

霧から浮かび上がってきた傑が書状を突き出してきた。

受け取り中身を走り読む。葉月の目が限界まで見開かれる。再度周囲を見回して、

「確かに、勝った……傑殿！　天が、我らに勝てと言うておるっ」

興奮気味に叫ぶ葉月に傑も笑って頷くと、すぐさま表情を引き締めた。

「出陣いたす！　馬引けっ」

叫んで駆け出すので、葉月は慌てて追いかける。

「待て、傑殿っ。此度は俺も……」

「ああ。行こう、葉月」

出陣するぞ！　と言うより早く、傑が言う。

「一緒に、葉月が考えた『例の遊び』で、池神殿に勝ちに行こう」

思ってもみなかった言葉に、葉月は目を丸くしたが、すぐに満面の笑みで頷いた。


出陣の準備は傑があらかじめ手配していたようで、即座に整った。

葉月も、「ご正室が出陣だなんて、馬鹿な真似はおやめください」と絶叫する三十郎を無視して手早く甲冑に着替える。

そこへ、手作りの弓矢を抱えた千寿丸と藤久郎が飛び込んできた。

「ととしゃま、かかしゃま。せんじゅもしゅつじんちます！」

「とーくろーもちます！」

勇ましく宣言する二人に、葉月は頬を綻《ほころ》ばせた。

「千寿、藤久郎。そなたたちも池神と戦うと申すか」

「はい。せんじゅ、たたかいます！　ととしゃまとかかしゃまをいじめゆいけがみ、やっつけます！　だいじょーぶ。せんじゅには、ととしゃまとつくったゆみがあいます」

「とーくろーも、ととしゃまとつくったゆみがあいます！」

二人でそれぞれの父親と一緒に作った弓をかざして見せる。そんな二人に、葉月はますます頬を綻ばせる。

「千寿、藤久郎。天晴《あっぱれ》な心意気じゃ。母様は嬉しいぞ。だがな」

「千寿」

宥めようとする葉月の言葉を遮り、傑が二人の前に歩み出て、あるものを床に置いた。傑が愛用している強弓《こわゆみ》だ。

「戦に行きたいと申すなら、この弓を引いてみろ。その弓では、池神の兵は射殺せん」

「へ？　あ……は、はい！　う……うーん！」

千寿丸は一生懸命持ち上げようとするが、弓はびくともしない。見かねた藤久郎も手伝うが全然駄目。傑の弓は常人より数倍腕力がある山吹専用のもので、普通の弓の二倍の重量だ。いくら山吹といえど、三つの千寿丸に持ち上げられるわけがない。

「敵兵を殺せぬ者を、戦場に連れて行くわけにはいかん」

静かに断じる傑に、千寿丸の小さな肩がびくりと震えた。

「あ……で、でも。うう……せんじゅ、ととしゃまとかかしゃまのおやくにたちたい」

「ならば生き残れ」

いやいやと首を振る千寿丸へとしゃがみ込み、傑がその顔を覗き込む。

「父と母が討って出るということは、この城の主はお前だ」

「あ、あゆじ？　せ…せんじゅが？」

「そうだ。主ならば、どっしりと構えて城を守らねばならぬし、主が死ねば、その時点で椿木は池神に負ける。ゆえに、お前が死ねば皆死ぬと肝《きも》に銘じ、絶対に生き残れ」

厳しい口調で言い聞かせる傑に、葉月は息を呑む。

いつも千寿丸に優しい傑が、こんなにきつい態度を取ったことにも驚きだが、たった三つの千寿丸にそんな難しいことを言っても、分かるわけが――。

「あ、あゆじ……せんじゅが、このちろの……」

何度も頷きながら、千寿丸は傑の言葉を反芻させ、再び顔を上げた。

「わ、わかいまちた。せんじゅ、あゆじだから、このちろまもいます！」

胸を張って宣言する千寿丸に、傑はようやく笑顔を見せた。

「千寿がそう言うてくれるなら、父も母も安心して出陣できる」

任せたぞ。と、傑が小さな肩に手を置くと、千寿丸は大きく頷いた。それを見届けると、隣にいる藤久郎にも顔を向け、

「藤久郎。千寿の一の家来として、千寿をしっかりと守れ」

その言葉に、藤久郎も胸を張って「はい」と元気よく返事する。傑は深く頷いて見せ、踵

を返した。なので、葉月は慌てて、三十郎に千寿丸を守るよう言い置くとともに、千寿丸たちに「任せたぞ」と端的に声をかけて、傑の後を追った。

その途中、葉月は傑にばれぬよう、こっそり込み上げてきた涙を拭ったが、

「葉月は、千寿のことになると涙脆《もろ》くなる」

振り返りも、立ち止まりもしなかったが、傑にそう声をかけられて、「むう」と声を漏らした。やはり、ばれてしまったか。

「う、煩い。しかし……いつの間に、あのようなことが理解できるほど、大きくなったのか。誠に、いつの間に……うう。俺のほうが傑殿よりずっと、千寿のそばにいたはずなのに、傑殿のほうが千寿のことを知っているとはずるい」

感動で再び込み上げてきた涙を拭いつつ声を震わせると、傑は笑った。

「葉月は本当に可愛い」

「むう。傑殿は意地が悪い……っ」

いきなり傑が振り返ってきたものだから、葉月の肩がびくりと跳ねる。

「あの子のためにもお互い、生きて帰ってこよう」

真剣な顔で言ってくる。なので、葉月も残っていた涙を拭い取り、不敵に笑った。

「ああ！　俺は、傑殿と可愛いあの子の成長を見届ける。必ずだ」

言い切ると踵を返し、葉月は傑とは違う方向に歩き始めた。葉月が指揮する別動隊の許へ。

「皆、今より俺がこの隊の指揮を執《と》る。よろしく頼む」

兵たちの前に立ち、そう声をかけると、皆「おお！」と勇ましい声を上げ、持っていた弓を高々と掲げた。

「よし。我らはこれより、この霧に紛れて池神軍に近づき、本隊と呼応して攻撃を仕掛ける。霧が深くて視界は最悪だが、しっかりついて来てくれ。それでは出陣！」

南無八幡大菩薩《なむはちまんだいぼさつ》！　そう叫ぶと、葉月は山霧の中へと歩を踏み出した。

脳裏に浮かぶのは、四年前、初めてこの山霧を目にした日のこと。

こんなにも深い霧を見たことがなかった葉月は興奮し、傑に鬼ごっこしようとせがんだ。この霧の中で鬼ごっこをしたらきっと楽しいと思ったのだ。

予想通り、霧の中の鬼ごっこはとても楽しかった。何も見えない中、傑の匂いだけを頼りに探す鬼ごっこは、普通の鬼ごっこと色々勝手が違っていたから。

そして、二人で童のように遊ぶうち、葉月はいいことを思いついた。

――そうじゃ、傑殿。この鬼ごっこ、戦に活かせぬかなあ？　我らはつがいで、姿は見えずとも匂いで相手の居場所が分かろう？　それを利用して、それぞれの位置を見極め、連携を図りつつ相手に襲いかかれば、相手はいちころじゃ。

近くに落ちていた枝を拾い上げ、振り回してみせると、傑は目を見開いた。

――ほう。それはなかなか面白い。

――だろう？　ゆえにだ。この地で戦が起こった時は、必ず俺を戦に連れていけ。二人でこの策を用いて、敵を蹴散らそうぞ！

――はは。そうだな。この地で戦が起こって、山霧に覆われたなら、必ず。

あの時は、自分も傑もただの冗談で言い合ったことだった。

しかし今、この地は戦場となり、今年初めての山霧がこの地を覆い尽くした。

他国の池神軍はきっとこの霧を知らない。今頃、この霧はなんだと驚いているだろう。

そして、椿木は安住の援軍を当てにして出てこないと高を括っている。

そんな池神軍を目指し、息を潜めてじりじりと近づく。

程なく、ある匂いが葉月の鼻腔を打った。葉月だけが分かる傑の匂い。傑の匂いが届く距離まで近づいたのだ。

ここからは、傑の匂いを頼りに進む。傑も葉月の匂いに気づいたようで、動きが変わった。

何も見えない霧の中、互いの存在を感じ、互いの動きに呼応しながら動いて、配置につく。

まずは事前の段取りどおり、傑が仕掛けた。

静かだった池神軍陣営がにわかに騒ぎ出す。「敵襲！」という叫び声があちこちで上がり、兵たちは慌てて武器を取って駆け出そうとするが、山霧のせいで物や人にぶつかり、転倒する者が続出。その様子を見て取り、葉月は兵たちに矢をつがえさせる。

「当てようなどと考えなくてよい。広範囲にばらけさせて放て。では……放てっ」

小声で号令をかけると、兵たちが一斉《いっせい》に矢を放つ。同時に、悲鳴があちこちに上がった。

「わあ。こっちにも敵がいるぞっ」

「どこじゃどこじゃ」

混乱の声に構わず、次々と射込ませる。すると、池神の兵はますます混乱して、

「くそっ。ここかっ」

ついには、敵と間違えて味方を斬る者も出始めた。

なかなかにいい調子だと葉月は口角をつり上げたが、鼻で一嗅ぎした途端、すぐさま攻撃をやめさせた。傑の匂いがかなり近づいてきた。このままでは傑の軍に矢が当たる。

「移動する。ついて参れ」

すぐさま傑の軍に矢が届かない場所まで移動し、また弓矢の攻撃を始める。

頻繁に場所を移動しての攻撃。あちこちから矢が飛んでくるため、池神軍は大軍による攻撃と勘違いし、陣営は大混乱に陥った。

「どうしてこんな大軍が攻めてくるんだっ？」

「安住の援軍は来ないのではなかったのかっ」

自軍の十分の一以下の軍に攻められているとも気づかず、逃げ出す者まで出始めた。

このまま攻撃を続ければ、敵は総崩れ。……勝てる！

（我らを散々苦しめた池神め。このまま、息の根止めてくれるわっ！）

これまでの恨みを込めて、葉月自らも矢を放つ。

しかし、ここで困った事態が起こった。

それまで椿木軍を隠し、守ってくれていた濃い霧が薄らぎ始めた。

最初は気のせいかと思ったが、霧はどんどん晴れていく。このままでは敵軍に見つかり、少人数であることがばれてしまう。そうなれば、混乱はたちまち収まり、我が軍は嬲《なぶ》り殺しにされてしまうだろう。

傑もそう見て取ったらしく、速やかに兵を引き始めた。ならば、自分も引くしかないが、葉月は唇を噛み締めた。

(もう少し……もう少しで、我らだけで勝てたかもしれぬのにっ)

あまりの悔しさに歯軋りしながら引き上げたが、城の前まで来たところで、合流した本隊の中に傑の姿を認めた途端、そんな悔しさは吹き飛んだ。匂いの動きで無事であることは分かっていたが、この目で無事を確認すると安堵せずにはいられない。

「傑殿。無事であったか!」

駆け寄ると、傑はいつもの穏やかな笑顔を向けてきた。

「葉月も無事でよかった……が、不満そうだな。我らだけで池神軍を蹴散らしたかったのか」

「それは……しかたあるまい! あそこまで上手くいっていたなら、あわよくばと思う」

「確かにそうだ。だがな」

傑が視線だけで何やら指し示す。

その先に顔を向けてみると、朝日が昇るとともに霧が晴れていく芳実荘と、霧の中から浮かび上がる池神軍が見えた。

陣形は見るも無残に崩れ、今も混乱状態にあるようだが、兵の数はいまだに多く、一万は優に超えている。

「先ほど俺たちが削った兵の数は高々数百。これ以上やっても大した損害は与えられない。それで退却させてみろ。池神は怒りに任せて全軍をぶつけてくる。それは避けたい」

「そ、それは、そうだが……」

「ゆえに、後は『あの方たち』に任せよう」

傑がそう言うと同時に、霧が完全に晴れた。

その先にいたのは、池神軍に突撃していく、一万を超える軍勢。

隼の手引きでやって来た、牟田の軍勢だ。

——兄上は、この充が守ります。

押し寄せる牟田軍の轟音《ごうおん》とともに、充の言葉が胸の内で響く。

(……充、感謝するぞ)

浮足立った池神軍を難なく蹴散らしていく牟田軍を見つめ、両の目を細める。

そして、隣にいる夫へと再び目を転じる。

援軍が池神軍を蹴散らしていくさまを目にしても、その横顔に勝利に酔う喜悦の色は一切なくて――。


決着は、呆気なく着いた。

長い野営生活と食糧不足による疲弊で喘いでいたところに、山霧に身を隠した椿木軍による奇襲。陣営が乱れたところで、思ってもみなかった大軍の襲撃。

さすがの池神もひとたまりもなかった。

ほとんど無抵抗で蹂躙《じゅうりん》された挙げ句、池神軍は撤退した。当主が討ち取られた報せはまだ入っていないが、池神に大打撃を与えたことに間違いはない。

芳実荘全体が大勝利に沸いた。

椿木家の家臣と援軍として駆けつけてくれた牟田家の家臣。そして、ともに籠城戦を耐え抜いた領民たちもが入り乱れ、勝利の美酒に酔いしれた。

その宴での話題は、傑の名将ぶりについて話す者もいたが、大部分を占めたのは、夫を説き伏せ、椿木に援軍を送らせた充のこと。

本来、いくら最愛の兄の嫁ぎ先といえど、他国に従属している弱小領主を助けるために援軍を出すよう夫にせがむ妻など非常識の極みであるが、今回は事情が違った。

弱小領主の妻という弱い立場の葉月と違い、安住と並んで百万石の大大名、牟田家の正室である充は、久道に対し、面と向かって意見していた。

「家臣の言葉に耳を傾けろ」「自分一人の力で勝っているなどと努々《ゆめゆめ》思うな。国人衆の力があったればこそ」と、毅然《きぜん》と訴え、久道の理不尽に打ちのめされた人々に、「我が兄が申し訳ない」と謝罪と労《いた》わりの言葉をかける。

久道の横暴に腹を立てていた周囲は、内心充に賞賛を送っていた。

久道が葉月からの救援要請を無視して見捨てた時もそうだ。

「弟の婚家さえ見捨てる久道に、誰がついて来ようか」「今、池神に芳実荘まで入り込まれたら、一気に波留国を取られてしまう」と、やはり皆が思っていたことを毅然と意見し、翻意するよう何度も迫った。久道が聞き入れぬと見て取ると、

——ならば、牟田が……兄上とともに波留国を守ります！

そう啖呵《たんか》を切り、夫に援軍を送らせて、見事池神を撃退し、波留国を守った。

そんな充を、誰が咎めることなどできよう。

「充様はこの世のものとは思えぬ美貌《びぼう》の持ち主と聞き及んでおりますが、この自愛に満ちたお心と豪傑ぶり。久秀様の血を一番色濃く受け継いでおられるのは充様なのでは？」

椿木の面々が充をそう褒め称《たた》えると、牟田の面々は誇らしげに胸を張る。

「はい。我が殿も我らもそう自負しております。されど、おかた様は、久秀様の血を一番受

け継いでおられるのは葉月様だと常々おっしゃっておられます」

「ほう。我らのおかた様が？」

「ええ。傑様とともに戦場に赴く勇ましさは言うに及ばず、いるだけでその場の空気どころか、皆の心を明るく浮き立たせてしまう才にかけては、久秀様以上だとも」

その言葉に、椿木の面々は満面の笑みを浮かべる。

「おお。まさにそのとおりでございます」

「おかた様がこちらに嫁いでいらっしゃってこの方、当家は見違えるほど明るくなりました」

「此度の籠城戦など、おかた様のおかげで笑いの絶えぬ楽しい戦場になりまして」

「なんと、それはすごい」

いつの間にか、葉月も絶賛されるようになる。その話を、皆に労《ねぎら》いの言葉をかけて回りつつ聞いていた葉月は、非常にバツの悪い気分になった。

皆に気持ちよく酒を呑んでもらい、宴がお開きになった後もそれは変わらず、片づけを侍女たちに任せた後、葉月はいつの間にか宴の席からいなくなっていた傑を探した。

傑は自室で文机に向かい、何やら書き物をしていた。脇を見れば、書状の山ができている。

戦に勝った直後だと言うのにもう次の手を打っているのか。呆れたが、すぐに心配になる。

ただでさえ、久道の横暴に振り回されて無理を重ねてきたのに、今回の籠城戦。領民を巻き込んでの戦ということもあり、いつも以上に根を詰めていた。

昨夜、久々に抱き締めた時は驚くほど体が細くなっていた。このままでは倒れてしまう。戦が終われば、しばらくはゆっくりしてくれるはずだと思っていたのに。

止めるべきか。しかし……と、逡巡していると、「葉月か」と傑が声をかけてきた。

「あ、すまぬ。仕事をしておるとは思わず」

「もう終わった……うん？　葉月は褒められることが好きなのに、ご機嫌斜めと見える」

振り返り、葉月の顔を見るなり苦笑する。どうやら相手をしてくれるらしい。

仕事が終わったならもう休めと言いたいところだが、どうしても訊きたいことがあった葉月は、傑のそばにどかりと腰を下ろした。

「褒められるのも、充が褒められるのも好きだが、こうも事実とかけ離れておるともやもやする」

確かに、充は表立って久道に異議を唱えていたし、椿木に援軍を出すよう嘆願してもくれた。しかし、充が牟田に援軍を出させたというのは間違いで、本当は傑が牟田に二カ月かけて交渉した上でのことだ。それなのに。

「いや。充殿の口添えなくしてこの交渉は成立しなかったのだから、充殿のおかげだ」

「さようなおべっかはよい。あと、いい加減牟田殿をどう説得したのかも教えてくれ。今まで『時期が来たら教える』の一点張りであったが、もうよかろう」

せっつくと、傑は「確かにそうだ」とあっさり頷き、こちらに体ごと向けてきた。

「まず、どうやって牟田殿を説得したかについてだが、俺は最初に牟田殿にこう書き送った。安住に与する椿木に援軍を出すなど無理な相談だと、重々承知している。ゆえに、俺がこれから二つのことをしてみせるから、それを見て検討してほしいと」

「二つのこと？」

「椿木に援軍を出すことに必ず文句を言ってくるだろう久道殿を、完全に黙らせること。牟田軍が芳実荘へ来るまでの道筋を確保すること。その二つだ」

そう言って指を立てて指し示す傑に、葉月は目を丸くした。

もし牟田が安住子飼いの椿木に援軍を送るとなると、久道の面目は丸つぶれ。

自尊心が高い久道は絶対了承しないし、牟田が治める速水国《はやみのくに》から芳実荘へ行くまでには、安住が治める須王国と、安住に与する国人衆たちが治める波留国を通らなければならないから、国人衆たちにも命じて、全力で妨害してくるに違いない。

それらを、全て何とかする？

「さ、さような大事、できるのか」

「ああ。これまでの三年間の下地を駆使すればな」

下地？　葉月が首を傾げると、傑は腕を組んだ。

「実はな。これまで戦のたびに、俺は苦戦する国人衆を見つけては窮地を救っていたんだ」

「なんと！　傑殿も大変であったというに、さような危険なこと……なんとお人好《ひとよ》しな」

「危険なものか。前に言ったろう？　池神殿は久道殿にわざと負けていると」

「あ……」と、思わず声が漏れる。

「負けてくれる気満々の相手など、危険でも何でもない。俺が加勢に入ってみせれば、『いい頃合いだ』と必ず引いてくれる。何も知らない国人衆は俺に命を救われたと思い、俺は労せずして、国人衆に多大な恩を売ることができた」

池神がわざと久道に負けていることを、傑は看破していると知らされてはいた。だが、そのことを利用していたとは——。

呆気に取られる葉月をよそに、傑は淡々と話を続ける。

「とはいえ、本気でお助けすることもあった。池神殿が手を抜いても危うくなるほど、久道殿の采配《さいはい》は穴が多くてな。で、俺はそのことを一切久道殿には悟られぬように動いた。目立ったことをして、久道殿からの不興を余計に買うのが嫌だったし……」

「此度のようなことになるのを狙っていた？」

言葉を遮り問うてみると、傑は薄く笑った。

久道の命に応じて傑の代わりに遠征に行った隼の話によると、傑不在で臨んだ此度の戦は、傑の助力もなければ、相手の池神軍も本気だったこともあり、大苦戦を強いられた。

今まで、全て自分の思い通りに事が運んでいた久道にしてみれば、なぜこんな事態になったのか全く理解できず、激しく狼狽した。

「そんな兄上を見た国人衆たちはこう思うたろうなあ。これまで兄上が勝てていたのは、全て傑殿のおかげだった。自分たちは傑殿に生かされていたのだと」

葉月のその言葉に、傑は笑顔で首を振る。

「葉月。それではまだ足りぬ」

「足りぬ……もうひと押しいると？」

「陣中で、隼がこんな噂を流す。『池神は椿木を討った後、安住に与する国人衆全員を根絶やしにするつもりだ。命乞いも一切受けつけない』とな。どうなると思う？」

「……自国を守るためと、勝手に離反する者が続出する」

久道は大いに怒り、離反者追討を命じたが、これが完全な悪手で、事態はますます悪化し、久道は完全に身動きが取れない状態になってしまった。

「ここで俺が国人衆たちに、牟田軍とともに池神軍を撃退し、波留国を守るゆえ、牟田軍が貴殿の所領を通過することを許してほしいと書状を送る。皆、二つ返事で了承してくれた」

「……」

「それでようやく、牟田殿に話を聞いてもらえることになった」

「……へ？　話を聞いてもらえる……だけっ？　ここまでして？」

思わず訊き返すと、「当たり前だ」と即答される。

「ここまででは、牟田殿には何の益もない。益なくして人は動かん」

「はあ……」

「それで、ここからはこの先の話になるが……俺はこれから、波留国を獲る」

「……。……は？」

最高に、間の抜けた声が漏れた。

「わ、悪い。聞き間違いをしたらしいので、もう一度」

「波留国を獲る」

狼狽える葉月に、傑は真顔でその言葉を繰り返した。

「今の世の形では、葉月と千寿丸を幸せにするどころか、椿木家が潰され、皆殺される。ならば強くなって、世を変えるしかない」

……世を、変える？

「安住も池神も、今は痛手を負って動けない。その間に、牟田殿の威光をお借りして国人衆をつき従え、誰にも侵されぬ強い国を作る。そのためには、今回の戦の功労者は葉月と充殿ということにしなければならん」

久秀の正当な後継者は、愚君の久道ではなく葉月と充。そう世に示しておけば、久秀に恩義がある国人衆はこちらに寝返りやすいし、安住と敵対することになっても、葉月と充の立場が悪くなることはない。

「牟田殿も、久道殿にはいい加減愛想が尽きていた。安住と事を構えるなら、波留国の国人

衆は味方につけておきたい。そして、俺と同じように……愛しい妻と子らを手放したくはないし、肩身の狭い思いもさせたくない。ゆえに、此度の俺の話に乗った」

――調略、寝返りが世の常といえど、やり方というものがある。

――どんな罪でも、大義名分があれば許される。ゆえに、武将はあくどい策を用いる時は必ず大義名分を用意する。余計な敵を作らぬため、周囲の信用を落とさぬためにな。

傑が口にした言葉が脳裏を過る。だが、その言葉もすぐに掻き消えた。

――負けぬ。葉月と千寿丸との暮らしを守るため……二人を、俺が堕ちた地獄に落とさぬため……決して、負けるものかっ。

かつて、傑はそう言った。その言葉を嘘だと思ったことはなかったが、まさか……そのために世を変えると思い立ち、ここまで壮大な計画を立てるなど思うはずもなくて。

この男は、一体どこまですごいのか。

自分の想像を遥《はる》かに超えた傑の気宇《きう》壮大さに圧倒される。圧倒され過ぎて――。

「……葉月？　どうかした……葉月っ？」

傑が声を上げた。葉月が突然、口元を押さえて蹲《うずくま》ったせいだ。

「ううう……大事、ない。す、傑殿の話が、あまりに途方もなさ過ぎて……気持ち悪く、なっただけ……うっぷ！」

突如襲ってきた強烈な吐き気に身を震わせると、傑の顔が一気に真っ青になった。

「葉月っ、葉月っ……誰か！　永楽を呼べ！」

葉月の背を摩《さす》りながら傑が叫ぶ。びっくりするほど狼狽した声だ。

そのおかげか、すぐさま永楽が連れて来られ、診察を受けたのだが……。

「おお、これは」

思わずと言ったように驚きの声を漏らす永楽に、傑と……傑とともにおろおろしていた三十郎が慌てて詰め寄る。

「永楽様、どうなさったのですっ？」

「そんなに悪いのか？　葉月はどこが悪い……」

「殿様、おめでとうございます」

完全に青くなった顔で矢継ぎ早に質問を重ねる傑に、永楽は恭しく頭を下げた。

「おかた様、ご懐妊でございます」

「……。……は？」

「なんと！　誠か、永楽」

固まった傑と三十郎に代わり、吐き気が治まり、だいぶ楽になった葉月が代わりに尋ねると、永楽は深く頷いた。

「はい。白銀特有の妊娠の兆《きざ》しがはっきり出ておりますので間違いございません。それを見るに、妊娠二カ月ほどかと」

「二カ月……ああ」

葉月は声を上げる。二カ月前と言えば、籠城戦直前、「誰かにやるくらいなら殺す」と言う傑の言葉に舞い上がり、「ならば殺してくれ」と飛びつき、熱烈に愛し合った……。

「あのまぐわいでできたか！　あはは。なるほど。あれなら確かにできる。いや、できぬほうが可笑しい」

「は、葉月様。な、な、なんと破廉恥《はれんち》なことを」

得心したように何度も頷く葉月に、我に返った三十郎が素っ頓狂な声を上げた。

「うん？　そうは言うてもなあ。すごかったのだぞ？　それこそ、あのまま犯《や》り殺されると本気で思うたほどで……それほど、あの時の傑殿はすごかった。ぐふふふ」

「葉月様っ。傑様に恥を掻かせるつもりですか」

三十郎のその一喝に、歓《よろこ》びと興奮のあまり舞い上がっていた葉月ははっとした。慌てて傑を見ると、恐ろしく青い顔をして固まっているので狼狽する。

「す、傑殿、すまぬ。俺はただ、あの睦みで子ができたのが嬉しかったのだ。それで……え」

間の抜けた声が漏れる。肩に触れた途端、傑の体がぐらりと揺れ、そのまま床に突っ伏してしまったから。

いわし雲が漂う秋空に映える、色鮮やかな紅葉《もみじ》が枝から離れ、音もなく地面に落ちた。

芳実荘の秋は短い。来たと思ったらすぐに冷え込んで、白い冬がやって来る。

そのため、芳実荘では大急ぎで戦後処理が行われていた。

池神軍に荒らされた田畑の整備や、壊された家の修繕、領民たちの城内退去の誘導等々、やることは山積みだ。

本来なら、領主の傑が先頭に立って指揮を執っているところだ。

しかし、慌ただしく働く家臣や領民たちの中に、傑の姿はない。

傑は過労で昏倒し、今寝所で養生している。傑の代理で指揮に当たった隼からそう知らされた領民たちは、大層心を痛めた。

「わしらのこと、死なせるどころか怪我もさせたくねえって、いつも気にかけてくださっていたものなあ」

「もったいねえ。城に匿っていただいただけでもありがてえのに」

「ここまでわしら下々《しもじも》のことを気にかけてくださるなんて、うちの殿様は神様だ」

と、寝所に向かって拝む者もいた。また、城を出て行く時は、

「こんなものでしか、お返しができなくて申し訳ないんですが」

「自慢の大根です。どうか、これで少しでも、殿様の加減がよくなりますよう」

作物を置いて行く者が後を絶たない。その光景に、千寿丸は山吹の瞳をきらきらさせた。

「かかしゃま。みんな、ととしゃまのこと、すごいっていってゆ」

自分の父親が皆に褒められるのが誇らしくてたまらないとばかりに飛び跳ねる千寿丸に、一緒に見ていた葉月は満面の笑みで頷いてみせる。

「うむ。父様はすごいのだ。領民を城に匿いつつ、一万六千の大軍相手に勝つなんて、なかなかできることではない。千寿も父様のような立派な武将に……千寿、どこへ行く」

「ととしゃまのとこ！　みんながととしゃまのことほめてゆって、おちえてあげゆの！」

「駄目だ！」

駆け出そうとする千寿丸を、葉月はすかさず抱き上げる。

「父様はお疲れだ。千寿に会えぬほどにな」

寝ている周りをばたばた走り回られたら、ゆっくり養生できないし、傑は……心の底からの感謝ほど気鬱になる、実に変わった男なので、それを考慮して言った言葉だったが、

「あ、あ……ととしゃま、そんなに……おわゆいの？」

千寿丸は表情を強張らせ、声を震わせた。数カ月前、度重なる遠征でぼろぼろになった傑の姿を思い出しているのかもしれない。

それでも、あえて訂正しなかった。あの時ほどひどいわけではないが、永楽曰く、傑はこの二カ月無理に無理を重ねたせいで、体が相当弱っているそうだから、とにかく今はゆっくりさせてやりたい。

「そうだ。それだけ、父様は皆を……千寿や母様を守るために頑張った。皆それを分かっているから、あんなにも父様に感謝しておる」

そう言ってやると、千寿丸の眉がしゅんと下がる。

「ととしゃま、ほめられゆの、うれちいけど、ととしゃまが、いたいいたいの、や……」

「母様も嫌じゃ。ゆえに、父様の負担を少しでも減らせるよう、日々精進しているが、なかなかなあ」

「だ、だったや、せんじゅもがんばゆ！」

わざと肩を竦めてみせると、千寿丸が声を張り上げた。

「いっぱいけーこちて、あのおっきいゆみ、ひけゆようになって、かかしゃまと、ととしゃまをいじめゆてきをやっつけゆんだ！」

かかしゃま、おろちて！　威勢よく言うので下ろしてやると、すぐさま弓場へと駆け出していく。そんな我が子に、葉月の胸は熱くなった。

（千寿！　なんといい子なのか）

落書きしたり、蛙《かえる》を侍女の部屋に放り込んだりと、悪さばかりしていた自分とは大違い。

飛ぶ勢いで傑の許へ舞い戻る。この感動を少しでも早く傑と分かち合いたい。しかし。

「何をしているっ？」

部屋に駆け込んできた葉月を見るなり、青い顔をした傑が布団から飛び起きた。

「葉月は今、普通の体じゃないんだぞ。昨日もつわりで苦しんだ。それなのに走るなんて、何を考えている！」

すごい剣幕で怒鳴られて、葉月は面食らった。

「へ？　あ……す、すまぬ。つい」

「ついではすまない。具合は？　昨夜のように気持ち悪くなったりは」

「わあ！　大事ない。大事ないゆえ、傑殿は休んでくれ」

自分が寝ていた布団を明け渡して、葉月を寝かせようとする傑を慌てて押しとどめ、床に就かせようとしたが、傑は言うことを聞いてくれない。

「葉月が無茶をするから休んでられない」

「えー？　そ、それは……あ。そうそう！　傑殿、聞いてくれ。先ほど千寿がなあ」

傑を布団に押し戻しつつ、葉月は先ほどの千寿丸とのやり取りを話して聞かせた。

「な？　思わず走り出したくなるほど、可愛うていじらしいであろう？　ゆえに、俺がつい走ってしもうたのもしかたがない……」

「千寿にまだ、腹の子のことを黙っているのは俺のせいか？」

葉月の弾んだ声を、傑が沈んだ声で遮る。葉月は目をぱちくりさせて、すぐに澄まし顔で頷いた。

「うむ。言うてしまえば、千寿は俺の腹にべったり張りついて来るに決まっておる。そしたら、傑殿の看病どころではなくなってしまうゆえな。教えてやるのは、傑殿が良うなった後」

「……」

「可哀想だと思うのか？　ならば、早う良くなれ。俺も、傑殿とともに大人しくするゆえ、休んでくれ。な？」

むずかる赤子に言うように、優しく宥めすかすと、傑はようやく床に就いてくれて……全く。千寿丸はあんなにいい子なのにこちらはなんという駄々っ子。と、溜息を吐いていると、

「身重の葉月が今までどおりでよくて、俺が養生を言い渡されるのは納得がいかない」

床に就いても、傑はまだそんなことを言う。葉月は眉を寄せた。

「何を言う。傑殿はしっかり休まねば駄目だ。永楽も言うておったろう。戦の勝利、俺の懐妊と吉事が続いて、喜びのあまり緊張の糸が切れて、これまで蓄積されていた疲れが一気に表に出たと。ゆえに……」

「喜びのあまり？　冗談じゃない」

憤然と吐き捨てる傑に、葉月は目を丸くした。

「むう？　戦に勝って、ややができたのだぞ？　何を悲しむことがある」

子どもができたのに嬉しくないとはどういうことだ。内心狼狽しつつ尋ねると、「そういうことを言ってるんじゃない」と、傑は眉間《みけん》に皺《しわ》を寄せた。

「妊娠二カ月ということは、籠城戦の間、葉月の腹にはずっとややがいたことになる」

「？　確かにそうだが、それがどうした」

「俺は大事な葉月がややを宿していることにも気づかず、散々無理をさせて……挙げ句、戦にまで出させてしまった。こんな空恐ろしいことがあるか」

そう言って顔を青くする傑に、葉月はきょとんとした。

「そ、それは、えっと……思わず卒倒するくらい？」

「当たり前だ」

冗談で訊いてみた問いに、大真面目に頷かれる。

「何もなかったからよかったものの、生まれる前からこんな無理をさせるなんて、悪い親だ」

ますます顔が青くなる。そんな傑に葉月は絶句した。

一万六千の池神軍に迫られても、顔色一つ変えなかったというのに、母子ともに健康。問題なしと永楽のお墨付きをもらっても、このように気に病むなんて。

何ともちぐはぐ。久秀が言っていたように、傑の中に二人の人間が息づいているのだと、今までなら思ったろう。しかし、今は分かる。

この男にとっては、同じことなのだ。

妻子を大事にしたいと強く想うから、馬鹿みたいに心配する。

妻子を幸せにするため、守るためなら、理不尽な仕打ちに三年も耐え、一万六千の兵を目の前にしても一切怯《ひる》まず敢然と立ち向かい、大それた策謀だって巡らせる。

全ては大事な者を深く想うがゆえ。

傑の中に恐ろしい化け物なんかいない。いるのは、大事な者のためにどこまでもひたむきで心優しい、葉月の愛しい男が一人だけ。だから、傑のそばは……傑が治めるこの国はこんなにも居心地がよくて、温かい。そう思い至った途端、

「ふふん」

思わず笑みが零れた。傑が不思議そうに見上げてくるので、葉月はにっこりと笑い返す。

「傑殿の阿呆め。悪いことなどあるものか。むしろ、これ以上に良いことはない」

「良いこと？　これのどこが」

「この子は、誰よりも近くで見ていた」

首を傾げる傑に、葉月は自身の腹を摩ってみせる。

「傑殿は我ら家族……大事な者のためならば、どんなに強大な敵であろうと、臆することなく立ち向かい、いくらでも強うなれる男だと、俺とともにこの二カ月見つめ続けてきた」

「……っ」

「父親がさように立派な男だと生まれる前から知ることができて、この子は果報者ぞ。已にはかような父様がいると安心して……いや、胸を張って生まれて来られるのだからな。そうして傑殿は、生まれる前からこの子に好かれることができた。一緒に見ていた俺が改めて惚《ほ》れ直したのだから間違いない！」

二人ともよかったなあ。にこやかに言い切り、肩を叩いてやる。

傑は何も言わず、目を白黒させるばかりだったが、不意に弾けるようにして笑い出した。明るい声だ。傑のこんな声を聞いたのは久しぶりで、こちらも嬉しくなっていると、静かに抱き寄せられた。

「葉月、すまない。俺は葉月とややの安否を気にするあまり、大事なことを忘れていた」

「そうか？　ならば、早う聞かせてくれ」

傑の胸に頰を寄せて強請《ねだ》ると、葉月を抱く手に力が籠る。

「また、俺の子を身籠ってくれてありがとう。とても嬉しいし、もう……ややが可愛くてしかたない。葉月と千寿と俺と、皆で仲良う過ごしたい」

真摯に告げられた言葉に、胸が打ち震える。

「うん……うん！　俺もだ」

やはり、傑は変わらない。どんなに大それた偉業を成そうと、これからとてつもなく途方もない策謀を巡らせていようと、人の痛みに恐ろしく敏感で、馬鹿みたいに無欲で……ささやかな幸せを何より願っている。

そんな傑自身も、傑が治めるこの国も大好きだ。

どこまでもついて行きたいと思うし……見てみたい。この男が向かう先に何があるのか。力こそ全ての理不尽なこの世界が、これからどう作り変えられていくのか。

椿木と安住の架け橋にもなれなかった凡夫の自分がどこまでついていけるか。足手まといになるのではないか。

そのことを考えると不安は尽きないが、それでもこの命尽きる限り、全力でこの男を追いかけていこう。

自分は、これほどまでにすごい男に望まれた妻なのだと胸を張って。

「楽しみだなあ。傑殿」

傑の背に腕を回しながら、葉月は噛み締めるように囁いた。

嬉しい勝ちと嬉しい負け

色づき過ぎた葉をはらはらと散らしていく紅葉《もみじ》が見える縁側に、椿木傑《つばきすぐる》は座していた。

その膝の上には、我が子、千寿丸《せんじゅまる》がちょこんと座っている。

二人の前には、将棋の駒が乗った盤が置かれている。

「千寿。これは、何であろうか？」

傑が駒の一つを指差すと、千寿丸は身を乗り出し、目を凝らした。

「え、えっと……ひしゃ！　それから、こっちがけーまでしょ？　こっちがふ！」

「おお。そんなにたくさん覚えていたか。千寿は利発だ」

「はい！　へへへ……」

「だが、これは覚えていないな？」

傑に褒められて得意げに胸を張る千寿丸に、ある駒を指し示してみせると、千寿丸の肩が思い切り跳ねた。

「ええ！　どーちて、わかったですか？」

「この駒だけ飛ばして名前を言った。他の知っている駒の名前を言えば、知らないことを隠せると思ったのか？」

指摘すると、千寿丸は「うう」と声を上げて縮こまったが、傑は微笑した。

「武将たるもの、みだりに弱点を晒《さら》すものではないという、父の教えをよう守った。偉いぞ」

そう言ってやると、俯《うつむ》いていた千寿丸が顔を上げ、目を輝かせた。

「はい！　でも……ととしゃま。さっきのこま、どーやったらばれなかったですか？」

「うん？　そうだな。例えば」

「……ああ！」

千寿丸の頭を撫《な》でていると、あたりに大声が響いた。

盤を挟んで傑たちに向かい合い、盤をじっと睨《にら》みつけていた葉月《はづき》が上げた声だ。

「くそ……やられた」

「……かかしゃま？」

「あああああ！　また負けたああ！　今度こそ勝てたと思うたにいい！」

床をばんばん叩きながら、大声で喚《わめ》き散らす。

夫婦《めおと》になって四年経《た》つが、葉月はいまだ果敢に勝負を挑んでくる。

剣術、将棋……と、あらゆることで「今日こそは勝てそうな気がする！」と豪語して。

一度も勝てたことがない上に毎度惨敗しているくせに、どこからその自信がくるのか、実に不思議だ。何百回と負けているのに、毎度盛大に悔しがるのもそう。一体いつ慣れるのか。

自分には理解できない。だが、それでも――。

（……可愛い）

と、内心力いっぱい思っていると、ふと……何やら視線を感じた。

顔を向けてみると、こちらをじっと見上げてくる千寿丸と目が合った。

「ととしゃま。どーちて、ととしゃまはかったのに、うれちいっておもわないですか?」

「……」

「せんじゅはね? まけたらくやちいち、かったら『やったあ!』ってないます。かかしゃまも、ほかのみんなもそう。そえなのに、どーちてととしゃまだけ」

とっさに言葉が出なかった。

勝負事など、負けて損をするのは勿論《もちろん》のこと、勝っても相手の恨みを買う。勝負をするという状況になってしまった時点で失態。気が滅入《めい》るだけだ。

葉月との勝負にしても、葉月は負けても自分を恨まないと知っているし、一生懸命な葉月を間近で見られるのも楽しい。ただ、勝って当たり前の相手にいくら勝っても……いや。

こんな本音、とても葉月には言えない。

さて、なんと言ったものか。思案していると、千寿丸がさらにこう続けた。

「ととしゃまは、かってうれちかったことないですか?」

「勝って、嬉《うれ》しかった……」

そんなこと、今までにあっただろうか?

考える。すると、すぐにある思い出が脳裏に蘇《よみがえ》ってきた。

それは四年前、葉月が傑の許《もと》に嫁いできて、すぐのこと――。

＊＊＊

「ん……く、ぅ。……ん、ん……ぁっ」

「葉月」

自身の手に噛《か》みついて声を殺す葉月の眦《まなじり》に、傑はそっと唇を寄せた。

「噛むな。そんなに噛んだら傷になると、いつも言っているだろう？」

歯形がついている手の甲を擦《こす》りつつ言ってやると、傑に組み敷かれた葉月は唇を噛みしめて首を振る。傑は、小さく苦笑した。

「まだ声を出すのは嫌か？　……分かった。じゃあ……声、呑《の》んでやるから。……ん」

硬く噛みしめている唇に口づけ、促すように舌でなぞる。

ゆっくりと口が開き、遠慮がちに差し出される舌に己のそれを絡《から》めつつ、傑はわずかに眉を顰《ひそ》めた。

とても信じられない話だが、葉月は自分を醜男《ぶおとこ》だと思っている。

確かに、葉月は白銀《はくぎん》にしては骨格がしっかりしているし、背も高い。

また、どういうわけか淫気《いんき》が出ない。

淫気は人間の劣情を煽《あお》る。淫気が強ければ強いほど、見た目の何倍も魅力的に見えると言われている。その淫気が葉月は出ない。だから、普通の白銀と比べ不利と言えば不利だ。

さらに、真っ先に比較される双子の弟、充《あたる》は全てを霞《かす》ませると言われる美貌《びぼう》と、強烈な淫気を有している。そのせいで、実家である安住《あずみ》をはじめ大名家では、葉月を不細工だの、出来損ないだのと位置づける。

それが、傑にはどうしても解せない。連中は、白銀をろくに見たことがない貧乏国人衆《こくじん》のお前には分からないと言うが、淫気が出なかろうが何だろうが、葉月はとても綺麗《きれい》だ。

椿木家家中でもそう言っているし……いや、誰が何と言おうと、葉月は闇夜に浮かぶ月のように美しい。

それなのに、葉月は周囲から散々言われ過ぎたせいで、自分を醜《みにく》いと信じて疑わない。心に、深い深い疵《きず》が刻まれている。

それがはっきりと見えるのは、こうして肌を合わせる時。

こんなに色気がない不細工が乱れるなんてみっともない。不格好だ。

そう思えてしかたないらしく、葉月は可哀想なほどに身を縮こめ、声を噛み殺す。

その姿は、本当に痛々しい。

そんなに嫌ならやめようか。何度口にしようと思ったかしれない。だが、初夜でその言葉を口にした時、葉月はひどく傷ついた顔をした。

無理強《じ》いをさせたくないという想いからだったが、どうも葉月には「こんな不細工、初夜でも抱くなんてごめんだ」に聞こえてしまったようで——。

抱こうが抱くまいが傷つけてしまう。

おまけに、葉月の矜持《きょうじ》が傷つかぬよう、細心の注意を払って抱けば、それはそれで己の傷ついた胸の内を傑に見透かされているようで居たたまれないらしい。

傑が何をしようが、全部悪く捉えて、びくびくと怯《おび》えるばかり。

どんなに可愛いと伝えても、「見え透いた嘘を吐《つ》くな」とばかりに睨んでさえくる。

ひどくやりきれない。葉月を傷つけることしかできない己は勿論のこと、葉月は綺麗だという言葉が、葉月の心に全く届かない。それが何より辛《つら》い。

やはり、自分のような男ではいくら言っても駄目なのか。

「……葉月、可愛い。……綺麗だ」

いくら口にしても、虚《むな》しく宙を舞うばかりの余韻が、傑の心をじくじくと責め苛《さいな》む。

それでも、傑は言い続けた。いや、言わずにはいられなかった。

そして、数カ月が経ったある夜のこと。

傑は縁側で一人、月を見ていた。もやに包まれた、柔らかく霞《かす》む朧月《おぼろづき》を。

雲一つない闇夜に浮かぶ孤高の月も好きだが……月は、どんな姿でも美しい。

まるで葉月のようだと、何の気なしに思っていると、馨《かぐわ》しい香りが鼻腔《びこう》を打った。

「傑殿」

今度は、声がかかる。聞いただけで愛《いと》おしさが込み上げてくる声。

いつもならすぐ顔を向ける。だが、傑はあえて聞こえていない振りをした。

もう一度、今度は少し大きな声で「傑殿」と呼びかけられる。

傑はようやく気づいた体《てい》で、呼びかけてきた相手、葉月へと顔を向け、笑みで応えた。

「どうした。何か考え事か？」

「いや、見惚《みと》れていた」

素知らぬ顔でそう答えて、再び月へと視線を戻す。

葉月は何も言わなかった。少しして、「ふーん」と低い声を漏らすと、傑の隣にどかりと腰を下ろした。

横目で覗《のぞ》き見ると、何とも面白くなさそうな顔をしている。口元《くちもと》が思わず緩む。

「月にやきもちか？」

少々意地悪く尋ねると、葉月の白い顔が一気に赤くなった。

「！　さ、さようなわけがなかろうっ。俺はただ、その……っ」

「ははは」

ますます顔を赤くしてしどろもどろになる葉月に我慢できず、傑は声を上げて笑った。

「本当に、葉月は可愛い」

「か、かわ……っ？　むう！　傑殿は性悪じゃっ。からかうなんてひどい……」

「葉月のことを想うていた」

「……へ？」

「あの月、葉月みたいに綺麗だ。そう、思うていた」

腕を摑《つか》んで揺すってくる葉月に、さらりと言ってやった。

葉月はきょとんとしていたが、ようやく意味を飲み込むと、わなわなと震え始めた。

その姿を見て、傑は口元を緩めた。結婚当初に比べれば、自分の言葉が葉月に届いている気がして嬉しい。そう思っていると、

「す、傑殿はっ、どうしてそう……む、むうっ！」

眦をつり上げて怒鳴っていた葉月が突如、体当たりする勢いで抱きついてきた。

「葉月？」と、抱き留めて名を呼ぶと、「うー！」という唸《うな》り声が返ってきた。

「……己が、嫌になる」

「？　どうして」

「う、嬉しいのだ。傑殿が、俺以外に見惚れていたわけではないと、思うたら」

「……っ」

「うー！　俺は、何を考えておるのやら」

消え入りそうな声で呟《つぶや》く。とっさに、何も言うことができなかった。けれど、しばらくして、傑は掠《かす》れた声で笑い出した。

「傑殿？　なにゆえ笑う」

「葉月が……葉月がとうとう、俺がいつも葉月に見惚れていると認めた」

「！　そ、それは……えっと」

「とうとう、認めさせてやった」

おろおろする葉月を力いっぱい抱き締めて、噛み締めるように呟く。

葉月には、自分の言葉なんて届かない。そう思いながらも、傑はずっと「葉月は綺麗だ」と言い続けてきた。

どうしても、この気持ちを信じてほしかった。届いてほしかった。

そう思いながらずっと、ずっと……祈るように、言い続けてきた。

だから今、嬉しくてしかたない。

そう言ってやると、葉月はますます顔を赤らめ「傑殿のせいぞ」と恨みがましく言った。

「あれだけ、毎日毎日言われ続けたら、嫌でもそう思えるようになったというか、なんというか、その……っ」

「俺の勝ちだ」

葉月の顔を覗き込み、鼻を摘まんでやった。葉月はまた「うー！」と唸り声を上げて顔を背けた……かと思えば、

「……負けて、しもうた」

ひどく嬉しそうに、はにかんだ。その顔は、本当に誰よりも可愛くて――。

＊＊＊

「……おい」

思い出に浸っていた意識が、低い呼び声に引き戻される。

視線を上げてみると、思い切り顔を顰《しか》めた葉月と目が合った。

「その顔。絶対、あの時のことを思い出したろう?」

「分かるか」

笑顔で訊き返すと、「分からいでか」と、葉月はますます顔を顰めた。

「『俺の勝ちだ』などと宣言してまで喜ぶ傑殿など、あの時以外見たことがない!」

そう指摘され、傑は苦笑した。そう言われると、何とも恥ずかしい。だが。

「しかたがない。あれは、俺のこれまでの生涯で唯一《ゆいいつ》、心の底から嬉しかった勝ちだからな」

葉月の目を真《ま》っ直《す》ぐ見据え、言い切ってやる。

瞬間、葉月の顔がものの見事に赤く色づいた。いまだにこの手の言葉に慣れない葉月に思わず笑ってしまうと、葉月は眦をつり上げた。

「全く、そなたという男だけは! 俺の気持ちも知らず、さような! ……だが」

ここで、葉月は口を閉じた。それから、逃げるように俯いたかと思うと、

「あの負けは、俺のこれまでの生涯で唯一、嬉しい負けであった」

ぽつりと、そう言ってはにかむ。そんな葉月に、また心を打ち震わせていると、

「ええ？　かかしゃまがまけてうれちいっ？」

それまで黙って聞いていた千寿丸が声を上げて、身を乗り出してきた。

「ととしゃま、おちえてくだしゃい！　ととしゃまがかってうれちい、かかしゃまがまけてうれちいしょーぶって、どんなしょーぶ……」

「大変じゃ、千寿！　もう菓子の刻を過ぎておるぞ」

突如、葉月が大声を上げる。瞬間、千寿丸はすさまじい勢いで葉月に振り返った。

「おかちっ？　わあ！　たべゆたべゆ！」

傑の膝から飛び降り、一目散に駆けていく。そのさまに呆気《あっけ》に取られていると、

「このことは……俺と傑殿、二人だけの秘め事でよい！」

ぼそぼそ声でそう言って、葉月も席を立つ。

顔は見えないが、耳たぶが真っ赤に熟れていた。傑の言葉がしっかりと届いた証《あかし》。

（やはり、俺の嫁御寮《よめごりょう》はこの世で一番可愛い）

赤い耳たぶに口元を緩ませ、毎日思っていることを今日も思った。

見えぬからこそ

とある昼下がり。柔らかな日和《ひより》が溢《あふ》れる縁側に、椿木《つばき》傑《すぐる》は一人座していた。

視線は、色とりどりの花が風に揺れる庭へと向けられている。しかし、猛禽《もうきん》を連想させる山吹《やまぶき》の瞳に美しい花は映っていない。

傑の心を占めているのは、目の前ののどかな情景とはかけ離れた凄惨《せいさん》な世界。

相手の弱点をどう突いてやるか。どうすれば、こちらの意のままに動かせるか。あらゆる陰惨な思考が脳裏を巡る。

ふと思う。今、自分はどんな顔をしているのかと。

きっと、世にも醜《みにく》い顔をしている。そう思った。

ならば、誰にも見られたくない。その思いは空気にまで滲《にじ》み出ているようで、こういう時に話しかけてきた者は、いまだかつて誰もいない。

たった一人を除いて……と、思ったところで、軽やかな足音が耳に届いた。

一切の淀《よど》みなく、こちらに近づいてくる。

その、小気味いいほどの真《ま》っ直《す》ぐさに爽やかな清々《すがすが》しさと、言いようのない畏怖《いふ》の念を抱きつつ、いつもの笑みを顔に貼りつけて振り返る。

そこには、最愛の妻の姿があった。

「……うん？　どうした」

素知らぬ体《てい》で笑いかけると、葉月《はづき》もにっこりと笑いかけてくれた。

だが、何も言わない。そのまま傑の背後に座ると何を思ったか、傑の肩に顎を乗せてきた。

「？　どうしたんだ、いきなり」

「……うむ。こうしたら、傑殿が見ておる世界が見えるかと思うてな」

そう呟《つぶや》いて、身を寄せてくる。背中に広がる心地よい温《ぬく》もりに、胸を掻《か》き毟《むし》られる。

――辛《つら》いことがあったらいつでも言えな？　我ら夫婦《めおと》ではないか。

葉月はよくそう言う。

自分は傑の苦悩を取り除いてやることも、肩代わりしてやることもできない。ならばせめて、共有することで少しでも苦しみを和らげてやりたいと。

とても嬉《うれ》しいし、何でも話せる夫婦なんて素晴らしいことだとも思う。けれど、

「そうだな。葉月だけには、どうやっても見えないだろうなあ」

傑はそう答えた。言えるわけがない。

俺を殺そうと躍起になっているお前の父親を、どう封じるか算段している……などと。

敬愛する父親が夫を殺そうとする情景など、久秀《ひさひで》は傑を過剰に警戒して困ったものだとしか思っていない葉月は見なくていい。見せたくない。

「なにゆえ、妻の俺に見せぬものを赤の他人に見せる！　意地が悪いにもほどが……」

「俺が見ている世界には、いつだって葉月がいる」

「……は？」

「だから、葉月には見えない」

葉月は日向《ひなた》の世界で笑っていてほしい。己が息づくこの陰惨な世界に来てほしくない。

そんな内心などおくびにも出さず、おどけた調子で頬を突《つつ》いてやると、葉月は長い睫毛《まつげ》を瞬《しばたた》かせた。

意味を理解した途端、顔を真っ赤にして目を泳がせる。けれど、ふと袖を摑《つか》んできたかと思うと、

「お、俺も……俺が見ておる世界には、いつも偞殿がおる」

消え入りそうな声で、そんなことを言う。

「偞殿にも俺が見ておる世界は見えん。ゆえに……偞殿が見ておる世界が見えずとも、文句は言えぬな。……はは」

「……葉月」

「あ……ああ！　よ……よう考えてみたら、互いに相手を見ておるということは、ちょうどこうして、向かい合うておるようなものだな！　ならば、互いに相手の死角を見てやれておるわけで……うむ！　便利便利……っ」

たまらず抱き締める。葉月は「これでは何も見えないではないか」と不満げに身じろいでいたが、

「そばにいるなら、こうしていたい」

そう言って、いよいよ深く抱き締める。

言葉ではどうしても嘘や打算が混ざる。そういうものなしで、気持ちを伝えたかった。

そんな傑に何かを察したのか、葉月は何も言わなかった。ただ、長くてほっそりとした指を傑のそれに、甘えるように絡めて身を寄せてくれた。

愛《いと》おしさが噴き出す。

たとえ、久秀が傑を破滅させるために結ばせた縁であろうと、葉月とはいつまでも夫婦でいたい。一緒にいたい。そう想った。

葉月との間に千寿丸《せんじゅまる》という愛息子《まなご》が生まれて、その想いはよりいっそう強くなった。

愛おしくてしかたない妻と、可愛くてしかたない我が子。幸せの絶頂だった。

二人と穏やかに過ごせるなら他に何もいらない。そう思った矢先、久秀が死んだ。

ある朝、突如胸を押さえ昏倒したかと思ったら、そのまま――。

五十過ぎではあったが持病もなく、健康そのものだった久秀が急死するなど想定していなかった傑は、その報《しら》せを聞いて愕然《がくぜん》とした。

安住《あずみ》家は久秀一強だ。稀代《きたい》の天才、久秀がいたからこそ国はまとまり、栄えていた。

その久秀が死んだ。次世代の基礎を築く準備さえもできぬまま。

久秀の忠実な手足になることしか能がない家臣たちと、幼稚な跡取りの久道《ひさみち》だけで、これから安住家はどうなっていくのか。

嫌な想像しかできなかった。

そして、いざ久道の命を受けて参戦してみれば案の定。

久秀の指揮の下《もと》、完璧《かんぺき》にまとまっていた安住軍は見る影もなくばらばらだった。

久道の武将としての才が、久秀に遠く及ばないから？　それもあるが、一番性質《たち》が悪いのは、最愛の父を喪《うしな》った哀しみのあまり、情緒不安定になった久道の精神だ。

本人は決して認めないだろうが、久道は久秀のことを心から愛していた。

人全部が愚物に見える中、唯一《ゆいいつ》尊敬できて、一番に認められ、愛されたい存在だった。

しかし、久秀は一度も褒めてくれず、口を開けば苦言ばかり。

それは、久道を叱《しか》ることができるのは自分だけだから、しっかり叱って、正してやらなければという親心によるものだったが、久道にはそれが、自分が愛されぬゆえとしか思えなかった。

だから、自分だって久秀など嫌いだと思い込み、突っぱねる。久秀はそんな息子を見、嫌われたと思い込んで心を痛める。天下に轟《とどろ》く名将も子ども相手では見る影もない。

久秀最大の急所はここだ。

安住親子のやり取りを垣間見《かいまみ》た時、武将としての勘がそう告げてきたものだ。

けれど、これは安住を潰す場合にのみ有効な急所。

安住の出である葉月とその息子、千寿丸の立場や将来を想えば、安住にはずっと安泰でいてもらいたいし、繫《つな》がってもいたい傑としては、この親子の不和は何とかしておきたい。久秀が死んでしまったら、この急所は傑にとって最大の脅威になるだけに、なおさら。

しかし、手を打つ前に久秀は死んでしまった。

不仲となってもいつか、久秀に認められたい。愛されたいと切望していた久道の心には、ぽっかりと大きな穴が開いた。

けれど、長年久秀など嫌いだと思い込み続けてきた久道には、その痛みが理解できない。訳の分からない感情の濁流に翻弄され、久道は無茶な采配《さいはい》を連発した。

傑を目の前にすると、久道の心の乱れはよりいっそう増し、傑に激しく当たり散らし、殴りつけ、足蹴《あしげ》にした。

傑は久秀が唯一本心から褒めちぎった男で、その妻、葉月は唯一久秀と仲良く接することができた息子だからだ。

家臣たちはおろおろするばかりで、久道を抑えられる者は誰もいない。さらには、池神《いけがみ》はわざと負けてみせて、久道を堕落させ自滅を促す戦法を取ってきた。

これで、久道は自省し、学んで成長する機会を完全に奪われた。後は堕《お》ちていくだけ。

そう遠くない未来、安住は潰れる。

ほぼ確信に近い予感に眩暈《めまい》を覚えていると、隼《はやと》が囁《ささや》いてきた。

「池神に寝返る算段を、しなければなりませぬなあ」

その囁きに何も答えられぬまま、傑は帰路に就いた。

蒼月城《そうづきじょう》に戻ると、千寿丸のお食い初《ぞ》めに招かれた武《たける》がいた。

「話がある」と目配せしてきた武に促され、隼とともに凱旋《がいせん》祝いの宴を抜け出すと、武は一通の書状を差し出してきた。

それは、池神からの書状で、寝返りたいなら葉月を側室として差し出すのが絶対条件と書かれていた。

目の前が、真っ暗になった。

「……安住の糞爺《くそじじい》めっ」

傑の手から零《こぼ》れ落ちた書状を拾い上げ、文面を走り読んだ隼は歪《いびつ》な笑みを浮かべた。

「兄上が池神に寝返れぬよう、かような手を回して……この分だと、他にも色々策を施しておりましょうなあ。はずれ殿が最大の弱点である兄上を、雁字搦《がんじがら》めにして仕留める策を」

ここで、隼は口を閉じ、傑ににじり寄ってきた。

「兄上、はずれ殿を切りましょう」

「……っ」

「隼」

息を詰める傑に代わり、武が咎《とが》めるように隼を呼んだ。

「言うとおりにしたところで……久道殿が安住に恥を掻かせたと、大軍を引き連れて攻めてくる。その時、かようなことを申してくる池神殿が助けてくれると思うか……」

「あの久道の下では、我らに先はない。それは、久道の指揮下で長年戦われた武兄上が一番よく分かっておるはず」

隼がすかさずそう言い返すと、武の表情が目に見えて強張《こわば》った。いまだ頑《かたく》なに語ろうとしない、久道の指揮下での日々を思い出してしまったのだろう。

それを見て取り、隼は再び傑へと向き直る。

「『椿木傑。あの譎詐《けっさ》奸謀《かんぼう》の鷹《たか》は、わしが死ねば幼稚で無能な久道と、久道を諫《いさ》められぬ家臣しかいなくなった安住を必ずや見限る。さすれば、安住にとって彼奴《きゃつ》は最大の脅威となる。殺さねば。どんな手を使ってでも、愛息子を贄《にえ》にしてでも息の根を止めねば！』」

「……」

「あの安住久秀が、そこまで思い詰めて策を巡らせておるのですぞ。はずれ殿を切らずして、当家が生き抜く道などありえませぬ」

そう言って、隼はいよいよ傑へとにじり寄る。

「それは、はずれ殿とて同じこと。ここにいれば、久道への不満は必ずや弟のはずれ殿に集中する。はずれ殿は針の筵《むしろ》のような暮らしを送ることになるし、兄殺し、親不孝の罪を背負わせることにもなる。そこまでの責め苦を科すのですか？　己の欲のために……兄上っ」

傑は立ち上がり、ふらついた足取りで部屋を出た。すぐさま隼の足音が追いかけてきたが、

「隼っ。そっとしておいてやれ。そのことは、傑が一番よく分かっている」

武がそう制した途端、足音は止まった。それでも振り返らず、傑は歩き続けた。

暗い廊下を一人歩きながら脳裏に浮かぶのは、久道の憎悪に満ちた表情。

――父上は申しておった。椿木殿は大事にせよ。椿木殿は、そなたなど足元にも及ばぬ名将ゆえと。はは。俺ではのうて、椿木殿が嫡男ならよかったと、思うていたのではないか？

久秀が死んだのは、葉月が千寿丸を産んだ三日後のこと。ならば、葉月に余計なことを言って、傑の怒りを買うなと久道を叱責した直後ということになる。

久道にとっても……そして、傑にとっても、久秀は最悪な形で死んでしまった。

これでは……久道は決して、傑を受け入れることはない。

久秀へのやり場のない感情に駆られ、傑を散々に嬲《なぶ》って、最後には殺す。

椿木家は潰れ、皆死ぬ。

椿木家の当主として、自分は安住を捨てねばならない。

だが、そうなると葉月は……千寿丸は……。

いくら考えても、絶望的な未来しか見えない。全身の血の気《け》が引いていく。そんな傑の耳に届いたのは、押し殺した嗚咽《おえつ》。この声は……と、足を止めた時。

『ううう……父上……父上……うう』

亡き父への思慕に溢《あふ》れたその呼び声に、心臓が止まりそうになった。

どうしたらいいか分からず、立ち尽くす。

しばらくして、傑は再び歩き出した。今度は少し大きい足音を立てて。

歩を進めながら、自分は何をしているのだろうと自問する。

今、葉月と対峙《たいじ》してどうする？　何を言えばいい。

頭が混乱する。それでも、傑の足は止まらない。

そして、傑の足音が聞こえたのか、静かになった寝所の障子を開け、息を詰めた。

そこには、久秀からの文を抱き締めて座り込む葉月の姿があった。

瞳は潤《うる》み、長い睫毛も白い頬も涙でしとどに濡《ぬ》れている。

その姿に胸を抉《えぐ》られたが、それよりも傑の心臓を凍りつかせたのは、葉月の背後に揺らめく青白い影。

死んだはずの、安住久秀だった。

『化け物め』

山吹の瞳を爛々《らんらん》と光らせ、久秀が敵意に満ちた声で吐き捨てる。

『分かっておるのだぞ？　久道と対面したあの時、貴様はこう思うた。「久秀の、安住の急所は彼奴だ。彼奴を突けば安住を屠《ほふ》れる」と。貴様はいつもそうだ。口先では殊勝なことを言いながら、腹の中では常に、対峙する全ての人間の弱点を探し、陥《おとしい》れて殺し合わせる算段を巡らせずにはいられない。人の皮を被《かぶ》った、血に餓《う》えた化け物よ』

「……っ」

『貴様に可愛い久道を……安住の家を潰されてたまるか！　だが、わしにはどうすることもできなかった。いかに策を巡らせようが、貴様はことごとくをひらりとかわし、わしの喉元に刃《やいば》のような一瞥《いちべつ》までくれてくる。あまりの力の差に、慄《おのの》くことしかできなかったが』

久秀が、目の前にいる葉月を愛おしげに抱き締める。

『葉月、ようやった。そなたの虜《とりこ》となり、そなたを失うことも悲しませることもできなくなったこの化け物は、もう身動き一つ取れん。嬲り殺されようがされるがまま。はは！　よくぞこの化け物を討ち取った！　よくぞ……安住のために、この化け物の贄になってくれた』

葉月を抱き、血の涙を流しながら壊れたように嗤《わら》う。

あまりにもおぞましい情景。しかし、恐怖よりも「葉月を盗られる！」という焦燥のほうが勝《まさ》った傑は、とっさに葉月を押し倒した。

そのまま、久秀に見せつけるようにして葉月を抱いた。

葉月は俺の妻、俺のものだ。もうお前のものじゃない。俺だけのものだっ。

必死に、細身を抱き竦《すく》める。

そんな傑の求めを、葉月は最初拒んだ。

父の死を悼《いた》んでいた直後なのだから無理もない。それでも、常ならぬ傑の様子を感じ取ったのか、結局は傑を受け入れ、しがみついてきた。

その頃には、久秀の幻影はどこかに消え失《う》せていた……が、事後。

久道の暴挙に腹を立てながらも、傑が久道なりに考えてしたことだと擁護してやれば、安《あん》堵《ど》の表情を浮かべ、久秀のことを言及すれば、涙を浮かべてその死を悼み始める。

葉月にとって安住は大事な故郷であり、久秀は愛すべき父親なのだと改めて痛感した。

虚構とは思わない。久秀は確かに葉月を愛していたし、葉月の幸せを願ってもいた。

いい父親だと思う。しかし、久秀は葉月の父である前に、安住家当主なのだ。

次期当主である久道と安住家の脅威となる者は、何人《なんぴと》たりとも排除しなければならない。たとえ、愛息子を贄にしたとしてもだ。

そして、久秀をそのような鬼に変えたのは、この身に潜む化け物のせい。

このやりきれない胸の内をどうして、敬愛する父の死に涙する葉月に吐露できよう。

気がつけば、泣いて縋《すが》ってくる葉月を抱き締め、久秀は立派な父親だと褒め、懸命に慰めていた。悪鬼のような久秀の幻影を見るほどに追い詰められた己《おの》が心を、置き去りにして。

やはり、自分にはどうしても……悲しむ葉月は見たくないし、葉月を傷つけ、悲しませることは言えない。それなのに、翌日。

「久道殿には舞を舞っていただく。葉月さえ見限るほどに滑稽で醜い舞を、俺の掌《てのひら》の上で」

再び顔を合わせた武と隼に、傑はそう告げた。

無感動な声音で告げられたその言葉に、隼は思わずと言ったように息を呑《の》んだが、武はいつもの穏やかな笑みを浮かべたまま、「それはよい」と朗らかに言った。

「久道殿ならば、一際醜く舞ってくれよう。あの方の愚かさを、この身が壊れるほどに知っておる私が保証する。舞っていただく期間は……三年か四年といったところか？」

いやに楽しげに問うてくる。何も言わずにいると、武の顔から笑みが消えた。

「傑。私は飽いた。安住池神、彼奴らに媚《こ》び諂《へつら》い、虐《しいた》げられる日々はもうたくさんだ」

真顔で言う武に、傑は唇を噛みしめ、深々と頷いた。

その日から、傑は安住から独立する準備を始めた。そして、今まで以上に、葉月に本心を隠すようになった。

嘘も、たくさん吐《つ》いた。

自分が、久道がさらなる愚行に走るよう煽《あお》っておきながら、久道の横暴を嘆く葉月を「久道殿にもお考えあってのこと」と慰め、安住家に忠節を尽くすふりをする。

苦しいことがあったら言ってくれ。何でも言い合える夫婦になりたい。

そんな、葉月の真心が籠《こも》った口癖を踏みにじって。

自分は、葉月に惨《むご》いことをしている。よく分かっていた。

だが、その不誠実極まりない行為こそが、傑の葉月への溢れる想い。

この状況下で、何もかも包み隠さず曝《さら》け出してしまったら、いまだ安住と繋がり、心を残している葉月とは夫婦でいられなくなる。

上辺だけでも、葉月とは仲睦《なかむつ》まじく暮らしたい。いつまでも繋がっていたい……なんて。

そうだ。結局、自分は葉月を手放すことはできない。どんなことがあっても何があっても。

時代が、この世がそれを許さないと言うのなら、何もかも変えてやる。

手段だって選ばない。葉月にさえ嘘を吐き、謀《はかりごと》にかける。

決して、放したりしない。誰にもやらない！

そんな激情に駆られ、今日も傑は嘘を吐く。

その嘘を、葉月は信じる。もしくは、信じたふりをした。

身の内で渦巻いている、実の弟でありながら、久道を止めることができない自分を許してほしいという謝罪も、自分が椿木から去れば、皆これ以上苦しまなくてすむ？　という問いも嚙み殺して。

その姿はあまりにも痛々しくて、胸が張り裂けそうになる。

久秀の高笑いが聞こえた気がして、何度も……何度も、立ち尽くしそうになった。

そんな矢先、葉月がとんでもないことをした。

月よりも美しい銀の髪を切り、事もあろうに売ったのだ。

なんてことをしたのだと怒れば、葉月はからからと笑い飛ばした。

自分が髪を売っていると知れば、久道や大名連中は、傑を甲斐性《かいしょう》なしと馬鹿にするだろう。

だが、家臣や領民は違う。妻に髪を売らせてでも増税をよしとさせない、領民思いの名君と見る。ついでに、自分は献身的な妻だとも思われて、まさに一石二鳥！　と。

「世情が不穏な今、家臣や領民の心を摑んでおくのが肝要と俺は思う。――そして、そのためならば俺は何でもやる。なりふりだって構わん。……これが俺の戦《いくさ》だ。兄上が一人前の武将になるまで、俺は決して負けぬぞ！」

気迫に満ち満ちたその言葉に、がつんと頭を殴られた心地がした。

そして、改めて周りに目を向けた時、傑は愕然《がくぜん》とした。

葉月の悪口を言う者は、一人もいなかった。

当家に理不尽《りふじん》を強いてくる久道への不平不満は口にしても、久道の弟である葉月には何も言わない。あんな男を兄にもってお労《いたわ》しいと気遣うほどだ。

城中の空気もこれまでどおり朗らかで、平穏そのもの。赤ん坊の千寿丸を負ぶった葉月がくれば、その場の空気はいよいよ華やぎ、皆笑顔になる。

それは、天性の愛嬌《あいきょう》の良さもあるが、葉月が城内の者すべからく声をかけ、世話を焼いてやっているからに他ならない。

城外にいたっても……傑が留守の間、葉月が傑の代わりに領内の見回りに出て、傑と同じように出会う領民全てに声をかけていたため、領内の空気も今まで以上に明るくなった。

その空気は、久道の悪政が一年、二年と続こうが変わらない。それどころか、他国は悲惨な状況なのに芳実《よしみ》が平穏でいられるのは、葉月が久道に口利きをしてくれているおかげとい噂《うわさ》が、まことしやかに流れ始めた。葉月が流したわけではなく、極々自然に。

理不尽を強いてくる家から来た嫁がここまで慕われ続けるなど、本来ありえないことだ。

だが、葉月は見事にやってのけた。それればかりか、芳実荘をより良い国に変えてしまった。

考えてみれば、葉月は最初から世の常識が通用しない男だった。

白銀《はくぎん》なのに強くて丈夫な体で生まれてきたことは元より、侍《さむらい》大将にまで上り詰めてしまった才覚。大国の御曹司《おんぞうし》でありながら身分の差に頓着《とんちゃく》がなく、豪奢《ごうしゃ》な城での贅沢《ぜいたく》な暮らしから一変、田舎《いなか》の小さな山城《やましろ》に放り込まれてもどこ吹く風で、椿木家家中どころか、領民たちとまで、難なく打ち解けてしまう。

どれもこれも、本来なら……いや、傑にとってはありえないこと。それなのに。

——傑殿にも俺が見ておる世界は見えん。

いつか葉月に言われたその言葉が脳裏に蘇《よみがえ》る。

確かに、自分は葉月が見ている世界、心だけは見えない。

葉月が、傑の中の常識からあまりにも逸脱しているから？　違う。

この血生臭い乱世で、こんなにも清々しく、伸びやかに生きている葉月が太陽のように眩《まぶ》し過ぎて……自分でもどうかしていると思うくらい葉月を欲する心で正気を保てず、どうしても正確に見定めることができない。

我欲ばかりに囚われ、どこまでも不実で、葉月が何を考えているのかも推し量れない。

初めて出逢った頃からそう。魅了されるばかりで何も変わらない。変われない。

つくづく駄目な夫だと思う。

それでも、葉月は顔に明るい笑みを貼り付けて、健気《けなげ》に頑張り続ける。

そして毎夜、寝所で抱き合って眠る時、または、二人で他愛のない話をして過ごしている時、ふと会話が途切れ、二人の間に沈黙が落ちると、傑の手を握り、顔を見られないように寄り添ってくる。

その指先が、熱烈に囁いてくる。

たまらなく好きだ。いつまでも一緒にいたい。そのためなら、いくらだって頑張ってやる！という、傑と全く同じ想いを。

死ぬほど嬉しかった。けれど、同時に苦しくもあった。

葉月がこんなふうに想ってくれるのは、嘘で塗り固めた傑に対してではないのか。本当の傑を知れば、幻滅してしまうのではないか。

葉月を手放さぬためとはいえ、葉月をも謀《たばか》ってしまった罪悪感と自己嫌悪が、そう叫んで悲鳴を上げる。

安住の助けなしで池神を迎え撃つ胸の内を明かした時もそう。

笑顔で賛同してくれた葉月に、喜びとともに苦痛が押し寄せてきた。

こんなにも信じてくれている妻を謀り、嵌めて……修羅《しゅら》の道を選ばせてしまったと。

身を引き裂かれるほどに辛かった。けれど、言えるわけがない。葉月にだけは決して！

そう、思っていたのに。

「俺はどんな桀殿も愛おしい。『愛おしい葉月をも謀ってしまった。俺はなんて嫌な男なんだ！』と、隠れて盛大に凹《へこ》む桀殿も、いじらしゅうて可愛いと思うほど」

ある日、抱き締められて、さらりと言われたその言葉。

「桀殿がこれまで、俺に何を謀ってきたのかは知らん。知ろうとも思わん。桀殿がどれほど俺を想うてくれておるか分かっておるし……こうして、俺を離さないでいてくれた。……それだけで十分、俺は幸せだ。……ありがとうな？」

どこまでも優しいその声は、ぼろぼろに傷ついた心の隅々まで沁《し》み渡り、それまで桀を責め苛《さいな》んでいた激痛を嘘のように消し去っていって……ああ。

やはり、この男だけには敵《かな》わない。

これまで何度として思ったことを、改めて……心の底から思った。そして――。

＊＊＊

とある秋の昼下がり。ここ最近、芳実荘を覆っていた冷たい空気が嘘のように、柔らかな日差しが降り注ぎ、ほころび始めた山茶花《さざんか》の蕾《つぼみ》を優しく照らしている。

その日差しが溢れる小さな花畑で、童《わらべ》たちが競うように野花を摘んでいる。童の多くは、百姓の子たちだ。その真ん中にいるのは、上等な小袖《こそで》を着た童、千寿丸だ。

「よいか！　できゆだけ、きれいなおはなをさがすのじゃ。きれいなおはなぞ」

号令をかけると皆、「はあい」と元気よく応える。その中でも一際大きな声で応えたのは藤久郎《とうくろう》で、「とーくろーがいちばんきれいなおはな、みつけますう！」と意気込む。ついでに、お供で来ていた藤久郎の父、忠成《ただなり》が「その意気だ、藤久郎」と声を上げる。

満足そうに頷《うなず》いた千寿丸は、野原の真ん中に生える木へと顔を向けた。

そこには、木の根元に座る葉月と傑の姿がある。

「かかしゃまあ！　かかしゃまのすきなおはな、いっぱいとって、おこちのなか、おはなばたけにちてあげゆからね！　まっててくだしゃい」

ぷっくりほっぺに土がついた顔に満面の笑みを浮かべて、両手をぶんぶん振る。

そんな我が子に葉月は笑顔で手を振り返したが、その笑みは何とも微妙なものだ。それを見て、傑は膝上でふんぞり返るまんぷくのまん丸腹を撫《な》でてやりながら小さく笑った。

「可愛い子だ。葉月のために、あんなに土まみれになって」

「……うむ。それはまあ嬉しいのだが、千寿があのようにしてくれるのは、俺がその」

「さっき、葉月が拗《す》ねたからだろうな」

さらりと答えてみせると、葉月は「うう」と唸《うな》り声を上げげた。

いつか千寿丸とした遠駆けの約束を果たすため、池神との戦の後処理が一段落ついた今日、傑は葉月と千寿丸を連れて、蒼月城近くの花畑に繰り出した。

二度目の妊娠が発覚した葉月が馬に乗るなどもってのほかなので、葉月には、勢いよく飛び込んできたまんぷくと輿に乗ってもらい、千寿丸は傑とともに馬に乗ったのだが、葉月はそれが気に入らない。

「傑殿ばかり千寿とずるい！　俺も千寿と馬に乗る！」と、抱いたまんぷくの尻尾《しっぽ》をぶんぶん振り回して駄々を捏《こ》ねた。すると、傑から妊夫はどれだけ大事に扱わねばならないかを切切と説かれていた千寿丸が、「かかしゃま、だめ！」と声を荒らげた。

――ととしゃまが、おちえてくれまちた。ややは、あたまをちたにちて、かかしゃまのおなかにはいってゆって。おうまはゆえます。そちたら、ややはあたま、がんがんされて、ややがかわいそーです！

傑が日頃言っている説教と同じ内容だが、千寿丸に言われたことが相当応えたらしく、その後はまんぷくを抱えたまま、大人《おとな》しく輿に乗っていた。

けれど、しゅんとした葉月は見過ごせなかったらしく、千寿丸は籠城《ろうじょう》戦の時にすっかり仲良くなった百姓の童たちを呼び集め、花摘みを始めた。

こんなにもたくさんの人間と仲良くなれる人懐こさも、あの歳《とし》で号令をかけられる才覚もそうだが、母親をこのように労われる優しさが、傑はとても嬉しい。

葉月は居たたまれないようで、「あのような幼気《いたいけ》な童に、ここまで気を遣わせるとは」と、ぶつぶつ言っていた。しかし、ふと瞬《まばた》きしたかと思うと、

「むう。だが……俺がちょっと落ち込むふうを見せただけで、あのように大げさに励まそうとするところが、桀殿そっくりで何とも」

そう言って、はにかんで悶《もだ》え始める。

（……可愛い）

腹の中で全力で叫ぶ。そして、この愛おしい妻子が今も自分のそばで笑っている幸せを噛み締めていると、葉月がこちらに顔を向けてきた。

「千寿もいつか、俺を気遣うて、俺に嘘や隠し事をするようになるのであろうか」

不意に投げかけられた問いにどきりとした。その動揺を読み取ったのか、葉月は少々意地悪く笑った。

「全て話してくれたようでいて、まだ話してくれておらぬことがあるのだろう？　中には、墓まで抱えていこうと思うておるものもある」

血の涙を流しながら嗤う久秀の幻が、脳裏を掠《かす》める。

「『俺は兄殺し、親不孝をすることになろうとも桀殿について行く』そう言うてみせても、何をしてみようと、桀殿は俺に嘘と隠し事をやめん。誠に用心深い……誠に、憎たらしい」

「それは」

「だがなあ」

言い淀《よど》む傑に、葉月はまんぷくの腹を摩《さす》りつつ、難しい顔をして唸った。

「俺が望むように全てを曝け合うていたなら、到底この三年を乗り切ることはできなかった」

「……」

「ゆえにな？　俺もこの三年、傑殿に数え切れぬ嘘と隠し事をした。上辺だけでもよい。傑殿とは仲の良い夫婦でいたい。傑殿と繋がっていたい。と、必死でな」

「俺もだ」と、小さく返すと、葉月は顔を綻《ほころ》ばせた。

「知っている。傑殿も、俺の気持ちを知っていてくれたのだろう？　それが分かっておったから、この三年を耐えられたし、今となってみれば存外楽しかった」

「……っ」

「何でも言い合え、嘘も隠し事もない夫婦も立派だと思うが、たった一つの大事なことさえ分かり合えておれば、嘘と隠し事だらけであろうと楽しく耐え忍べる我らもなかなかのものではないか？　俺は誇りたいと思う！」

胸を張って、きっぱりと言い切る。何の淀みもない、晴れ晴れとした声で。

あんなに、何でも言い合える夫婦になりたいと願い、傑に本心を隠され、傷ついてきたというのにだ。

葉月の心中を想うと、胸が締めつけられる思いがした。

そして、改めて言葉は大切なものだと思った。

本当に大切なことだけ分かり合えていれば、嘘と隠し事にまみれていようと自分たちは大丈夫だと己に言い聞かせ、長らく耐え忍んできた今だからこそ、なおさら心に沁みる。

からからに乾いた大地に水が沁み込むように……そうだ。

嘘と隠し事をしなければ繋がっていられないと言うのなら、いくらでもする。だが、本当は……一番大事なことだけを分かち合うだけでは到底足りない。

自分たちは互いに、相手が見ている世界が見えなくて、たびたび相手の心を見失う。

だからこそ、今のできる限りを分かち合いたい。言葉でも体でも、何でも使ってもっともっと繋がりたい。

そして、葉月が見ることができない美しいものを教えてやりたい。切実に思う。だから。

「葉月は、ありえないほどいい男だ」

傑は今の気持ちを形にして伝える。

「……へ？　そ、そうかの？」

「ああ。やはり、葉月はかぐや姫だ。常闇《とこやみ》の空に夢のように美しく光り輝く一条の光。ゆえに皆、葉月を好きにならずにはいられぬし、葉月の周りは温もりと笑顔が溢れている」

今回のこともそうだ。普通、実家と婚家がこじれたら、嫁はたちまち居場所を失うが、皆葉月を慕い続け、城内外ともにいつも葉月を中心に明るい笑顔で溢れていた。

他国は久道の悪政に悶え、皆この世の終わりのような顔をして沈んでいたというのにだ。

「籠城戦の時でさえ、皆普段どおり楽しげで、あれには本当に驚いた」

葉月の負担を考慮し、今まで隠していたことを話して聞かせると、葉月は目を見開いた。

「え。いや、それは……ひとえに、傑殿の政《まつりごと》や謀が功を奏しただけのことでは？」

「俺がしたことと言えば、増税をしなかったことくらいだ。後は何もしていない。するつもりではいたが、全く必要がなかった」

そう言ってやると、葉月は口をあんぐりさせた。

「税のこと以外は、何もしておらぬ？　誠に？」

「そうだ。全部、葉月の力で成《な》し遂げたことだ。実家の後ろ盾がなくとも、己の居場所を築き上げ、この醜い世界を、光溢れる浄土へと変えてしまった」

おずおずと訊《き》いてくる葉月にそう言い切り、ほっそりとした白い手を握る。

「惚《ほ》れ直した」

「……！」

「そして……俺は今、胸を高鳴らせている。葉月たちとの日々を守るために選んだ道ではあるが、この先、葉月とならば、どこまで行けるだろう。葉月と作る国はどれほど良い国になるのだろうと想像するだけで」

本心だった。葉月となら、皆が笑って暮らせるいい国が作れると心から思えるし、それを想像するだけで楽しいと思える。

「こんなふうに気持ちが浮き立つのは初めてで……これも、葉月のおかげだ」

思うままに気持ちを告げる。この三年本音をひた隠しにしてきただけに、実に気分がいい。

そんな傑に葉月はいよいよ口を開く。そのまましばらく固まっていたが、みるみる顔を紅潮させたかと思うと、傑が握っていないもう片方の手で顔を覆った。

「す、傑殿はよう分からん男ぞ！　いつもは、箸《はし》が転んでも気鬱《きうつ》になるくせに……池神と安住を手玉に取る、すご過ぎる武将のくせに、俺などをすごいだの、俺とどこまで行けるか楽しみだの……！」

顔を覆っていた手も摑み、露《あら》わになった赤面に顔を寄せる。

「葉月はすごい男だ。葉月がおらねば、俺はここまで来られなかった。葉月あっての椿木傑だ。ゆえに、椿木と安住の架け橋になれなかった己は役立たずなどと、決して思うな。堂々と胸を張ってくれ」

言い聞かせるように言うと、葉月の瞳が大きく揺れた。

それからすぐ、くしゃりと顔を歪《ゆが》めて、「意地悪だ」と詰《なじ》ってきた。

「俺の心だけは読めぬと言うておいて、俺が一番知られとうない弱気ばかり見抜きくさる」

「葉月にだけは言われたくない」

澄まし顔で言い返すと、葉月の瞳がまた揺れた。そして、しばしの逡巡《しゅんじゅん》の後。

「……それ、世辞ではないのだな？　真に受けたら、俺は盛大に調子に乗るぞ？」

探るような上目遣いでそう訊いてくる。だから、目を見てはっきりと言ってやる。

「葉月は、俺の……天下一の嫁だ」

その言葉に、葉月はものの見事に固まった。

ぴくりとも動かない。だが、ようやく意味を咀嚼《そしゃく》した途端、頭から湯気が出そうなほど赤面したかと思うと、傑の手を振り払い、顔を隠すようにして蹲《うずくま》った。

「俺はいつか、傑殿の本音に殺される！」

「……では、言わぬほうがよいか？」

尋ねると、葉月の肩がびくりと震えた。そして、すぐさま傑の手を摑んできて、

「……いや。じゃんじゃんくれ！」

蹲ったまま、摑んだ傑の手を引っ張ってくるので、傑は内心狼狽《ろうばい》した。

一番大事なことさえ分かり合えていれば、どんなに辛くても耐えて行ける。それでも、やっぱりもっとほしい。もっともっと傑殿をくれ！

そんな葉月の心情が掌からひしひしと伝わって来たから。

（……参ったな）

そう思いつつも、負けじと葉月の手を握り返した時だ。

「ととしゃま、かかしゃまあ！」

両手いっぱいに野花を抱えた千寿丸と童たちが駆け寄ってきた。

「みてくだしゃい。かかしゃまのすきなおはないっぱい……？　ととしゃま、かかしゃま、どーちたですか？　ととしゃまも、かかしゃまも、おかおがまっか！」

「あ、うう……それは」

「父様と母様が、仲睦まじき夫婦だからだ」

いまだ羞恥《しゅうち》でしどろもどろになっている葉月に代わり、傑がすかさずそう答えると、千寿丸は大きな目をぱちぱちさせた。

「なかよちだと、いっしょにおかお、あかくなゆですか？　うー！　せんじゅもおかお、あかくすゆ！　うーん！　……あ」

顔を赤くしようと力んでいた千寿丸は、間の抜けた声を漏らした。ぷう。という、可愛い音が尻《しり》から出たのだ。

千寿丸の顔が真っ赤になる。途端、葉月が先ほどまでの羞恥も忘れて噴き出した。その弾《はじ》けるような笑い声に、他の童たちも……ついでに千寿丸もつられたように笑い出す。花畑に笑い声が溢れる。葉月の好きな花々が揺れる。夢のように美しい。幸せだ。

今この瞬間、葉月も自分と同じように感じてくれていたらいい。

葉月の手を握る手に力を籠《こ》め、傑は思った。

あとがき

はじめまして、こんにちは。雨月夜道と申します。このたびは、拙作「新妻オメガの戦国溺愛子育て絵巻」をお手に取っていただき、ありがとうございます。

この話は、以前出していただいた「新婚オメガの戦国初恋絵巻」の続編となります。この話だけ読んでも大丈夫ですが、前作も読んでいただけますとよりいっそう楽しめると思うので、読んでいない方はぜひ！　……と、宣伝はこのくらいにしておいて、今回のお話。

せっかく二人に赤ちゃんができたんだから！　ということで、今回は子育て編となります。

本来ＢＬにおいて、主役カプの間に生まれた実子を育てるなんてありえないことなんですが、オメガバースの力は偉大です。


葉月の我が子への接し方ですが、これは久秀の影響です。

たまにではありましたが、会えば目一杯遊んで可愛がってくれる久秀が、葉月は大好きでした。そして、できれば毎日遊んでほしい。「可愛い」と褒めてもらいたいと願っていました。

千寿を毎日目一杯可愛がり、口癖のように「可愛い」と褒めるのは、その願望の表れです。

対して傑。こちらは、両親との思い出はほぼなし。両親を喪ってからは、いびり倒されるばかりで、大人に可愛がってもらったことが全くありません。なので、大事にしたいと思っても、子どもとの接し方も、可愛がるとはどういうことなのかも皆目見当がつかない。赤ちゃんの扱いにあんなに戸惑ったのも、千寿との会話内容が色々アレなのもそのせいです。本人は可愛がる気満々なんですけどね。

そんな両親のもとに生まれてきた千寿ちゃん。葉月が言っているとおり、容姿も性格も傑似です。しかし傑と違って、両親をはじめ、皆に可愛がられ、大事に育てられているので明るく元気に育っています（環境って大事）このまま、パパの持病「万年気鬱病」が発症することなく健やかに育ってほしいものです。

さて、そんな椿木家は今回、久秀が急死したことで重大な岐路を迎えました。久秀が長生きして……または、久道が久秀の教えを守って椿木家の本領を安堵し続けていれば、傑は今のまま、ただの弱小豪族として生涯を閉じていました。

しかし、これから傑は戦国大名への階段を駆け上がっていきます。相変わらず、「気鬱だ」と溜息を吐きながら。

そんな傑を、葉月と子どもたちが明るく励まし、時にはともに戦い、皆で一緒にその階段を昇っていくことでしょう。

そんな今回の話のイラストを担当してくださったのが、前作と同じく鈴倉温先生。

前作同様、傑は凜々しく格好良く（幸せいっぱいの表紙でも、刀を手放さないほど用心深く）。葉月は、久秀たちの目はやっぱり腐っていると思うくらい可愛く綺麗に。そして、今回登場のちびちゃんたちはとっても可愛らしく描いてくださいました。

さらに表紙では、千寿ちゃんにセンターを奪われても傑の背にしがみついて出番を死守し、不敵に笑うまんぷくまで描いてくださいました。今回、千寿ちゃんの登場により出番が少なくなって可哀想なことをしたと思っていただけに、とても嬉しかったです。

鈴倉先生、本当にありがとうございました！


初めての実子ネタということで、「授乳はどうしよう？　母乳が出るとしたらおっぱいはどうなってるの？」などと一緒に頭を捻ってくださった編集様も、ありがとうございました。いつも赤ペン先生してくれる友人も感謝感謝です。

最後にもう一度、この本を手に取ってくださりありがとうございました。鬼から化け物にグレードアップした謀将旦那と、旦那の気鬱をバッサバッサと切り捨てていく破天荒妻の戦国子育て模様。少しでも楽しんでいただけたなら幸いです。

それでは、またこのような形でお会いできますことを祈って。

雨月　夜道

✦初出　新妻オメガの戦国溺愛子育て絵巻……………書き下ろし
嬉しい勝ちと嬉しい負け……………………書き下ろし
見えぬからこそ………………………………書き下ろし

雨月夜道先生、鈴倉 温先生へのお便り、本作品に関するご意見、ご感想などは
〒151-0051 東京都渋谷区千駄ヶ谷 4-9-7
幻冬舎コミックス　ルチル文庫「新妻オメガの戦国溺愛子育て絵巻」係まで。

幻冬舎ルチル文庫

新妻オメガの戦国溺愛子育て絵巻

2021年2月20日　第1刷発行

✦著者　雨月 夜道　うげつ やどう

✦発行人　石原正康

✦発行元　株式会社 幻冬舎コミックス
〒151-0051 東京都渋谷区千駄ヶ谷 4-9-7
電話 03(5411)6431［編集］

✦発売元　株式会社 幻冬舎
〒151-0051 東京都渋谷区千駄ヶ谷 4-9-7
電話 03(5411)6222［営業］
振替 00120-8-767643

✦印刷・製本所　中央精版印刷株式会社

✦検印廃止

ISBN978-4-344-84819-1　C0193　Printed in Japan